contos
de fadas
russos

contos
de fadas
russos

Aleksandr N. Afanásiev

Tradução
Rafael Bonavina

Organização
Fernanda Felix

São Paulo, 2023

Contos de fadas russos
Copyright © 2023 by Novo Século Editora Ltda.

Editor: Luiz Vasconcelos
Gerente editorial: Letícia Teófilo
Assistente editorial: Fernanda Felix
Gabrielly Saraiva
Lucas Luan Durães
Diagramação e projeto gráfico: Mayra de Freitas
Preparação: Ana C. Moura
Revisão: Paula Queiroz
Arte de capa: Paula Monise
Composição de capa: Fernanda Felix
Lucas Luan Durães

Texto de acordo com as normas do Novo Acordo Ortográfico da Língua Portuguesa (1990), em vigor desde 1º de janeiro de 2009.

Dados Internacionais de Catalogação na Publicação (CIP)
Angélica Ilacqua CRB-8/7057

Afanásiev, Aleksandr N.

Contos de fadas russos / Aleksandr N. Afanásiev ; tradução de Rafael Bonavina ; organização de Fernanda Felix. -- Barueri, SP : Novo Século Editora, 2023
    272 p.

ISBN 978-65-5561-466-4

1. Literatura infantojuvenil russa 2. Mitologia escandinava
I. Título II. Bonavina, Rafael III. Felix, Fernanda

22-5441   CDD 028.5

Índices para catálogo sistemático:
1. Literatura infantojuvenil russa
2. Mitologia escandinava

GRUPO NOVO SÉCULO
Alameda Araguaia, 2190 – Bloco A – 11º andar – Conjunto 1111
CEP 06455-000 – Alphaville Industrial, Barueri – SP – Brasil
Tel.: (11) 3699-7107 | E-mail: atendimento@gruponovoseculo.com.br
www.gruponovoseculo.com.br

✶ Seleção feita a partir da obra *Народные русские сказки* (***Narodnyye russkiye skazki***), "Contos de fadas populares russos", de Aleksandr N. Afanásiev.

*a raposa,
a lebre
e o galo*

✳

Era uma vez...
uma raposa e uma lebre.
A raposinha tinha uma casinha de gelo, já a lebrezinha, uma de palha. Era uma primavera maravilhosa, a casa da raposinha virou uma poça, e a da lebre também. A raposa foi até a lebrezinha para pedir abrigo para se esquentar e acabou por expulsá-la da própria casa. A lebre saiu chorando pela estrada e, por fim, encontrou uns cachorros:

— Au, au, au! Por que está tão mal, lebrezinha?
— Parem, cachorros! Como eu poderia não chorar? Eu tinha uma casinha de palha, e a raposa tinha uma de gelo. Aí ela veio e me expulsou da minha própria casa.
— Não chore, lebre! — disseram os cachorros. — Nós vamos expulsá-la.
— Não vão, não!
— Expulsamos, sim!
E foram até a casinha:
— Au, au, au! Vai, raposa, saia já daí!
E ela respondeu do alto da *piétchka*:[1]
— Assim que eu pular, assim que eu descer daqui, vou espalhar os pedacinhos de vocês pelo caminho!

Os cachorros ficaram com medo e saíram correndo. E lá se foi novamente a lebrezinha chorando. O urso foi até ela.
— Por que está chorando, lebrezinha?
— Pare, urso! Como poderia não chorar? Eu tinha uma casinha de

---

[1] Trata-se de um tipo de fogão à lenha muito utilizado nas casas camponesas russas da época, em que o calor gerado pela queima da madeira é aproveitado para esquentar a casa. Sobre o fogão há uma espécie de plataforma plana, geralmente coberta por colchões e edredons, em que dormiam os mais vulneráveis, durante o inverno (N. T.).

palha, e a raposa tinha uma de gelo. Aí ela veio e me expulsou da minha própria casa.

— Não chore, lebrezinha! — disse o urso. — Eu vou expulsá-la!

— Não vai, não.

— Expulso, sim.

E os dois foram até a casinha.

— Vai, raposa, saia já daí!

— Assim que eu pular, assim que eu descer daqui, vou espalhar os pedacinhos de vocês pelo caminho!

O urso ficou com medo e saiu correndo. E lá se foi novamente a lebrezinha chorando. O boi foi até ela.

— Por que está chorando, lebrezinha?

— Pare, boi! Como poderia não chorar? Eu tinha uma casinha de palha, e a raposa tinha uma de gelo. Aí ela veio e me expulsou da minha própria casa.

— Vamos lá, eu vou expulsá-la.

— Não vai, não! Os cachorros tentaram, mas não conseguiram, o urso tentou, mas não conseguiu, e você também não vai conseguir.

— Eu vou conseguir, sim.

E os dois foram até a casinha.

— Vai, raposa, saia já daí!

E ela respondeu do alto da *piétchka*:

— Assim que eu pular, assim que eu descer daqui, vou espalhar os pedacinhos de vocês pelo caminho!

O boi ficou com medo e saiu correndo. E lá se foi novamente a lebrezinha chorando. Um galo foi até ela, com uma foice.

— Cocoricó! Por que está chorando, lebrezinha?

— Pare, galo! Como eu poderia não chorar? Eu tinha uma casinha de palha, e a raposa tinha uma de gelo. Aí ela veio e me expulsou da minha própria casa.

— Vamos lá, eu vou expulsá-la.

— Não vai, não! Os cachorros tentaram, mas não conseguiram; o urso tentou, mas não conseguiu; o boi tentou, mas não conseguiu; você também não vai conseguir.

— Eu vou conseguir, sim.

E os dois foram até a casinha.

– Cocoricó! Estou com a foice pronta e quero fazer um picadinho de raposa! Vai, raposa, saia já daí!

Ela ouviu, ficou com medo e disse:

– Estou me trocando...

– Cocoricó! Estou com a foice pronta e quero fazer um picadinho de raposa! Vai, raposa, saia já daí!

– Estou pondo um casaco.

Pela terceira vez, o galo repetiu:

– Cocoricó! Estou com a foice pronta e quero fazer um picadinho de raposa! Vai, raposa, saia já daí!

A raposa saiu correndo. O galo a picou em pedacinhos e viveu feliz para sempre com a lebrezinha. Eis que eu lhe contei uma história, então agora você me dá um conto em troca.

*a ovelha,
a raposa
e o lobo*

Aleksandr N. Afanásiev

✳

Uma ovelha fugiu
do rebanho de um camponês.
A raposa a encontrou pelo caminho e perguntou:

— Aonde é que Deus está te levando, comadre?

— Ah, comadre! Eu estava no rebanho de um mujique, mas a minha vida era muito difícil. Bastava o bezerro fazer alguma besteira, e eu, a ovelha, levava a culpa! Por isso, meti na cabeça de ir embora para onde as minhas pernas me levassem.

— Era assim comigo também! — respondeu a raposa. — Era só meu marido pegar uma galinha que eu, a raposa, levava a culpa! Vamos embora juntas.

Passou algum tempo e as duas encontraram um lobo.

— Saudações, comadre!

— Olá! — Disse a raposa.

— Está indo pra longe?

— Para onde as pernas me levarem!

Depois que ela contou sua tristeza, o lobo respondeu:

— E comigo é a mesma coisa! É só a loba comer um cordeirinho que eu, o lobo, levo a culpa! Vamos embora juntos.

E foram os três. No caminho, o lobo perguntou:

— E então, ovelha, você está com o meu casaco de pele?

A raposa ouviu:

— Tem certeza de que é o seu, compadre?

— Certeza, é o meu mesmo!

— Jura por Deus?

— Por Deus!

— Jura mesmo?

— Juro.
— Então vamos fazer o juramento.

Nessa hora, a raposa percebeu que os mujiques tinham colocado uma armadilha no caminho. Ela levou o lobo até lá e disse:

— Muito bem, agora faz o juramento aqui!

Assim que o lobo se aproximou da armadilha, ela disparou e o prendeu pelo focinho. A raposa e a ovelha fugiram dali na hora, sem olhar pra trás.

a raposa e o grou

✳

A raposa era amiga do grou, e até era sua comadre. Um dia ela resolveu chamá-lo para uma visita e foi convidá-lo:

— Compadre, venha me visitar, querido, venha! Você vai comer até se fartar!

O grou foi ao banquete. A raposa preparou um mingau de sêmola[1] e colocou no prato, servindo a comida e dizendo:

— Pode comer, meu compadre querido! Eu mesma que fiz.

O grou batia e batia o bico, pá, pá, e nada de comer! Enquanto isso, a raposa lambia e lambia o mingau e acabou comendo tudo sozinha. Quando acabou o mingau, disse:

— Não fique bravo, querido compadre! Só tem isso para comer.

— Mesmo assim, obrigado, comadre! Venha me visitar.

No dia seguinte, a raposa foi visitá-lo e o grou preparou uma sopa de kvas,[2] vegetais e carne, colocou em uma garrafa comprida de boca estreita, pôs na mesa e disse:

— Pode comer, comadre! Só tem isso para comer.

A raposa começou a andar em volta da garrafa; andou para lá e para cá, lambeu a garrafa, cheirou, mas não conseguia alcançar o fundo! A cabeça não passava no gargalo. O grou, por outro lado, conseguia enfiar o bico e comer a sopa. Comia sem parar e acabou comendo tudo.

— Bom, não fique brava, comadre! Só tem isso para comer.

A raposa ficou triste, pois tinha pensado que ia encher a pança para a semana, mas voltou para casa com a barriga roncando. Quem com ferro fere, com ferro é ferido! A amizade dos dois não é a mesma até hoje.

---

1 Tipo de farinha (N. T.).

2 Também chamada de "kvass", trata-se de uma bebida fermentada milenar tradicionalmente conhecida na Rússia (N. T.).

Kolobok, o pãozinho

✳

Era uma vez
um velhinho e uma velhinha.
O velhinho perguntou:
– Faz um pãozinho, minha velha.
– Pãozinho de quê? Não tem farinha.
– Ahhh, minha velha! Raspa o baú, rala a madeira, raspa bem, quem sabe alguma farinha ainda tem.

A velhinha pegou uma faca, raspou o baú, ralou a madeira, raspou bem e conseguiu um punhado de farinha. Sovou com smetana,[1] assou na manteiga e pôs na janela para descansar.

O pãozinho descansou, descansou, e de repente caiu da janela no banco. Saiu rolando do banco para o chão, do chão para porta, pulou a soleira até a varanda, da varanda foi para a entrada, da entrada para o jardim, do jardim para o portão, e foi indo, indo embora.

O pãozinho saiu rolando pela estrada até que uma lebre o encontrou.
– Pãozinho, pãozinho! Eu vou comer você todinho.
– Não me coma, lebre, lebrezinha! Eu vou cantar uma música para você – disse o pãozinho, começando a cantar:

> Me rasparam do baú,
> Ralaram da madeira,
> Enrolaram na smetana,
> E na manteiga assaram.
> Na janela me botaram;
> E eu fugi do vovô
> E eu fugi da vovó
> E você, lebre, não me pega!

---

1 Derivado do leite amplamente utilizado na culinária eslava, bastante parecido com creme de leite, mas com um gosto mais ácido (N. T.).

Aleksandr N. Afanásiev

E seguiu rolando para longe; a lebre ficou ali, só olhando...
O pãozinho continuou rolando até que um lobo o encontrou.
– Pãozinho, pãozinho! Eu vou comer você todinho.
– Não me coma, lobo cinzento! Eu vou cantar uma música para você!

>Me rasparam do baú,
>Ralaram da madeira,
>Enrolaram na smetana,
>E na manteiga assaram.
>Na janela me botaram;
>E eu fugi do vovô
>E eu fugi da vovó
>Eu escapei da lebre
>E você, lobo, não me pega!

E seguiu rolando pra longe; o lobo ficou ali, só olhando...
O pãozinho continuou rolando até que um urso foi até ele.
– Pãozinho, pãozinho! Eu vou comer você todinho.
– De que jeito você vai me comer, seu desajeitado?

>Me rasparam do baú,
>Ralaram da madeira,
>Enrolaram na smetana,
>E na manteiga assaram.
>Na janela me botaram;
>E eu fugi do vovô
>E eu fugi da vovó
>Da lebre eu escapei
>Do lobo eu escapei
>E você, urso, não me pega!

E de novo saiu rolando pra longe; o urso ficou ali, só olhando...
O pãozinho rolou, rolou, e uma raposa o encontrou.
– Olá, pãozinho! Como você é bonitinho.

E o pãozinho se pôs a cantar.

Me rasparam do baú,
Ralaram da madeira,
Enrolaram na smetana,
E na manteiga assaram.
Na janela me botaram;
E eu fugi do vovô
E eu fugi da vovó
Da lebre eu escapei
Do lobo eu escapei
Do urso eu escapei
E não é você, raposa, que vai me pegar!

— Mas que musiquinha maravilhosa! — disse a raposa. — Mas, sabe, pãozinho, é que sou velha e não escuto bem. Chega aqui perto do meu focinho e canta essa música de novo e mais alto.

O pãozinho se aproximou do focinho da raposa e cantou a música mais uma vez.

— Obrigado, pãozinho! É uma música tão maravilhosa, eu queria ouvir de novo! Sente-se aqui na minha linguinha e cante uma última vez, por favor — disse a raposa, mostrando a língua.

O pãozinho pulou na língua, e a raposa "Nhac!" — comeu ele.

o gato, o galo e a raposa

Era uma vez
um velho que tinha um gato e um
galo. O velho foi trabalhar na floresta, o gato
levou o almoço e o galo ficou para cuidar do isbá[1] em
que moravam. Nessa hora, apareceu uma raposa.

> Galo cacarejante
> Da crista radiante!
> Abre a janelinha,
> Que te dou uma ervilhinha.

A raposa ficou cantando, sentada debaixo da janela. O galo abriu a janela, botou a cabeça para fora e foi ver quem estava cantando. A raposa agarrou o galo e começou a levá-lo para casa. O galo gritava:

— A raposa me pegou, levou o galo para além do escuro bosque, para um país distante, para terras estranhas e tão, tão distantes, para o trigésimo reino do trigésimo país.[2] Gato, filho do gatão, me dá uma mão!

O gato, que estava no campo, ouviu a voz do galo e saiu em disparada. Alcançando a raposa, pegou o galo de volta e o trouxe pra casa.

— Olha aqui, galinho-galã – disse o gato ao galo –, não fique olhando pela janela, não acredite na raposa. Ela come você até não sobrarem nem os ossinhos.

---

[1] Também chamada "izba", trata-se de uma habitação russa típica do campo. É, em geral, construída com troncos de madeira perto de estradas, dentro de celeiros, jardins ou currais (N. T.).

[2] Nos contos populares russos, esse tipo de fórmula é utilizado para indicar um lugar distante, de localização imprecisa. De certo modo, é equivalente ao "reino tão, tão distante" nos contos ocidentais. Optamos aqui pela manutenção da versão russa para preservar a tradição oral do povo. Vale ressaltar que, em alguns casos, o numeral utilizado no idioma original é "três vezes nove" e não trinta, mas optamos pelo número inteiro pela sonoridade em português (N. T.).

Outra vez o velhinho foi trabalhar no bosque, e o gato foi levar o almoço. Ao sair, o velho mandou o galo cuidar da casa e não ficar olhando pela janela. Mas a raposa estava de olho, ela queria muito comer o galo, então foi até o isbá e se pôs a cantar.

>Galo cacarejante
>Da crista radiante!
>Abre a janelinha,
>Que eu te dou uma ervilhinha
>E também uma sementinha.

O galo ficou caminhando pelo isbá em silêncio. A raposa cantou de novo a musiquinha e jogou uma ervilha pela janela. O galo comeu a semente e disse:

— Não, raposa, você não vai me enganar! Você quer me comer até não sobrarem nem os ossinhos!

— O que é isso, galinho-galã! Como é que eu vou te comer? Eu queria te levar pra me visitar, ver minha casinha e te mostrar uma coisinha!

E cantou de novo:

>Galo cacarejante
>Da crista radiante!
>Abre a janelinha,
>Que eu te dou uma ervilhinha
>E também uma sementinha.

Foi só o galo enfiar a cabeça pela janela que a raposa o agarrou. O galo começou a falar um monte de palavrões e a gritar:

— A raposa me pegou, levou o galo para além do bosque escuro, para além dos pinheiros fartos, por margens íngremes, por montanhas imensas. A raposa quer me comer até não sobrarem nem os ossinhos!

O gato, que estava no campo, ouviu e saiu em disparada, pegou o galo de volta e o levou para casa.

— Eu não te falei para não abrir a janelinha, não meter a cabeça para fora, que a raposa queria comer você até não sobrarem nem os ossinhos? Olha aqui, me escuta! Amanhã nós vamos mais para longe.

E lá se foi o velhinho trabalhar outra vez, e o gato foi junto, para levar a comida. A raposa se escondeu debaixo da janelinha e começou a cantar a mesma musiquinha. Por três vezes ela cantou, mas o galo não olhou. A raposa disse:

— O que é isso? Agora o galinho está desse jeito!

— Não, raposa, você não me engana, não vou botar a cabeça para fora.

A raposa jogou pela janela uma ervilha e um grão de trigo, depois começou a cantar:

> Galo cacerejante
> Da crista radiante,
> Da cabeça brilhante!
> Olha aqui na janelinha
> Minha casa é bem grande
> Em cada canto
> O trigo faz um montão
> Coma até encher a pança,
> Porque eu não gosto, não!

Depois ainda disse:

— Ah, se você visse, galinho, quanta coisa rara eu tenho aqui comigo! Venha já aqui fora, galinho! Já chega de obedecer ao gato. Se eu quisesse comer você, já teria comido faz tempo; mas é que eu te amo, quero te mostrar o mundo, te deixar mais sabido das coisas da vida. Vamos, galinho, apareça, ó, eu vou para lá da esquina!

E ela se apertou mais na parede. O galo subiu no banco e olhou de longe, querendo saber se a raposa tinha mesmo ido. Então, enfiou a cabeça pela janela, e a raposa o agarrou.

O galo começou a cantar a mesma música, mas o gato não ouviu. A raposa levou o galo embora e o comeu atrás de um pinheiro. Só ficaram o rabo e as penas, que o vento espalhou. O gato e o velho voltaram para casa, e não acharam o galo. Ficaram muito tristes e disseram:

— É isso que dá não escutar os outros!

o lobo
e a cabra

✳

                Era uma vez
uma cabra que fez um isbá na floresta e deu cria. A cabra sempre ia à floresta buscar comida, e era só ela sair que os cabritinhos trancavam a porta e não iam a lugar nenhum. Quando voltava, a cabra batia à porta e cantava:

> Cabritinhos, meus filhotes!
> Venham e abram a portinha,
> Que eu, a cabra, estive no bosque
> E comi grama bem verdinha!
> Bebi água fresca
> E o leite está pingando das minhas tetinhas.
> Das tetinhas vai para as folhas,
> Das folhas para a terra úmida!

    Os cabritinhos imediatamente abriam a porta e deixavam a mãe entrar. Ela os alimentava e saía outra vez para a floresta, e os cabritinhos trancavam a porta bem trancadinha.
    O lobo ouviu tudo isso, esperou algum tempo e, assim que a cabra saiu, chegou à casinha e gritou com voz grossa:
    — Vocês, filhotinhos, meus senhorzinhos, venham e abram a portinha! A mamãe de vocês chegou, trouxe leite, com as folhas cheias de aguinha.
    E os cabritinhos responderam:
    — Nós ouvimos, ouvimos, sim, e a voz da mamãezinha não é assim! Ela canta com a voz fininha, não com esse vozeirão!
    O lobo foi embora e se escondeu. Depois a cabra voltou e bateu à porta.

> Cabritinhos, meus filhotes!
> Venham e abram a portinha,
> Que eu, a cabra, estive no bosque
> E comi grama bem verdinha!
> Bebi água fresca
> E o leite está pingando das minhas tetinhas.
> Das tetinhas vai para as folhas,
> Das folhas para a terra úmida!

Os cabritinhos deixaram a mãe entrar e contaram que um lobo tinha vindo para comê-los. A cabra os alimentou e, quando estava prestes a ir ao bosque, mandou bem mandona:

— Se alguém vier à casinha, começar a pedir licença com uma voz grossa e não lembrar tudo o que eu sempre canto, não o deixem passar pela porta.

Assim que a cabra saiu, o lobo foi correndo ao isbá, bateu à porta e começou a cantar com uma voz bem fininha:

> Cabritinhos, meus filhotes!
> Venham e abram a portinha,
> Que eu, a cabra, estive no bosque
> E comi grama bem verdinha!
> Bebi água fresca
> E o leite está pingando das minhas tetinhas.
> Das tetinhas vai para as folhas,
> Das folhas para a terra úmida!

Os cabritinhos abriram a porta e o lobo entrou correndo no isbá e comeu todos eles. Só escapou um cabritinho, que se escondeu dentro do forno.

Chegou a cabra e, não importava o quanto chamasse, ninguém a recebia. Ela, então, se aproximou da porta e viu que estava escancarada; o isbá, todo vazio; olhou no forno e viu o filhotinho. Assim que ficou sabendo de seu infortúnio, sentou-se no banco e caiu no choro, lamentando em tom amargo:

— Ah, vocês, meus filhotes, meus cabritinhos! Por que foram abrir a porta e deixar o lobo mau entrar? Ele comeu todos vocês e me deixou, a mãe cabra, na maior tristeza, angustiada!

O lobo ouviu isso, entrou no isbá e disse à cabra:

— Comadre, ora, comadre! Por que está falando mal de mim? Você acha mesmo que eu faria isso? Vamos passear na floresta.

— Não, compadre, não estou para passeio.

— Vamos! – insistiu o lobo.

E eles foram para a floresta, encontraram um buraco que uns bandidos tinham usado de fogueira para fazer um mingau havia pouco tempo e, por isso, ainda ardia em bastante fogo. A cabra disse ao lobo:

— Compadre, vamos ver quem consegue pular o buraco?

E começaram a pular. O lobo pulou, mas caiu lá dentro. Sua barriga estourou no fogo, e os cabritinhos saíram de lá e pularam para a mãe. Depois disso, eles viveram felizes para sempre, ficando mais espertos para evitar outro infortúnio.

a garça
e o grou

✳

A coruja passou
voando, coruja da cara alegre; olha
lá, ela voando, voando e sentou, girou o rabo,
olhou para os lados e levantou voo; voou, voou e pousou, girou o rabo, olhou para os lados... e isso é só o começo.

Era uma vez uma garça e um grou que viviam no pântano e construíram nos confins algumas casinhas para morarem. A garça cansou de morar sozinha, então resolveu se casar.

— Bom, vou lá pedir a mão da outra garça.

E lá se foi a garça, tchá, tchá! Cruzou sete quilômetros de pântano até chegar à outra casinha:

— Ô, grou, você está em casa?

— Grou está.

— Casa comigo.

— Não, garça, eu não vou me casar com você. Você tem essas pernas compridas, mas seus braços são curtinhos, e você voa por aí tão magra que não vai ter como me alimentar! Vá embora, seu fiapo!

Não tendo sido bem recebida, a garça voltou para casa. O grou, porém, depois de pensar bem, concluiu:

— Para que morar sozinho? É melhor me casar com a garça.

Então, foi até a casa dela e disse:

— Garça, casa comigo!

— Não, grou, eu não preciso de você! Não quero, nem vou me casar com você. Some daqui!

O grou começou a chorar de vergonha e voltou para casa. A garça pensou melhor e concluiu:

— Mas que bobagem não me casar com o grou. Morar sozinha é muito chato. Vou lá e me caso com ele.

Chegou lá e disse:

– Grou! Resolvi me casar com você, casa comigo.

– Não, garça, não vou me casar!

E a garça voltou pra casa.

Então, o grou mudou de ideia de novo.

– Por que eu rejeitei? Para que morar sozinho? Melhor me casar com a garça!

Foi lá propor o casamento, mas a garça não quis mais. Até hoje eles vivem assim, propõem casamento um para o outro, mas nunca se casam.

Morozko

Aleksandr N. Afanásiev

✳

Era uma vez um velho e uma velha. Eles tinham três filhas. A velha não gostava da filha mais velha do casal (ela era sua enteada) e vivia discordando dela, por isso acordava cedo e jogava todo o trabalho nas costas da menina. A moça cuidava dos animais, trazia lenha e água, acendia o fogão, encarregava-se das roupas, limpava a casa e ajeitava tudo antes de amanhecer; mesmo assim, porém, a velha não se dava por satisfeita e reclamava à Marfucha:[1]

— Como você é preguiçosa, como você é desleixada! A vassoura não está no lugar, isso também não é assim e olha a sujeira desta casa.

A moça chorava em silêncio. Tentava agradar a madrasta de todos os jeitos e servir às filhas da mulher, mas as irmãs, imitando a mãe, ofendiam Marfucha o tempo todo, brigavam com ela e a faziam chorar. Gostavam disso! Elas mesmas acordavam tarde, lavavam-se com a água trazida, secavam-se com as toalhas limpas e só começavam a trabalhar depois do almoço.

As mocinhas cresceram e cresceram, ficaram grandes e se tornaram noivas. O conto se conta correndo, mas fazer isso não é feito fácil. O velho tinha pena da filha mais velha. Ele a amava porque ela era obediente e trabalhadora, mas não sabia como ajudá-la no suplício. Ele era fraco, a velha, resmungona, e as filhas, preguiçosas e teimosas.

Então os dois velhos ficavam pensando, pensando: o velho em como dar um jeito nas filhas, e a velha em como se livrar da mais velha. Um dia a velha diz ao velho:

— Bom, meu velho, vamos casar a Marfucha.

---

[1] Apelido e/ou diminutivo para o nome Marfutka (N. T.).

— Tá bom — disse o velho, subindo na cama quentinha em cima da *piétchka*, a velha indo atrás dele.

— Amanhã, meu velho, acorda mais cedo, atrela a carroça ao cavalo e leva a Marfutka. E você, Marfutka, junte as suas coisas em uma caixa e ponha uma roupa limpa, porque amanhã você vai fazer uma visita!

A boa Marfucha ficou animada com a oportunidade, porque a levariam a uma visita. Assim, dormiu o sono dos justos. De manhã, acordou, lavou-se, rezou, juntou tudo, botou na mala e se trocou. Era uma moça, uma noiva como ninguém! Isso aconteceu no inverno e fazia um frio cortante.

De manhã, quando ainda não havia luz e o sol nem sequer tinha nascido, o velho atrelou a carroça ao cavalo e conduziu-a até o alpendre. Em seguida, entrou no isbá, sentou-se no banco e disse:

— Bom, está tudo pronto!

— Sente-se e coma alguma coisa! — disse a velha.

O velho se sentou à mesa e a filha ficou sozinha; o porta-pão estava na mesa, então ele pegou uma baguete e cortou um pedaço para si e para a filha. Enquanto isso, a velha servia sopa para si e para o marido, dizendo:

— Bom, queridinha, coma e vá embora, já me cansei de olhar para você! Velho, leve a Marfutka para o marido e preste atenção, seu velho chato: pega o caminho direto; quando chegar até a floresta, sai da estrada, vira à direita, depois segue reto em direção àquele pinheiro grande que fica no morro, e é ali que você vai dar a Marfutka para o Morozko.[2]

O velho esbugalhou os olhos, ficou de queixo caído e parou de comer. A mocinha caiu no choro.

— Por que esse alvoroço todo? É um belo e rico moço! Olha aqui, quanta coisa boa ele tem: todos os pinheiros, as copas das árvores e as bétulas embaixo e uma casa de dar inveja. E ele ainda é um homenzarrão!

O velho juntou as coisas em silêncio, mandou a filha colocar um casaco de peles e seguiu caminho. O quanto viajaram, o quanto demoraram, isso eu não conto, porque o conto se conta correndo, mas fazer isso não é feito fácil. Por fim, chegaram à floresta, saíram da estrada e seguiram em direção à neve; quando estavam no meio da floresta, o velho

---

[2] O nome Morozko é composto pela raiz da palavra "inverno", em russo (N. T.).

parou e mandou a filha saltar. Ele mesmo colocou a caixinha sob o grande pinheiro e disse:

— Sente-se aqui e espere o seu marido, e preste bem atenção: seja carinhosa.

Depois virou a carroça e foi embora.

A mocinha ficou sentada, tremendo, brigando com o frio. Ela queria gritar, mas não tinha forças porque os dentes ficavam batendo sem parar. De repente, ouviu: perto dali, farfalhava o pinheiro; era Morozko, que pulava de galho em galho, de árvore em árvore. Ele estava no alto do pinheiro em que a mocinha estava recostada, e, de lá de cima, disse:

— Você está com calor, mocinha?

— Estou, estou, sim, querido Morozkinho.

Morozko começou a descer mais, farfalhando as folhas e estalando os galhos. Perguntou à mocinha:

— Você está com calor, mocinha? Você está com calor, bonitinha?

Ela mal conseguia respirar, mas ainda assim dizia:

— Está calor, Morozkinho! Está calor, meu queridinho!

As folhas farfalhavam mais ainda e os galhos estalavam com mais força. Morozko disse:

— Você tá com calor, mocinha? Você tá com calor, bonitinha? Você tá com calor, queridinha?

Ela ficou petrificada e mal conseguiu dizer:

— Ai, está calor, Morozkinho, meu benzinho!

Então, ele ficou com pena, cobriu a mocinha com uns casacos e a esquentou com cobertores.

De manhã, a velha disse ao marido:

— Vai lá acordar as meninas, velho resmungão!

O velho selou o cavalo e foi buscá-las. Quando chegou até Marfucha, ele a encontrou viva, vestindo um casaco de peles, um véu bom e uma caixa cheia de presentes caros. Sem dizer uma palavra, o velho pôs tudo na carroça, colocou a filha na boleia e foi para casa. Ao chegarem lá, a filha pá!: atirou-se aos pés da madrasta. A velha ficou impressionada de ver a moça viva, o casaco novo e a caixa de roupas.

— Ah, sua pilantrinha, você não me engana.

Então, pouco depois, a velha disse ao velho:

— Leve as minhas filhas para os maridos. Eles ainda não deram tanta coisa para elas!

Fazer isso não é feito fácil, mas o conto se conta correndo. Então, de manhã cedo, a velha deu de comer às filhas, vestiu-as com coroas[3] e colocou-as no caminho. O velho seguiu pela mesma rota e deixou as mocinhas sob o pinheiro. As nossas moças ficaram sentadas, rindo.

— Por que a nossa mãezinha inventou, de repente, de nos dar as duas em casamento? Como se na nossa aldeia não existissem rapazes! Vai saber que tipo de demônio vai aparecer!

As moças estavam vestindo casacos de pele, mas começaram a sentir muito frio.

— O que está acontecendo, Parakha? Esse frio está me incomodando. Bom, se esse admirador secreto não vier logo, nós vamos congelar aqui.

— Chega, Machka, pare de dizer bobagens! Os noivos devem ter se levantado cedo, mas agora estão almoçando no jardim.

— Mas, Parakha, e se só vier um, quem ele vai escolher?

— Acha que seria você, sua tonta?

— Ah, até parece, como se fosse escolher você!

— Claro que vai ser eu.

— Você! Você fica dissimulando e mentindo!

O Morozko esfriou as mãos das mocinhas, que as enfiaram no nariz e voltaram a brigar.

— Ah, você, com essa cara de sono, toda bamba com esse focinho horrendo! Não consegue fiar e nem pensa em limpar a casa.

— E você, sua fanfarrona! Do que você sabe? Só de passar pelos coretos você já vai se aproximando. Vamos ver quem ele escolhe primeiro!

E assim as mocinhas ficaram jogando conversa fora e começou a ficar frio de verdade. De repente, uma voz diz:

— Mas que coisa! Por que está demorando tanto? Olha, você já está roxa!

Então, ao longe, Morozko começou a farfalhar de pinheiro em

---

3 O ritual do casamento ortodoxo é feito com a coroação dos noivos (N. T.).

pinheiro, pulando e estalando os galhos.

As donzelas ouviram alguém se aproximando.

— Escuta, Parakha, já está chegando e traz um sininho.

— Sai para lá, sua pilantrinha! Eu não ouço nada, ele vai me escolher.

— Você ainda está pensando em casamento!

E começaram a assoprar os dedos. Morozko se aproximava mais e mais; por fim, chegou ao pinheiro, logo acima das meninas. Ele disse a elas:

— Estão com frio, mocinhas? Estão com frio, bonitinhas? Estão com frio, minhas andorinhas?

— Ai, Morozko, está um frio de doer! Nós estamos prestes a congelar, à espera do nosso noivo, mas aquele desgraçado sumiu.

Morozko começou a descer, balançando os galhos com mais força e farfalhando mais alto.

— Estão com frio, mocinhas? Estão com frio, bonitinhas?

— Que o diabo o carregue! Você por acaso é surdo? Nossas mãos e nossos pés estão congelando.

Morozko desceu ainda mais, soprou com força e disse:

— Estão com frio, mocinhas?

— Vá pro quinto dos infernos, suma daqui, desgraçado!

E as mocinhas congelaram.

Pela manhã, a velha disse ao marido:

— Vai, velho, vai atrelar a carroça. Leva um tanto de feno e um cobertor de pele. As meninas devem estar se resfriando; está um frio horrendo lá fora! E olha lá, hein, seu sem-vergonha, seu velho resmungão!

O velho não teve tempo nem de comer algo e já estava lá fora com o pé na estrada. Ele chegou até onde as filhas estavam e as encontrou mortas. Colocou-as, então, na carroça, cobriu-as com o cobertor e com uma estopa. A velha, quando avistou o velho ao longe, saiu correndo em direção a ele e ficou perguntando:

— Cadê as meninas?

— Estão na carroça.

A velha tirou a estopa, tirou o cobertor e encontrou as filhas mortas. Nesse instante, ela explodiu como um trovão, gritando com o velho:

— O que foi que você fez, seu velhaco? Você abandonou as minhas filhinhas, minhas filhinhas do coração, minhas sementinhas amadas, minhas frutinhas lindas! Eu vou arrebentar você com um rolo de massa, vou furar você com o atiçador!

— Já chega, seu trapo velho! Escuta, você foi tentada pela riqueza e suas filhas foram umas teimosas, e eu que sou o culpado? Você mesma quem quis que eu as levasse para lá.

A velha esbravejou e xingou, mas por fim fez as pazes com a enteada, e eles passaram a viver, a ser e a cultivar o bem, sem guardar mágoas. O velho levou a noiva para o casamento, e Marfucha viveu feliz. Ele assustava os netos com o Morozko e não os deixou ficar mimados. Eu estive no casamento, bebi hidromel, que escorreu da boca, mas não derramou.

a pequena Khavrochétchka

✴

Você sabe que
no mundo existem pessoas boas,
existem umas um pouco piores, e existem aquelas que não temem a Deus, que não têm
vergonha diante do irmão: foi esse tipo de gente que a
pequena Khavrochétchka encontrou. Ela ficou órfã muito jovem,
e essa gente a pegou para criar. Eles deram de comer para a menina e
não a deixaram ver o mundo de Deus, e a cansavam, a deixavam exausta
de tanto trabalhar; ela servia e limpava, e era responsável por tudo.

A sua dona tinha três filhas grandes. A mais velha chama-se Ciclope, a do meio, Biclope e a menor, Triclope; mas elas só sabiam ficar no portão, olhando para a rua, enquanto a pequena Khavrochétchka trabalhava para elas, fazia-lhes roupas, fiava e tecia, sem nunca ouvir uma palavra de gratidão. Isso era o que mais lhe doía: havia gente para bater e para empurrar, mas para elogiar e encorajar não tinha um!

Um dia a pequena Khavrochétchka foi para o campo, abraçou a vaca malhada, recostou-se no pescoço dela e disse como era difícil viver aquela vida.

— Vaquinha madrinha! Eles batem e mandam em mim, não me dão pão e não me deixam chorar. Amanhã me darão oitenta quilos para eu esticar, tecer, alvejar e fiar.

— Bela donzela! Entra por uma das minhas orelhas, sai pela outra e tudo estará feito.

E foi o que aconteceu. A bela donzela saiu da orelha da vaquinha e de repente estava tudo tecido, alvejado e fiado. Ela levou o trabalho feito à madrasta, que olhou, resmungou, enfiou em um baú e lhe deu mais trabalho. Khavrochétchka novamente foi à vaquinha, entrou em uma orelha, saiu pela outra e tudo estava prontinho para levar.

Aleksandr N. Afanásiev

Perplexa, a velha chamou Ciclope.

— Minha boa filha, minha bela filha! Vá ver quem está ajudando essa órfã, que tece, fia e enrola no tubo.

E Ciclope acompanhou a menina até o bosque, até o campo, e se esqueceu da ordem da mãe, deitando-se ao sol, estirada na graminha. E a Khavrochétchka dizia:

— Dorme, olhinho, dorme, olhinho!

E o olhinho dormiu. Enquanto Ciclope dormia, a vaquinha teceu e alvejou. A madrasta acabou não descobrindo nada, então mandou Biclope, que também se deitou ao sol e se esticou na graminha, esquecida das ordens da mãe e descansando os olhinhos. Khavrochétchka ninava:

— Dorme, olhinho, dorme, outrinho!

A vaquinha teceu, alvejou e fiou enquanto Biclope dormia.

A velha se irritou e, no terceiro dia, mandou Triclope e deu ainda mais trabalho para a órfã. Como as irmãs mais velhas, Triclope ficou pulando, pulando e na grama foi se deitando. Khavrochétchka cantava:

— Dorme, olhinho, dorme, outrinho!

Mas se esqueceu de ninar o terceiro. Assim, dois olhos dormiram, mas o último continuou olhando e viu tudo, tudo, viu a bela donzela entrar por uma orelha e sair pela outra com as meadas prontas. Assim, Triclope contou à mãe tudo o que tinha visto. A velha ficou feliz e, no dia seguinte, foi falar com o marido:

— Vai sangrar a vaca malhada!

O velhinho ficou assim, assim.

— O que é isso, mulher, está doida? A vaca é jovem, boa!

— Vai sangrar e pronto!

E o velho foi afiando a faquinha...

Vendo aquilo, Khavrochétchka foi, então, correndo até a vaquinha:

— Vaquinha madrinha! Eles querem matar você.

— E você, bela donzela, não coma da minha carne: junte os meus ossinhos em um lencinho, plante-os no jardim, regue com água todas as manhãs e nunca se esqueça de mim.

Khavrochétchka fez tudo o que a vaquinha mandou: passou fome, mas não pôs a carne na boca, regou todos os dias os ossinhos, e ali cresceu uma macieira, e que macieira, meu Deus! As maçãs eram suculentas, as folhas brilhavam douradas, os galhos balançavam prateados. Quem passasse por ali parava; quem chegasse perto ficava olhando.

Certa vez, as meninas passeavam pelo jardim, bem na naquela hora em que passava um príncipe rico, de cabelo cacheado e bastante jovem. Ele viu a macieira e parou as meninas.

— Donzelas! — disse ele. — Quem de vocês me trouxer uma maçã se casará comigo.

As três irmãs saíram correndo, uma na frente da outra, até a macieira. As maçãs estavam baixo, ao alcance das mãos, mas de repente se ergueram alto, muito alto, muito acima das suas cabeças. As irmãs quiseram derrubá-las, mas as folhas cobriam os olhos delas; tentaram bater, mas os galhos puxavam-lhes as cordas e, por mais que batessem, por mais que chacoalhassem, não conseguiam nada. Então, veio Khavrochétchka, e para ela os galhos se curvaram e as maçãs caíram. O príncipe casou-se com a moça, e eles passaram a viver bem, e ela nunca mais soube o que era sofrimento.

✳

a vaquinha

✷

Em certo reino,
em certo estado, viveram um
tsar e uma tsaritsa[1] que tinham uma filha,
Maria-tsarevna. Quando sua esposa morreu, o tsar
se casou, pela segunda vez com Iaguichna. Os dois tiveram
duas filhas: uma tinha dois olhos, e a outra, três. A madrasta
não gostava de Maria-tsarevna, então mandava a menina levar a
vaca para pastar e dava só um toquinho de pão duro para ela comer.

Maria foi até uma pradaria, curvou-se sobre o pezinho direito, em direção à vaquinha, bebeu e comeu, ficou satisfeita e passou o dia inteiro para lá e para cá atrás da vaquinhazinha, como se fosse uma tsaritsa. Passou o dia assim e de novo se curvou sobre o animal com o pezinho direito, levantou-se, chegou em casa e devolveu o toquinho de pão, colocando-o sobre a mesa.

— Como é que essa pilantrinha passa assim tão bem, tão viva? — perguntou-se Iaguichna.

No dia seguinte, deu à Maria-tsarevna o mesmo pedaço de pão e mandou a filha mais velha passear com a menina.

— Vá lá ver como Maria-tsarevna está se alimentando.

Elas chegaram à pradaria, e Maria-tsarevna disse:

— Vem cá, irmãzinha, para eu fazer um cafuné em você.

Então, começou a fazer carinho e dizer para a menina:

— Dorme, dorme, irmãzinha! Dorme, dorme, queridinha! Dorme, dorme, olhinho! Dorme, dorme, outrinho!

---

[1] Tsar, também chamado de tsar, czar ou csar, é um título de nobreza equivalente a rei e a imperador, utilizado pelos soberanos russos até a Revolução Russa, em 1917. Tsaritsa é a esposa do tsar, isto é, a rainha ou imperatriz. A filha do tsar – o equivalente a uma princesa –, por sua vez, recebe o título de tsarevna (ou czarevna). Por fim, tsarévitch corresponde ao título de príncipe, isto é, designa a linhagem masculina (filhos) do tsar (N. T.).

A irmã pegou no sono, e Maria-tsarevna se levantou, foi até a vaquinhazinha, com o pezinho direito fez uma reverência a ela, bebeu, comeu, ficou saciada e passou o dia todo para lá e para cá, como uma tsaritsa. A noite caiu, e Maria-tsarevna se despediu e disse:

— Levante-se, irmãzinha! Levante-se, queridinha! Vamos para casa.

— Minha nossa! – esbravejou a irmã. – Eu dormi o dia inteiro, não vi nada. E agora a mamãe vai brigar comigo!

Quando chegaram em casa, a mãe perguntou:

— O que bebeu Maria-tsarevna, o que ela comeu?

— Eu não vi nada.

Iaguichna brigou com a menina e de manhã levantou-se e mandou a filha de três olhos.

— Vai lá e veja como que ela, aquela pilantrinha, come e bebe.

As mocinhas chegaram à pradaria para a vaquinha pastar. Maria-tsarevna, então, disse:

— Irmã! Venha cá para eu fazer um cafuné na sua cabeça.

— Faça cafuné, irmãzinha, faça, querida!

Maria-tsarevna começou a fazer carinho e a dizer:

— Dorme, dorme, irmãzinha! Dorme, dorme, queridinha! Dorme, dorme, olhinho! Dorme, dorme, outrinho!

Mas Maria-tsarevna se esqueceu do terceiro olho, que ficou olhando e observando o que ela estava fazendo. A menina foi até a vaquinha, curvou-se sobre o próprio pezinho direito, bebeu, comeu, ficou satisfeita. Em seguida, quando o sol começou a se pôr, ela novamente se curvou para a vaquinha, despediu-se e foi acordar a irmã de três olhos.

— Levante-se, irmãzinha! Levante-se, minha querida! Vamos para casa.

Maria-tsarevna chegou em casa e colocou o pedacinho de pão seco na mesa. A mãe começou a perguntar à filha:

— O que ela anda bebendo e comendo?

E a filha de três olhos contou tudo. Por causa disso, Iaguichna ordenou:

— Velho, vai sangrar a vaquinhazinha.

E o velho obedeceu, matando a vaquinha. Maria-tsarevna pediu:

— Papaizinho querido, dela me dê ao menos o intestino.

O velho jogou-lhe as tripas; a menina pegou, colocou perto do mourão da porteira, onde crescia um arbusto em que nasciam frutinhas doces e pousavam vários passarinhos que cantavam músicas aristocráticas e campesinas.

Ivan-tsarévitch ficou sabendo de Maria-tsarevna. Assim, foi até a madrasta dela, pôs um prato na mesa e disse:

— A moça que encher meu prato de frutinhas se casará comigo.

Iaguichna mandou a filha mais velha juntar amoras. Os passarinhos não a deixavam se aproximar, parecia que iam arrancar os olhos dela. A madrasta mandou a outra filha, que também não conseguiu. Por fim, mandou Maria-tsarevna. A menina pegou o prato e foi colher as frutinhas. Ela pegava uma, e os passarinhos delicados colocavam mais duas ou três no prato. Maria-tsarevna voltou, serviu o prato e fez uma reverência ao tsarévitch. Ali mesmo fizeram um brinde ao casamento. Ivan-tsarévitch se casou com Maria-tsarevna, e eles passaram a viver felizes, fazendo o bem.

Depois de algum tempo, nasceu o filho dos dois. A moça ficou com vontade de ir ver o pai, avô da criança, então foi visitá-lo com o marido. A madrasta a transformou em um ganso e casou a filha mais velha com Ivan-tsarévitch.

O rapaz voltou para casa. Enquanto isso, o velho pai da moça se levantou cedo, cedinho, lavou-se bem lavadinho, pegou a filha caçula pela mão e levou-a até o arbusto. Vinham voando os gansos e os sabiás.

— Gansos e sabiás, meus queridos! Vocês viram a jovem mãe?

A jovem mãe pousou, arrancou a própria pele, arrancou outra, pegou o filho nos braços e deu a carne do próprio peito para ele comer, enquanto chorava.

— Hoje eu dou de comer, amanhã também, mas depois de amanhã vou embora para além do bosque negro, para lá das montanhas altas.

O velhinho foi para casa e o menino ficou dormindo até de manhã, sem acordar. Cheia de ideias, a velha Iaguichna ficou brava pelo fato de o velhinho ter ido à pradaria para matar o neto de fome! De manhã, o avô acordou novamente bem cedo, lavou-se bem lavadinho e foi com o filho de Maria-tsarevna para a pradaria. Ivan-tsarévitch se levantou e seguiu o velhinho sem ser visto, ficando escondido em um arbusto. Vieram voando os gansos, inclusive gansos cinzas. O velhinho chamava:

— Gansos, meus queridos, gansinhos cinzas! Vocês viram a jovem mãe?

— Estava com outro bando.

E o outro bando apareceu:

— Gansos, meus queridos, gansinhos cinzas! Vocês viram a jovem mãe?

E jovem mãe pousou, tirou uma pele, tirou outra, pegou o filho nos braços e deu a carne do próprio peito para ele comer, enquanto chorava.

— Amanhã eu vou embora para além do bosque negro, para lá das montanhas altas.

Ela devolveu o bebê ao velhinho:

— Mas que cheiro de groselha é esse?

Ela queria colocar a pele de volta, mas não conseguia achar nada. Ivan-tsarévitch a tinha queimado. Ele pegou Maria-tsarevna, e ela virou um sapo, depois um lagarto e todo tipo de praga; por último, virou um fuso. Ivan-tsarévitch quebrou o fuso em dois, jogou a base para trás e a ponta para frente. Diante dele, surgiu, então, uma jovem mocinha. Eles foram juntos para casa. A filha de Iaguichna gritou até mandar parar:

— A devastadora está vindo! A destruidora está vindo!

Ivan-tsarévitch juntou, então, os cavaleiros e os boiardos e perguntou a eles:

— Com qual esposa vocês preferem que eu viva?

Eles responderam:

— Com a primeira.

— Bom, senhores, então eu vou ficar com a esposa que subir mais rápido no portão.

Assim, a filha de Iaguichna imediatamente começou a galgar o portão, enquanto Maria-tsarevna só ficava escorregando, não conseguia subir. Então, Ivan-tsarévitch pegou a arma e atirou na esposa fofoqueira, voltando a viver com Maria-tsarevna como antes, felizes e fazendo o bem.

✳

Baba-Iagá

Aleksandr N. Afanásiev

✳

Era uma vez
um homem e sua esposa. Os dois
tiveram uma filha, mas a mulher acabou
morrendo. O camponês se casou com outra, e juntos
eles também tiveram uma filha. Então, a esposa começou
a implicar com a enteada e não dava sossego à órfã. O nosso
mujique pensou, pensou e levou a filha mais velha para o bosque.
No meio da floresta, ele vê um isbá com pernas de galinha, então diz:

— Isbá, isbázinho! Vire de costas para o bosque e de frente para mim.

E a cabaninha virou. O mujique entrou no isbá, onde estava Baba-Iagá[1] com a cabeça para frente, um pé em um canto e outro no outro.

— Sinto cheiro de russo! — disse Iagá.

O mujique fez uma reverência.

— Baba-Iagá, da perna de osso! Eu te trouxe minha filhinha para lhe servir.

— Ah, está bem. Sirva de serva minha — disse Iagá à garotinha —, que eu lhe dou uma recompensa.

O pai se despediu e foi para casa. Baba-Iagá deu à garota uns novelos em uma cestinha, mandou esquentar o forno e arrumar tudo, mas ela mesma foi embora. Então, a garota foi acender o forno, mas logo começou a soluçar. Uns ratinhos vieram correndo e perguntaram:

— Mocinha, mocinha, por que está chorando? Nos dê um pouquinho de mingau, e nós te daremos uma ajudinha.

Ela deu o mingau para eles.

---

[1] No folclore eslavo, a também chamada "Baba Yaga" é um ser sobrenatural com aparência de mulher velha e nariz grande que voa pelos céus montada em uma vassoura. Trata-se do equivalente, por exemplo, à bruxa dos contos mais conhecidos na literatura ocidental (N. T.).

— Bom, então — disseram —, ponha um fiozinho em cada fuso.
Então, a Baba-Iagá voltou e ficou se perguntando:
— E como é que ela cuidou de tudo?
E a garota realmente tinha arrumado tudo.
— Bom, venha comigo, venha me lavar na sauna.

Iagá elogiou a menina, arranjou-lhe muito o que fazer e de novo partiu, deixando uma tarefa ainda mais difícil; de novo, a garota começa a chorar. Vêm correndo os ratinhos e dizem:

— O que foi, menina bonita, por que está chorando? Nos dê um pouquinho de mingau, e nós te daremos uma ajudinha.

Ela deu o mingau, e novamente eles a ensinaram o quê e como fazer. Assim que voltou, Baba-Iagá elogiou a menina mais uma vez e arrumou mais trabalho para ela, até que a madrasta mandou o marido ir ver se a filha dele ainda estava viva.

E o mujique partiu; quando chegou, viu que a filha tinha ficado muito, muito rica. Iagá não estava em casa, então ele a levou consigo. Quando estavam chegando à aldeia, o cachorro latia em casa assim:

— Au, au, au! Estão trazendo uma dama, estão trazendo uma dama!

A madrasta espantou o cachorro com um rolo de macarrão.

— Que mentira! — disse ela. — Diga que os ossos estão chacoalhando no bornal!

Mas o cachorro continuou latindo do mesmo jeito. Os dois chegaram. A madrasta continuou importunando o marido, mas dessa vez era para que ele levasse a filha mais nova. E o mujique assim o fez.

A Baba-Iagá deu uns trabalhos à nova menina e foi embora. A mocinha ficou tão triste que começou a chorar. Então, vieram os ratinhos e perguntaram:

— Mocinha, mocinha! Por que você está chorando?

Mas ela nem esperou que terminassem para sair correndo atrás deles com um rolo de massa, para lá e para cá. Ela perdeu um tempão com aquilo e acabou não fazendo o que devia ser feito. Iagá voltou e ficou muita brava. Da vez seguinte aconteceu a mesma coisa, então Iagá a matou e meteu seus ossinhos em uma caixa. Enquanto isso, a mãe mandou o marido ir ver a filha. O pai da moça chegou e pegou alguns ossinhos.

Aleksandr N. Afanásiev

Quando estava se aproximando da aldeia, o cachorro novamente começou a latir na varanda.

– Au, au, au! Os ossinhos estão chacoalhando no bornal!

A madrasta veio correndo com o rolo de macarrão:

– Que mentira – disse ela. – Diga que estão trazendo uma dama!

Mas o cachorro continuou latindo do mesmo jeito.

– Au, au, au! Os ossinhos estão chacoalhando no bornal!

O marido chegou, e ali mesmo a esposa soltou um grito!

Eis que eu lhe contei uma história, então agora você me dá um conto em troca.

✳

Vassilissa, a bela

Aleksandr N. Afanásiev

✷

Era uma vez um comerciante que vivia em certo reino. Ele tinha sido casado durante doze anos, e só havia tido uma filha, Vassilissa, a bela. Quando sua mãe se foi, a menina tinha oito anos. No leito de morte, a esposa chamou a filhinha, tirou uma boneca do lençol, entregou-lhe e disse:

— Preste atenção, Vassilissazinha! Lembre-se disso e cumpra meu último desejo. Eu vou morrer e deixo para você a minha bênção de mãe e esta boneca, que você deve levar consigo sempre e não mostrar a ninguém. Quando tiver algum problema, dê-lhe de comer e peça conselhos. Ela vai comer e dizer como você deve resolvê-lo.

Depois disso, a mãe beijou a filha e morreu. Após a morte da esposa, o comerciante ficou muito triste, como esperado, e ficou pensando em como poderia se casar de novo. Ele era um homem bom e não ficava atrás de noivas, mas gostava muito de uma viúva. Ela já era mais velha, tinha duas filhas quase da idade de Vassilissa, era uma dona de casa e uma mãe experiente. O comerciante se casou com ela, mas foi enganado e não encontrou nela uma boa mãe para sua Vassilissa. A menina era a mais bonita de toda a aldeia, e tanto a madrasta quanto as filhas tinham inveja da beleza dela e importunavam-na com todo tipo de trabalho imaginável para que ela emagrecesse de tanto trabalhar, para que o vento e o sol enrugassem sua pele. Não lhe davam sossego!

Vassilissa continuava fazendo tudo sem reclamar e a cada dia ficava mais bonita e ganhava mais corpo. Enquanto isso, a madrasta e suas filhas emagreciam e continuavam magras de ruim, apesar de passarem o dia inteiro sentadas de braços cruzados, como aristocratas. E como isso acontecia? Vassilissa recebia a ajuda da boneca. Sem ela, de que jeito a garotinha conseguiria lidar com todo aquele trabalho? Mas às vezes a própria Vassilissa não comia e dava o pedaço mais gostoso pra boneca e, à noite, quando todos já estavam deitados, ela se trancava na pequena edícula em que morava e alimentava a boneca, dizendo:

— Aqui, bonequinha, come e escuta o meu problema! Eu moro na casa do papai, não tenho felicidade nenhuma e a madrasta malvada quer me varrer deste mundo. Me ensina como devo ser e viver e o que devo fazer?

A boneca comia e depois lhe dava conselhos, consolava a dor da moça e, até o amanhecer, fazia todo o trabalho por Vassilissa. Enquanto a menina ficava só descansando no relento e colhendo flores, a boneca já tinha arrancado as ervas daninhas da horta, as couves já tinham sido regadas, a água, retirada do poço e o forno, aceso. A boneca também mostrava a Vassilissa como cuidar da pele usando plantas. A menina vivia bem com a bonequinha.

Passaram-se alguns anos. Vassilissa cresceu e chegou à idade de se casar. Todos os pretendentes da cidade visitavam a moça; ninguém nem sequer olhava para as filhas da madrasta, que ficou mais zangada do que nunca e respondia a todos os pretendentes:

— Não vou casar a mais nova antes das mais velhas!

E, depois de mandar os pretendentes embora, ela descontava toda a raiva em Vassilissa.

Então, certa feita, o comerciante resolveu deixar a casa por um longo período, em uma viagem de negócios. A madrasta se mudou para outra casa, que era rodeada por um bosque denso, onde havia um isbázinho. Ali, morava Baba-Iagá. Ela não recebia ninguém e comia pessoas como se fossem frangos. Depois de fazer a comemoração da nova casa, a comerciante começou a dar um jeito de enviar a odiada Vassilissa para o bosque, mas a moça sempre voltava inteira pra casa porque a boneca lhe indicava o caminho e não deixava que ela se aproximasse do isbázinho de Baba-Iagá. Veio, então, o outono. A madrasta deu a todas as três moças trabalhos para noite: uma tinha de fazer rendas; outra, meias de malha; Vassilissa devia fiar. Ela apagou todas as velas da casa, menos a que ficava no cômodo em que as moças estavam fazendo as tarefas, e foi dormir. As três ficaram trabalhando. A vela estava se apagando quando uma das

Aleksandr N. Afanásiev

filhas da madrasta pegou uma pinça para ajeitar o pavio. Por ordens da mãe, porém, a menina apagou a vela, como se tivesse sido sem querer.

— E agora? O que faremos? – disseram as moças. – Não temos fogo em lugar nenhum da casa, e nossas tarefas não estão prontas. Precisamos ir à casa da Baba-Iagá para buscar fogo!

— Os meus alfinetes brilham! – disse a que fazia rendas. – Eu não vou.

— Eu também não vou – disse a que tricotava meias. – As minhas agulhas brilham!

— Vá você buscar o fogo, então – gritaram as duas para Vassilissa. – Vá à casa da Baba-Iagá!

E empurraram a moça para fora do cômodo.

Vassilissa foi para a pequena edícula, colocou o jantar pronto diante da boneca e disse:

— Aqui, bonequinha, come e escuta meu problema: elas me mandaram buscar fogo na casa da Baba-Iagá, mas ela vai me comer!

A boneca comeu, os olhos brilhando como duas velinhas.

— Não se preocupe, Vassilissazinha! Vá aonde mandaram, mas sempre me mantenha diante de você. Na minha presença, nada vai acontecer com você na casa da Baba-Iagá.

Vassilissa se preparou, colocou a boneca no bolso, fez o sinal da cruz e partiu para o denso bosque. Estava tremendo, quando, de repente, passa por ela um cavaleiro branquíssimo, a roupa toda branca, em um cavalo branco, o arreio branco também. Era o arrebol que iluminava a floresta.

Ela seguia adiante, quando outro cavaleiro passou por ela: vermelhíssimo, a roupa toda vermelha, em um cavalo vermelho. Era o sol que levantava.

Vassilissa seguiu a noite toda e o dia inteiro, e só chegou no dia seguinte à clareira em que ficava o isbá da Iagá-Baba; a cerca ao redor dele era feita de ossos de gente, e cabeças humanas com olhos estavam enfiadas nos mourões; no lugar das traves do portão, havia pernas humanas; no lugar de travas, mãos; no lugar de um cadeado, uma boca com dentes afiados. Vassilissa travou de medo e parou feito uma estátua. De repente, surgiu mais um cavaleiro: pretíssimo, a roupa toda preta, em um cavalo preto. Ele galopou até os portões de Baba-Iagá e desapareceu, como se a terra o tivesse engolido. A noite caiu, mas a escuridão durou pouco porque logo os olhos de todas as cabeças começaram a brilhar, e toda a clareira ficou iluminada, como se fosse dia. Vassilissa tremia de medo, mas, sem saber para onde ir, ficou parada.

Logo se ouviu um barulho assustador vindo do bosque: as árvores estalavam, as folhas secas farfalhavam; saiu de lá a Baba-Iagá em um pilão, dirigindo com o pistilo e varrendo os rastros com uma vassoura. Ela chegou aos portões, parou, cheirou ao redor e gritou:

— Pfu, pfu! Sinto cheiro de russo! Quem está aí?

Vassilissa se aproximou da velha com medo, fez uma reverência até o chão e disse:

— Sou eu, vozinha! As filhas da minha madrasta me mandaram aqui buscar fogo.

— Está bem — disse Iagá-Baba. — Eu as conheço, então primeiro você viverá e trabalhará aqui comigo, depois eu lhe dou o fogo. Do contrário, eu te como!

Em seguida, virou para o portão e gritou:

— Ei, minhas fortes trancas, afrouxem; meus largos portões, abram!

O portão abriu, e Baba-Iagá entrou assoviando, com Vassilissa atrás dela. Tudo se trancou novamente e, ao entrar na casa, Baba-Iagá se esticou, dizendo à Vassilissa:

— Venha cá e me dê o que estiver no forno. Estou com fome.

Vassilissa acendeu uma brasa nas cabeças que estavam nos mourões e começou a levar a comida do forno pra Iagá, e o banquete daria para dez pessoas; da adega ela trouxe kvas, mel, cerveja e vinho. A velha comeu e bebeu tudo. Vassilissa só deixou algumas cerejas, um pedacinho de pão e um pouquinho de leitão. Quando Iagá-Baba estava indo se deitar para dormir, disse:

— Amanhã, quando eu sair, você faça o seguinte: limpe o jardim, varra o isbá, prepare o almoço, cuide da roupa, vá ao celeiro, pegue um quarto de trigo e separe o joio. E, se você não tiver feito tudo, eu vou comer você!

Depois de dar as ordens, Baba-Iagá começou a roncar. Vassilissa colocou as sobras do jantar da velha diante da boneca, começou a chorar e disse:

— Aqui, bonequinha, come e escuta o meu problema! A Iagá-Baba me deu um trabalho duro e ameaçou me comer se eu não fizer tudo, por favor, me ajude!

A boneca respondeu:

— Não se preocupe, Vassilissa, a bela! Jante, reze e vá dormir. A manhã é melhor conselheira que a noite!

De manhã bem cedinho, Vassilissa acordou, mas Baba-Iagá já tinha se levantado e, indo até a janela, viu que os olhos das cabeças tinham se apagado. Então, surgiu o cavaleiro branco e trouxe a aurora. Baba-Iagá saiu para o jardim, assoviou, e diante dela surgiu o pilão com o pistilo e a vassoura. O cavaleiro vermelho passou correndo, o sol nasceu. Baba-Iagá se sentou no pilão e saiu do jardim, guiando com o pistilo e apagando o rastro com a vassoura. Vassilissa ficou sozinha. Percorreu a casa de Baba-Iagá, impressionou-se muito com tudo e acabou pensativa, perguntando-se por qual trabalho começaria. Quando foi ver, todo o trabalho já estava feito: a boneca tinha separado o joio do trigo.

— Ah, você é a minha salvadora! — disse Vassilissa à boneca. — Você me salvou de um verdadeiro infortúnio.

— Você só precisa preparar o almoço — respondeu a boneca, pulando para o bolso da Vassilissa. — Cozinhe com Deus e descanse tranquila!

Até a noite, Vassilissa preparou a mesa e esperou Baba-Iagá. Começou a anoitecer; surgiu dos portões o cavaleiro negro e tudo escureceu, só brilhavam os olhos das cabeças. As árvores estalavam, as folhas farfalhavam: Baba-Iagá estava vindo. Vassilissa se encontrou com ela.

— Já fez tudo? — perguntou Iagá.

— Veja você mesma, vozinha! — disse Vassilissa.

Baba-Iagá verificou tudo e, triste por não ter do que reclamar, disse:

— Então está bem!

Depois gritou:

— Meus servos fiéis, amigos do peito, triturem o meu trigo!

Surgiram três pares de mãos, que pegaram o trigo e levaram para longe. Baba-Iagá comeu até ficar saciada. Começou a se preparar para dormir e deu mais uma ordem a Vassilissa:

— Amanhã faça tudo o que fez hoje e pegue no celeiro as sementes de papoula e separe os grãos da terra também, porque alguém os misturou de maldade!

A velha disse isso, virou-se para a parede e começou a roncar. Vassilissa começou a alimentar a boneca. A boneca comeu e disse o mesmo que no dia anterior:

— Reze e vá dormir. A manhã é melhor conselheira que a noite, e tudo estará feito, Vassilissazinha!

Pela manhã, Baba-Iagá saiu em seu pilão de novo. Vassilissa e a boneca fizeram imediatamente todo o trabalho. A velha voltou, viu tudo e gritou:

— Meus servos fiéis, amigos do peito, extraiam o óleo da papoula!

Surgiram três pares de mãos, pegaram as sementes e levaram para longe. Baba-Iagá se sentou pra almoçar. Enquanto a velha comia, Vassilissa ficava em pé, calada.

— Por que você não fala nada comigo? – disse Baba-Iagá. – Fica aí de pé, como uma boba!

— Eu não ousaria – respondeu Vassilissa –, mas, se me permite, eu queria lhe perguntar uma coisa.

— Pergunte, mas nem todas as perguntas são boas. Quanto mais se sabe, mais se envelhece.

— Eu quero lhe perguntar, vozinha, sobre o que vi quando estava vindo para cá; passou por mim um cavaleiro em um cavalo branco, todo branco, vestido de branco. Quem era?

— É o dia, o meu claro – respondeu Baba-Iagá.

— Depois passou por mim outro cavaleiro, em um cavalo vermelho, todo vermelho, vestido todo de vermelho. Quem era?

— É o meu solzinho vermelho! – respondeu Baba-Iagá.

— E quanto ao cavaleiro negro, que passou por mim ao pé do seu portão, vozinha?

— Esse é a minha noite escura, todos eles são meus servos fiéis!

Vassilissa se lembrou dos três pares de mãos e ficou em silêncio.

— O que foi? Não quer me perguntar mais nada? – disse Baba-Iagá.

— Era só isso, e você mesma disse, vozinha, que quanto mais se sabe, mais se envelhece.

Aleksandr N. Afanásiev

— Ainda bem que você perguntou sobre o que viu fora do jardim, e não dentro dele! Eu não gosto de lavar a roupa suja em público e devoro os que perguntam demais! Agora eu lhe pergunto: como consegue realizar o trabalho que eu mando você fazer?

— A bênção da minha mãe me ajuda — respondeu Vassilissa.

— Então é isso! Vá embora daqui, sua filha benta! Eu não preciso de gente abençoada.

Ela arrastou Vassilissa para fora da sala e a empurrou para fora do portão. Tirando da cerca uma cabeça cujos olhos brilhavam, colocou-a em um pau, deu para a moça e disse:

— Aqui está o fogo para as filhas da madrasta. Pega, porque elas mandaram você aqui para buscar isso.

Vassilissa saiu correndo para casa com a luz da cabeça, que só se apagaria com a chegada da manhã. Por fim, chegou à sua casa à noite do dia seguinte. Ao se aproximar dos portões, queria jogar fora a cabeça.

— Finalmente em casa! — pensou consigo mesma. — Já não preciso mais do fogo.

De repente, ouviu uma voz rouca vinda da cabeça:

— Não me jogue, me leve para a madrasta!

Ela olhou para a casa da madrasta e, como não viu nem uma chama pela janelinha, decidiu levar a cabeça para lá. A princípio, Vassilissa foi recebida com carinho e disseram que, desde que ela havia saído de casa, não havia fogo, não conseguiam acender nada de jeito nenhum, e, mesmo buscando fogo nos vizinhos, assim que entravam em casa, ele se apagava.

— Quem sabe o seu fogo pegue! — disse a madrasta.

Trouxeram a cabeça para dentro, mas, quando os olhos fitaram a madrasta e suas filhas, elas queimaram! Elas tentaram se esconder, mas aonde quer que fossem, os olhos as seguiam por toda parte. Quando a manhã chegou, elas já tinham se transformado em carvão. Só Vassilissa escapou.

De manhã, a moça enterrou a cabeça, trancou a casa à chave e foi para a cidade, para pedir para morar com uma velha sem filhos, dizendo que estava esperando o pai sozinha. Falou para a velhinha:

— Eu fico triste de ficar em casa sem ter o que fazer, vozinha! Vá comprar o melhor linho pra mim, que eu vou fiar.

A velha comprou um linho bom, e Vassilissa começou a trabalhar. Trabalhava com tanto afinco que o fio saía fino como um fio de cabelo. Ela conseguiu fiar bastante, seria hora de começar a tecer, mas não conseguiam encontrar os instrumentos que fizessem jus ao fio de Vassilissa, ninguém se prestava a fazer isso. Vassilissa foi pedir à sua boneca, e ela disse:

— Traga-me um pente velho, uma lançadeira usada e uma crina de cavalo, que eu improviso tudo pra você.

Vassilissa fez tudo o que precisava e se deitou para dormir, e enquanto isso a boneca preparou um tecido glorioso. Quando o inverno chegou ao fim, estava pronto o tecido, e era tão fino que se poderia passar todo de uma vez pelo olho de uma agulha. Na primavera, o tecido foi alvejado, e a Vassilissa disse à velha:

— Vozinha, venda esse tecido e pegue o dinheiro para você.

A velhinha olhou para a peça e se engasgou:

— Não, filhinha! Um tecido desse não deve ser usado por ninguém além do tsar. Vou levar para o palácio.

E foi a velhinha até a casa do tsar, passando perto das janelas. O tsar viu e perguntou:

— Em que posso ajudar, velhinha?

— Vossa majestade, eu trouxe uma peça peculiar. Não quero mostrar a ninguém além do senhor.

O tsar ordenou que deixassem a velha vir vê-lo e, assim que viu o tecido, ficou maravilhado.

— Quanto quer por ele? — perguntou o tsar.

— Ele não tem preço, tsar, meu paizinho! Eu lhe trouxe como presente.

O tsar agradeceu a velha e se despediu com presentes.

Queriam fazer uma camisa para o tsar com esse tecido. Procuraram e procuraram, mas não encontraram em parte alguma um alfaiate que quisesse aceitar o trabalho. Procuraram por muito tempo, e por fim o tsar chamou a velha e disse:

— Você conseguiu fiar e tecer esse tecido, então você será capaz de costurar uma camisa com ele.

— Não fui eu quem fiou e teceu o tecido, meu senhor — disse a velha. — Esse trabalho é da minha filha adotiva, uma mocinha.

– Então deixe que ela costure!

A velha voltou pra casa e disse tudo a Vassilissa, que respondeu:

– Eu sabia que esse trabalho não me escaparia das mãos.

Ela se fechou no quarto e começou a trabalhar; costurava sem parar, e logo uma dúzia de camisas ficou pronta.

A velha levou a dúzia para o tsar, e a Vassilissa se banhou, se arrumou, se vestiu e se sentou à janela, esperando para ver o que aconteceria. Ela viu que um servo do tsar se aproximou da velha, que estava no jardim. Ele entrou na casa e disse:

– O senhor tsar quer ver a senhorita que fez as camisas e deseja recompensá-la com suas próprias mãos reais.

E a moça foi se apresentar aos olhos do tsar. Assim que viu Vassilissa, a bela, ele se apaixonou perdidamente por ela.

– Não, minha bela dama! Não me separarei de você, você será minha esposa.

E ali mesmo o tsar pegou Vassilissa pelas mãos brancas, sentou-a ao seu lado e fizeram ali mesmo o casamento. Pouco depois, o pai de Vassilissa voltou e ficou feliz com o destino dela, passando a viver com a filha. Vassilissa trouxe a velha para morar consigo e sempre manteve a boneca no bolso, até o fim da vida.

✻

os cisnes

Aleksandr N. Afanásiev

✸

Era uma vez um velhinho e uma velhinha que tinham uma filha e um filho pequenininho.
– Filhinha, filhinha! – disse a mãe. – Nós vamos trabalhar. Traremos uns pãezinhos para você, costuraremos um vestidinho, compraremos um lencinho. Seja esperta, cuide do seu irmão e não saia do jardim.

Os velhos saíram, e a filhinha se esqueceu do que os pais disseram. Ela colocou o irmão na grama ao pé da janelinha e saiu pela rua, brincando e passeando. Chegaram voando uns cisnes, que pegaram o garoto e o levaram nas asas. A filhinha chegou, olhou, e cadê o irmão!? Ela se engasgou de susto, correu para cá e para lá, e nada. Gritou, chorou, reclamou que passariam maus bocados com o pai e a mãe, e o irmão não respondia! Saiu correndo para o campo e, ao longe, uns cisnes desciam dos céus, pousando depois do bosque escuro. Os cisnes havia muito tinham má fama, por pregarem muitas peças e roubarem crianças pequenas, então a garotinha imaginou que eles haviam levado o irmão e saiu correndo para alcançá-los. Ela correu que correu, até chegar a um forno.

– Forno, forno, me diz, para onde foram os cisnes?
– Coma o meu pãozinho de centeio, que eu digo.
– Ah, mas lá na casa do meu paizinho não comemos isso!

O forno não contou. A menina saiu correndo e mais adiante encontrou uma macieira.

– Macieira, macieira, me diz, para onde foram os cisnes?
– Coma a minha maçã silvestre, que eu digo.
– Ah, mas lá na casa do meu paizinho não comemos nem as de pomar!

E saiu correndo adiante, onde havia um rio de leite e mel.

– Rio de leite e mel, para onde foram os cisnes?

— Tome o meu simples leite com mel, que eu digo.

— Ah, mas lá na casa do meu paizinho não comemos laticínios!

E ela teria corrido ainda muito tempo pelos campos e caminhado pelo bosque, mas, felizmente, encontrou um pinheiro. Queria balançá-lo, mas ficou com medo de se espetar, então perguntou:

— Pinheirinho, pinheirinho, você não viu para onde foram os cisnes?

— Foram para lá – e apontou.

Ela foi correndo e encontrou um isbá com pernas de galinha que se erguia sobre os pés e se virava. No isbá, estava Baba-Iagá, da cara enrugada, da perna de barro. O irmão também estava sentado no banquinho, brincando com maçãs douradas. Quando a irmã o viu, ela se aproximou sorrateiramente, pegou-o e levou embora, mas os cisnes vieram voando atrás dela para pegá-los. Onde se esconderiam? Corria o rio de leite e mel.

— Riozinho, meu queridinho, me ajude!

— Beba o mel e leite!

Não havia o que fazer, então ela bebeu. O riozinho a levou para dentro das margens, e os cisnes passaram voando. Ela saiu e disse:

— Obrigada!

E novamente saiu correndo com o irmão, mas os cisnes voltaram e voavam em sua direção. O que fazer? Que desgraça! Lá estava a macieira.

— Macieira, macieira, querida, me ajude!

— Coma a minha maçã silvestre!

Ela comeu depressa. A macieira os cobriu com os galhos e os escondeu com as folhas. Os gansos passaram reto. Ela saiu e voltou a correr com o irmão, mas os gansos perceberam, e lá foram eles atrás dos garotos, batendo as asas, quase tomando o irmão das mãos dela! Felizmente, o forno estava no meio do caminho.

— Forno, meu senhor, me ajude!

— Coma o meu pão de centeio!

A garota rapidamente enfiou o pão na boca e pulou dentro do forno. Os cisnes ficaram voando, voando, gritando, gritando, mas saíram de asas abanando. Então, ela saiu correndo para casa, e ainda bem, porque ela conseguiu chegar pouco antes dos pais.

a verdade e a mentira

✳

                        Então o caso
foi esse que vou contar em honra
à sua saúde. Não é por raiva da sua graça,
mas para contar aqui entre nós como é que dois dos
nossos irmãozinhos, pobres de dar dó, acabaram brigando
entre si. Um deles vivia daquele jeito, sempre contando mentiras, e era bom em enganar os outros, sabe? Pegá-lo de jeito era um feito. Já o outro vivia a vida pelo certo e trabalhava para viver bem. Foi por isso que a briga toda começou. Um deles disse:

— É melhor viver na mentira.

E o outro respondeu:

— Não dá para viver a vida na mentira, não tem jeito melhor de viver a vida que na verdade.

Foi aí que ficaram nessa de brigar e brigar, sabe, e ninguém mudou de ideia.

E eles foram indo pela estrada, meu irmãozinho. Eles foram indo e decidiram perguntar três vezes a quem eles encontrassem o que as pessoas achavam daquilo. E eles foram e foram, meu irmãozinho, e viram um rapazinho aristocrático cuidando da terra. Então, eles se aproximaram dele, sabe? Eles se aproximaram e disseram:

— Que Deus te ajude, compadre. Você vai resolver nossa questão: como é melhor viver neste velho mundo, na verdade ou na mentira?

— Não, irmãos, escutem bem! Viver na verdade não dá, é mais tranquilo viver na mentira. O negócio é o seguinte: os nossos senhores nos tiram os dias sem parar, está entendendo? E mal conseguimos trabalhar para nós mesmos.[1] Por causa da servidão, você finge que está doente, mas

---

[1] Assim como ocorria em alguns países da Europa ocidental, a servidão russa pressupunha dias de trabalho nas terras dos senhores como parte dos impostos pagos pelos servos.

vai para a floresta buscar lenha, entende? Se tiver alguma proibição, vai de madrugada.

– Então, está vendo? Eu estou certo – disse o mentiroso para o honesto.

Seguiram pelo caminho para ver o que diria o seguinte. Foram andando e andando até verem um comerciante vindo em uma carruagem. Aproximaram-se dele. Aproximaram-se e perguntaram:

– Espera um minutinho: não é para irritar a vossa graça que queremos perguntar uma coisa. Resolva nossa questão: como é melhor viver neste mundo, na verdade ou na mentira?

– Não, gente, escute aqui! É ruim viver na verdade, melhor é viver mentindo. Nós somos enganados e enganamos também, está entendendo?

– Bom, está vendo? Eu estou certo – disse novamente o mentiroso ao honesto.

E mais uma vez seguiram pelo caminho para ver o que dizia um terceiro. Andaram que andaram e então viram: um pope[2] vinha na direção dos dois. Eles se aproximaram, e perguntaram:

– Espera um minutinho, paizinho, resolva a nossa questão: como é melhor viver neste mundo, na mentira ou na verdade?

– Então inventaram o que perguntar. Certamente que é na mentira. Qual é a verdade hoje em dia? Por conta da verdade, você acaba indo para a Sibéria,[3] entende? E te chamam de fofoqueiro. Vou dar um exemplo, se eu não pudesse contar mentira: na minha paróquia, só um décimo dos fiéis fez a confissão, mas é claro que colocamos todos na lista. Achamos melhor assim, porque dá para fazer uma oração breve ao invés de uma missa grande.

– Então, está vendo? – disse o mentiroso ao honesto. – Todo mundo acha que é melhor viver na mentira.

Aqui, então, o personagem reclama que os *bárins* lhe tiravam cada vez mais os dias para que pudesse cuidar de suas próprias terras (N. T.).

[2] Nome dos clérigos ortodoxos. Vale ressaltar que o celibato não é tão rígido quanto no caso católico apostólico romano, por exemplo, razão pela qual às vezes surgem personagens que são filhos desses religiosos (N. T.).

[3] Aqui a Sibéria pode ser compreendida como sinônimo de prisão, pois na época tsarista os criminosos eram exilados às regiões mais inóspitas do país (N. T.).

— Não mesmo! É preciso viver à maneira de Deus, como Deus manda. O que tiver de ser será, e eu não quero viver na mentira – disse o honesto ao mentiroso.

E seguiram pela estrada juntos. Foram andando, andando, e o mentiroso sempre conseguindo se ajeitar, em toda parte lhe davam de comer, por isso ele comia pães gostosos. Já o honesto passava aperto, porque só conseguia comer quando trabalhava. O mentiroso vivia rindo dele por causa disso. Então, o honesto pediu um pedacinho de pão para o mentiroso.

— Vai, me dá um pedacinho de pão!

— E o que você me dá por ele? – perguntou o mentiroso.

— Se você quer, pode pegar o que quiser – disse o honesto.

— Então vou pegar um olho da sua cara!

— Pode pegar.

E foi assim que o mentiroso tirou um olho do honesto. Tirou e deu a ele um pedaço de pão. Ele aguentou, né? Pegou o pedaço de pão, comeu, e os dois seguiram pela estrada.

Foram indo e indo, e de novo o honesto foi pedir um pedaço de pão ao mentiroso, que começou a rir da cara do outro, sabe?

— Vai, deixa eu tirar o outro olho, que eu te dou um pedaço.

— Ah, irmão, tenha dó, eu vou ficar cego – suplicou o honesto.

— Nem vem. Você é honesto, e eu vivo na mentira – respondeu o mentiroso.

Que alternativa tinha? O jeito era fazer aquilo mesmo.

— Então vai, tira o outro, já que você não teme a Deus – o honesto disse ao mentiroso.

Aí, meu irmão, o mentiroso tirou o outro olho. Tirou e deu ao honesto um pedacinho de pão. Deu o pedacinho e o parou, na estrada, sabe?

— Então agora eu vou ter que ficar te levando?

Bom, e o que mais se poderia fazer? O cego comeu o pedaço de pão e foi devagarzinho, tateando o caminho com um cajado.

Foi indo e indo e de algum jeito acabou se perdendo, sabe, sem saber para onde ir. Começou, então, a pedir a Deus:

— Senhor! Não abandone este seu servo pecador!

Ele rezava que rezava até que ouviu uma voz. Alguém dizia:

— Vá pra direita. Seguindo por ali, você vai chegar a um bosque. Quando chegar lá, encontrará um caminho. Quando encontrar o caminho, siga por ele, entendeu? No meio dessa trilha, encontrará uma fonte luminosa. Quando encontrar essa fonte, banhe-se nas águas, beba delas e lave os olhos. Atenção: assim que lavar os olhos, você voltará a enxergar! Assim que isso acontecer, vá para o norte a partir da fonte e verá um grande carvalho. Quando vir o carvalho, vá até ele e suba na árvore. Lá em cima, espere anoitecer, combinado? Quando já for noite, você ouvirá o que as almas impuras dirão sob esse carvalho. Elas vão ali para bater papo.

E ele de algum jeito acabou chegando ao bosque. Chegando lá, ficou andando, andando para lá e para cá, até que acabou achando a trilha. Seguiu o caminho e chegou até a fonte luminosa. Ele chegou à fonte, né, e se banhou na água. Tomou banho, bebeu e lavou os olhos. Quando lavou os olhos, de repente começou a ver a luz deste mundo de Deus: tinha voltado a enxergar. E, assim que recuperou as vistas, foi para o norte, sabe? Foi indo, foi indo, até ver um grande carvalho. Embaixo dele, a terra estava toda batida. Subiu no carvalho. Subiu e ficou esperando cair a noite.

Então, os demônios começaram a se juntar debaixo do carvalho, sabe? Foram chegando e chegando, e então começaram a falar onde cada um tinha estado. Um dos demônios disse:

— Sabe, eu estive na casa de uma tsarevna. Faz dez anos que eu estou torturando a moça. Todo mundo quer me exorcizar, mas ninguém consegue; o único que conseguirá é quem receber a imagem de Nossa Senhora de Smolensk de um comerciante rico que tem um tabernáculo no portão da loja.

Aí, de manhã, quando todos os demônios já tinham ido embora, o honesto desceu do carvalho. Desceu de lá e foi procurar esse tal comerciante. Procurou e procurou até achar. Achou e pediu emprego para ele.

— Eu trabalho um ano para você, viu, e não precisa me pagar nada, só me dá esse ícone da Nossa Senhora do seu portão.

O comerciante aceitou, né, e o pôs para trabalhar. O honesto trabalhou com ardor por um ano inteiro. Depois disso, foi e pediu o ícone, sabe? Então, o comerciante disse:

— Bom, meu irmão, estou satisfeito com o seu trabalho, mas fico com pena de me separar do ícone; melhor pegar dinheiro.

— Não, eu não preciso de dinheiro. Dá para mim o que tínhamos combinado.

— Não, não você não está entendendo, eu não vou dar o ícone. Trabalhe mais um ano, e aí eu faço isso.

E foi assim, sabe, que o homem honesto trabalhou mais um ano. Ele só trabalhava, não sabia o que era noite nem dia, de tão diligente que era.

Depois de trabalhar o ano todo, de novo foi lá pedir o ícone da Nossa Senhora do portão, só que o comerciante novamente ficou com pena de entregar o ícone.

— Não, sabe, é melhor que você pegue o pagamento em ouro, e, se quiser, trabalhe mais um ano, que aí eu dou o ícone.

E foi assim que aconteceu. O homem honesto foi de novo trabalhar mais um ano, e trabalhou ainda mais do que antes, sabe? Todo mundo ficava impressionado com o quanto ele era trabalhador! E passou o terceiro ano trabalhando. Depois lá foi ele de novo pedir o ícone. Dessa vez, o comerciante não tinha mais o que fazer, aí pegou o ícone do portão e entregou para o honesto.

— Vai, pega o ícone e vai com Deus.

Deu-lhe de beber e de comer e deu também algum dinheiro.

Então foi assim que o homem honesto pegou o ícone da Nossa Senhora de Smolensk, sabe? Ele pegou e levou consigo. Levou consigo, e você não sabe: ele foi até o tsar para curar a tsarevna, que o demônio vivia atormentando. Foi indo e indo e acabou chegando a esse tsar. Chegando lá, disse:

— Acho que posso curar a sua tsarevna.

Foi assim que o deixaram entrar na mansão do tsar. Deixaram entrar e mostraram a tsarevna convalescente. Ele se persignou e fez três reverências até o chão, sabe?, rezando para Deus. Ele rezou para Deus, né, e pegou o ícone da Nossa Senhora. Pegou e mergulhou na água três vezes enquanto rezava. Depois de mergulhar, colocou a imagem na tsarevna. Vestiu a moça e mandou que ela se lavasse naquela água. Assim que ela colocou a imagem e se lavou com a água, de repente a doença, o poder maligno do inimigo, saiu voando para longe, em um turbilhão. Saiu voando para longe, e ela ficou bem, como antes, sabe?

E foi assim que todos ficaram felizes, só Deus sabe quanto. Ficaram tão felizes que nem sabiam como recompensar o homem. Deram terras e prometeram patrimônio e um ordenado imenso.

— Não, eu não preciso de nada!

Então, a tsarevna disse ao rei:

— Eu quero me casar com ele.

— Está bem.

E foi assim que eles se casaram, sabe? Eles se casaram, e o nosso homenzinho começou a andar com roupas de tsar, a viver em uma mansão real, a beber e a comer de do bom e do melhor, e tudo ia bem para ele. Foi vivendo e vivendo e se acostumou a isso. Assim que se acostumou, disse:

— Deixa eu voltar para minha terra natal. Eu tenho uma mãe, sabe, uma pobre velhinha.

— Está bem — disse a tsarevna, esposa dele. — Vamos juntos.

E lá se foram eles, ele mais a tsarevna. Foram a cavalo, com roupas, carruagem e arreios, tudo do tsar. Viajaram e viajaram até chegarem chegaram à terra natal dele. Eles chegaram à terra natal, e veio ao seu encontro o mentiroso, aquele que tinha discutido com ele como era melhor viver na mentira que na verdade, sabe? O mentiroso foi chegando perto, né, e o honesto, filho do tsar, fala:

— Saudações, meu irmão.

Aquele homem o havia chamado pelo nome! O mentiroso ficou impressionado que um nobre importante na carruagem o conhecia de nome, mas ele não o reconhecia.

— Você se lembra de que discutiu comigo que era melhor viver na mentira que na verdade e me tirou os olhos da cara? Sou eu mesmo!

Então, o mentiroso ficou com vergonha, né, sem saber onde enfiar a cara.

— Não, não se preocupe, eu não guardo rancor de você, sabe, eu lhe desejo essa mesma felicidade. Vá ao bosque tal. — E o honesto ensinou o mentiroso do mesmo jeito que Deus tinha ensinado para ele próprio, sabe? — Nesse bosque, você verá um caminho. Siga pelo caminho e você chegará a uma fonte luminosa. Beba da água dessa fonte, está entendendo? E tome banho nela. Assim que tomar banho, siga para o norte. Quando vir um grande carvalho, suba nele e passe a noite por lá. Debaixo dele, as almas impuras se reúnem, sabe? Você fica lá ouvindo e escutará sua felicidade.

Então, né, o mentiroso fez direitinho tudo o que o honesto disse, seguindo à risca. Achou o bosque e o caminho. Seguiu pelo caminho e chegou até a fonte luminosa. Bebeu água e tomou banho, sabe? Tomou banho e foi para o norte, até ver um grande carvalho, e embaixo dele a terra estava batida. Ele subiu nesse carvalho. Ele subiu, sabe, e ficou lá a noite toda. Enquanto isso, ouviu que vinham de toda parte as almas impuras para conversar. Assim que elas chegaram, ouviram a respiração dele no carvalho. Ouviram a respiração dele e o picotaram em pedacinhos.

Então, foi assim que o assunto acabou, que o honesto se tornou filho do tsar, e o mentiroso morreu na mão dos diabos.

✳ ✳ ✳

Era uma vez dois comerciantes: um era mentiroso, e o outro honesto. Todos os chamavam assim: um era o Mentira, e o outro o Verdade.

— Escuta, Verdade! — disse certa vez o Mentira. — Sabe que é melhor viver mentindo!

— Não é, não.

— Vamos debater?

— Vamos.

— Então escuta só: você tem três barcos, eu tenho dois. Se nos próximos três encontros nos disserem que é melhor viver na verdade, então você fica com todos os barcos; mas, se falarem que é na mentira, então eles ficam comigo!

— Fechado!

E os dois foram velejando muito, muito mesmo, e velejaram tanto que encontraram um comerciante.

— Vem cá, senhor comerciante: como é melhor viver neste mundo, pela verdade ou pela mentira?

— Eu vivia na verdade, mas é ruim. Agora eu vivo pela mentira, e é melhor assim!

Eles seguiram velejando muito, muito mesmo, e encontraram um rapaz.

— Chega aqui, meu bom homem: como é melhor viver neste mundo, pela verdade ou pela mentira?

— Todo mundo sabe que pela mentira. Se viver pela verdade, você não come nem um pedaço de pão!

No terceiro encontro, disseram a mesma coisa.

O Verdade deu, então, os três barcos ao Mentira, foi para a praia e encontrou uma trilha em um bosque escuro. Ele chegou a um isbázinho e deitou-se ao pé do fogão para dormir. À noite, aproximava-se um barulho assustador, e então alguém disse:

— Vamos competir qual de vocês fez a maior lambança?

— Eu fiz o Mentira brigar com o Verdade!

— Eu fiz dois primos se casarem!

— Eu quebrei um moinho e vou continuar quebrando até que cruzem as vigas.

— Eu convenci uma pessoa a matar alguém!

— Eu mandei setenta demônios atrás de uma filha do tsar; eles sugam o peito dela toda noite e só poderá curá-la aquele que conseguir a flor de fogo (essa é aquela flor que, quando floresce, o mar balança, a noite fica clara como o dia. Os demônios têm muito medo dela!)!

Assim que eles foram embora, o Verdade saiu e foi atrapalhar o casamento dos primos, consertar o moinho e impedir o sujeito de matar. Além disso, pegou a flor de fogo e curou a tsarevna. A moça queria se casar com ele, mas ele não quis. O tsar lhe deu, então, cinco barcos de presente e o Verdade foi para casa. No meio do caminho, encontrou o Mentira, que ficou surpreso com a riqueza do outro e quis saber como tudo aquilo tinha acontecido, então foi lá passar a noite ao pé do fogão daquele mesmo isbázinho... Os espíritos vieram voando e começaram a assuntar, queriam saber quem é que tinha atrapalhado todos os negócios deles. Suspeitaram do mais tonto entre eles. Assim que começaram as pancadas e mordidas, ele se jogou debaixo do forno e tirou de lá o Mentira.

— Eu sou o Mentira! – disse o comerciante aos demônios.

Mesmo assim eles não deram moral para o homem e o fizeram em pedacinhos. E é por isso que é melhor viver pela verdade do que pela mentira.

✷

Arrebol, Noturno e Meia-noite

✳

Era uma vez
um tsar que vivia em um reino.
Ele tinha três filhas de belezas indescritíveis.
O tsar tomava conta delas com todo o cuidado, mandando construir quartos subterrâneos onde as deixava literalmente como passarinhos em uma gaiola, para que uma corrente de ar não as deixasse com frio, nem um raio de sol forte as queimasse. Certa feita, as tsarevnas acabaram lendo em um livro o que havia no velho mundo e, quando o tsar veio visitá-las, elas imediatamente começaram a pedir, com lágrimas nos olhos:

— Majestade, o senhor é o nosso paizinho! Deixe que saiamos para ver o velho mundo, passear no jardim verdejante.

O tsar tentou dissuadi-las – mas de que jeito? Elas nem quiseram escutar; quanto mais ele recusava, tanto mais elas importunavam. Não tinha o que fazer, então o tsar aceitou o seu incessante pedido.

As belas tsarevnas saíram, então, e foram passear no jardim. Viram o solzinho avermelhado, as árvores, as flores, e ficaram mais felizes do que se pode descrever, porque estavam em liberdade no velho mundo. Saíram correndo pelo jardim. Elas estavam se divertindo muito, adoravam qualquer graminha, quando de repente foram pegas por um turbilhão forte e levadas para longe no céu, sem saber para onde estavam indo. As amas e as babás entraram em pânico e saíram correndo para contar ao rei. O tsar imediatamente mandou seus fiéis servos aos quatro cantos do reino e prometeu uma grande recompensa a quem achasse uma pista. Os servos ficaram procurando, procurando, mas não descobriram como elas tinham sumido, então voltaram sem nada. O tsar convocou seu grande conselho, começou a perguntar aos seus boiardos quem eles poderiam chamar para encontrar as moças. Quem fizesse aquilo poderia se casar com qualquer uma das tsarevnas e receberia uma remuneração generosa para toda a vida. Perguntou uma vez, e os boiardos ficaram em silêncio; mais uma, e não obteve resposta; da terceira vez, nem um pio! O tsar então caiu em prantos:

— Estou vendo que não tenho amigos, nem quem me proteja!

E mandou que os arautos percorressem todo o reino para tentar descobrir se alguma das pessoas simples não queria realizar aquele feito.

Naquele tempo, vivia em uma vila uma pobre viúva que tinha três filhos, todos cavaleiros muito fortes. Todos eles nasceram na mesma noite: o mais velho nasceu à noite, o do meio à meia-noite, e o mais novo no raiar do sol. Por isso, eles eram chamados de Noturno, Meia-noite e Arrebol. Assim que o arauto chegou à vila, os rapazes imediatamente foram pedir a bênção da mãe, prepararam-se para a viagem e partiram para a capital. Eles foram até o rei, fizeram uma ampla reverência e disseram:

— Vida longa à vossa majestade! Nós não viemos para comer do banquete, mas para prestar um serviço. Permita que nós saiamos em busca das suas três filhas.

— Vida longa a vocês, jovens cavaleiros! Como vocês se chamam?

— Nós somos irmãos de sangue: Arrebol, Noturno e Meia-noite.

— E como posso ajudá-los nessa viagem?

— Majestade, não precisamos de nada, apenas pedimos para não abandonar nossa mãezinha e para o senhor cuidar dela na pobreza e na velhice.

O tsar pegou a velha, acomodou-a no castelo e mandou que ela comesse e bebesse à sua própria mesa e vestisse e calçasse do seu próprio armário.

Os bons cavaleiros pegaram a estrada. Passou-se um mês, outro, um terceiro, e eles chegaram a uma imensa estepe vazia. Para além da estepe, havia um bosque denso, e, no meio dali, havia um pequeno isbázinho. Bateram na janelinha, sem resposta; entraram pela porta, não tinha ninguém.

— Bom, irmãos, vamos ficar aqui algum tempo, para descansarmos da viagem.

Eles se separaram, rezaram e foram se deitar para dormir. Pela manhã, o irmão mais novo, o Arrebol, disse ao mais velho, o Noturno:

— Nós dois vamos caçar, e você fique para preparar o almoço.

O irmão mais velho concordou. Perto do isbá, havia um estábulo cheio de ovelhas. Sem pensar duas vezes, ele pegou a melhor ovelha, matou, limpou e assou para o almoço. Cozinhou tudo direitinho e foi se deitar em um banco.

De repente, ressoou uma batida, um assovio, e a porta se abriu e entrou um velhinho com a altura de uma unha e uma barba de meio metro; ele olhou bravo e gritou com o Noturno:

— Como ousa tomar minha casa, como ousa matar meu carneiro?

— Cresça e apareça, senão fica difícil de te ver aí no chão! Olha que eu pego uma colher de sopa e uma migalha de pão e afogo você!

O velhinho pequenino ficou ainda mais irritado.

— Eu sou pequeno, mas não sou metade!

Então, ele pegou uma migalha de pão e bateu na cabeça do Noturno, até quase matá-lo. Deixou-o quase morto e jogou-o debaixo do banco; depois se sentou para comer o carneiro assado e foi embora para o bosque. O Noturno amarrou a cabeça com um pano, deitou-se e descansou. Os irmãos voltaram e perguntaram.

— O que aconteceu com você?

— Ah, irmãos, eu acendi o forno, mas o calor foi tanto que me deu dor de cabeça. Fiquei imprestável o dia inteiro, não consegui cozinhar nem assar nada!

No dia seguinte, o Arrebol e Noturno foram caçar e deixaram o Meia-noite em casa: ele que preparasse o almoço. O Meia-noite acendeu o fogo, escolheu o cordeiro mais gordo, limpou, colocou no forno; depois se ajeitou e foi se deitar no banco. De repente, ressoou uma batida, um assovio, a porta se abriu e entrou um velhinho com a altura de uma unha e uma barba de meio metro e lhe deu uma surra bem dada, por pouco que não mata o Meia-noite. Depois o velhinho comeu o cordeiro assado e partiu para o bosque. O rapaz amarrou a cabeça com um pano, deitou-se sob o banco e ficou gemendo. Os irmãos voltaram.

— O que aconteceu com você? – perguntou o Arrebol.

— Eu me engasguei com a fumaça, meus irmãos! Machuquei toda a minha cabecinha, e o almoço não ficou pronto.

Aleksandr N. Afanásiev

No terceiro dia, os irmãos mais velhos foram caçar e deixaram o Arrebol em casa. Ele escolheu o melhor cordeiro, sangrou-o, limpou e assou. Depois se ajeitou e foi se deitar no banco. De repente, ressoou uma batida, um assovio: vinha pelo jardim um velhinho com a altura de uma unha e uma barba de meio metro levando na cabeça um palheiro inteiro e nas mãos um grande tanque de água. Ele colocou o tanque de água no chão, espalhou a palha pelo jardim e começou a contar as ovelhas. Ele percebeu que de novo estava faltando um cordeiro e ficou muito bravo. Saiu correndo para o isbázinho, pulou na direção do Arrebol e lhe deu um belo golpe na cabeça. O Arrebol pulou, pegou o velhinho pela longa barba e começou a girá-lo para todo lado. Enquanto girava o senhorzinho, cantava:

Se não aguenta os chifres,
Não mexa com o boi!

O próprio velhinho com a altura de uma unha e uma barba de meio metro começou a gritar:
– Tenha pena, cavaleiro poderoso! Não me mate, poupe minha pobre alma!

O Arrebol o arrastou para o jardim, levando-o até um toco de carvalho, onde pregou a barba do velhinho com uma grande cunha de ferro. Depois voltou para o isbá e ficou esperando os irmãos. Eles chegaram da caçada e ficaram impressionados que o irmão estava são e salvo. Arrebol deu uma risada e disse:
– Venham, irmãos, que peguei a fumaça de vocês; eu a prendi no toco de carvalho.

Eles saíram para o jardim e viram que o velhinho com a altura de uma unha tinha fugido e só metade da barba tinha ficado no toco, e o caminho que ele tinha seguido estava trilhado de sangue.

Os irmãos seguiram a trilha até um abismo profundo. O Arrebol foi para o bosque buscar fibra de liberiana; trançou uma corda e mandou que o descessem para dentro do buraco. Noturno e Meia-noite fizeram isso. Ele desceu para o outro mundo, se soltou da corda e foi para onde as pernas o levavam. Caminhou e caminhou, até que viu um palácio de bronze. Ali, encontrou uma jovem tsarevna, mais bonita que uma flor, mais branca que a neve. Ela pergunta carinhosamente:

— Como você chegou aqui, nobre cavaleiro? Por vontade própria ou sem querer?

— O seu pai mandou buscar a senhorita, tsarevna.

Ela imediatamente o levou à mesa, deu-lhe de comer e de beber e deu-lhe um vidrinho com água da força.

— Beba dessa água, e suas forças aumentarão.

O Arrebol virou de uma vez o frasco e sentiu uma força imensa em si. "Agora", pensou ele, "quero ver quem é o mais forte."

Nesse momento, um vento forte se aproximava, e a tsarevna ficou com medo.

— É agora – disse ela – que o meu dragão vai chegar!

Ela pegou o Arrebol pela mão e o escondeu em outro cômodo. Um dragão de três cabeças chegou voando, caiu na terra úmida, virou-se para o jovem e gritou:

— Arre! Estou sentindo cheiro de russo... Quem veio visitar?

— Quem poderia ter vindo? Você voou pela Rússia toda, matou um russo por aí e agora está sentindo o cheiro aqui.

O dragão pediu algo para comer e beber; a tsarevna trouxe-lhe diversos pratos e bebidas, e nos copos ela colocou uma poção do sono. O dragão comeu, bebeu e começou a pegar no sono; ele colocou a tsarevna para fazer cafuné nele, deitou-se nos joelhos dela e dormiu profundo. A tsarevna chamou, então, o Arrebol, que entrou, sacou a espada e cortou as três cabeças do dragão. Em seguida, acendeu uma fogueira, queimou o dragão horrendo e lançou as cinzas em um campo limpo.

— Agora adeus, tsarevna! Eu vou procurar suas irmãs e, assim que as encontrar, volto para buscar a senhorita – disse o cavaleiro e pegou a estrada.

Ele foi indo, foi indo, até que viu um palácio de prata, em que vivia a irmã do meio. O Arrebol matou um dragão de seis cabeças e prosseguiu. Não demorou muito nem pouco até que ele chegasse a um palácio de ouro, onde vivia a tsarevna mais velha. Ali ele matou um dragão de doze cabeças e a libertou do seu cárcere. A tsarevna ficou muito feliz e se preparou para voltar para casa. Saiu pelo jardim imenso, acenou com um lencinho vermelho, e o reino dourado se transformou em um ovinho. Ela pegou esse ovinho, pôs no bolso e foi com o cavaleiro Arrebol buscar as irmãzinhas. Elas fizeram a mesma coisa, e os seus reinos viraram ovinhos que elas pegaram e levaram consigo, saindo do abismo. O Noturno e o Meia-noite puxaram o irmão e as três tsarevnas para o mundo da luz. Eles chegaram todos juntos ao reino. As tsarevnas lançaram os ovinhos nas pradarias e imediatamente surgiram mais três: um de cobre, outro de prata e o terceiro de ouro. O tsar ficou tão feliz que nem seria possível descrever. Imediatamente casou Arrebol, Noturno e Meia-noite com cada uma das filhas e fez de Arrebol o seu herdeiro.

✷

o barco voador

✷

Era uma vez
um velhinho e uma velhinha que
tinham três filhos: dois inteligentes e um
tonto. A velhinha amava os primeiros e lavava as
roupas deles, mas o terceiro estava sempre com as roupas
sujas, andava por aí com um roupão preto. Eles ficaram sabendo
que tinha chegado um papel do tsar: "quem construir um barco que
seja capaz de voar se casará com a tsarevna". Os irmãos mais velhos
decidiram ir tentar a sorte e pediram a bênção dos pais. A mãe ajeitou
as coisas deles para viagem, dando-lhes *palianits*[1] brancos, várias carnes, uma garrafinha de bebida e acompanhando-os até a estrada. Então, ela percebeu que o tolo também começou a se preparar para que também o deixassem ir. A mãe tentou convencê-lo a não ir.

— Para onde você vai, tonto? Os lobos vão te comer!

Mas o tolo não se abalou:

— Vou, porque vou!

A velhinha percebeu que não conseguiria convencê-lo do contrário, então lhe deu uns *palianits* queimados, uma garrafa de água e o acompanhou até a porta de casa.

O tolo foi indo e indo até encontrar um velho. Eles se cumprimentaram, e o senhor perguntou ao tolo:

— Aonde você vai?

— É que o tsar prometeu dar sua filhinha em casamento para quem fizer um barco voador.

— E será que você consegue fazer esse barco?

— Não, não consigo!

---

[1] Um pão tradicional ucraniano feito de farinha de trigo, em que um corte em meia-lua é feito na parte superior da massa antes de levá-la ao forno (N. T.).

— Então por que você está indo?

— Porque Deus sabe!

— Bom, se é assim, fique aqui um pouco, vamos descansar juntos e comer alguma coisa; mostre para mim o que você tem aí no bornal.

— É que aqui eu trago algo que dá vergonha!

— Não é nada, pode mostrar. O que Deus tiver lhe dado, nós comeremos!

O tolo abriu o bornal e não conseguiu acreditar no que via: junto dos *palianits* queimados, havia pães brancos e diferentes acompanhamentos. Ele deu tudo para o velho.

— Está vendo? – disse o velho. – Deus tem pena dos tolos! Ainda que sua mãe não te ame, você não está abandonado... vamos beber dessa garrafinha.

Em vez de água, a garrafinha estava cheia de bebida. Eles beberam e comeram, e então o velho disse ao tolo:

— Preste atenção: quando chegar ao bosque, aproxime-se da primeira árvore que vir, faça o sinal da cruz três vezes, bata na árvore com um machado e caia você de cara no chão. Fique esperando ali até que alguém venha te acordar. Então, você se verá diante de um barco prontinho, entre nele e saia voando para onde quiser. Vá juntando todos os que encontrar no caminho.

O tolo agradeceu ao velho, despediu-se dele e seguiu para o bosque. Ele se aproximou da primeira árvore e fez tudo como instruído: fez o sinal da cruz três vezes, bateu na madeira com o machado, caiu de cara no chão e pegou no sono. Depois de algum tempo, alguém veio acordá-lo. O tolo acordou e viu que o barco estava pronto; não pensou muito e simplesmente subiu na embarcação, que saiu voando.

Ele ficou voando e voando, até avistar um homem na estrada abaixo, com a orelha colada na terra úmida.

— Saudação, titio!

— Saudação, ô, do céu.

— O que está fazendo?

— Estou ouvindo o que está acontecendo nesta terra.

— Suba aqui no barco comigo.

Ele não queria recusar o convite, então entrou no barco e eles saíram voando juntos. Voaram e voaram, até que viram um homem que anda pela estrada com uma perna só, a outra presa na cabeça.

— Saudação, titio! Por que está pulando em uma perna só?

— É que, se eu soltasse a outra, eu correria o mundo inteiro com um passo!

— Sobe aqui no barco com a gente!

Ele subiu e eles saíram voando novamente. Foram voando, voando, e então viram um homem com uma arma, que estava mirando em alguma coisa, mas não dava pra ver no quê.

— Saudação, titio! No que está mirando? Não consigo ver nem um pássaro.

— E eu lá iria atirar em um alvo próximo! Agora, se for pra acertar um bicho ou um pássaro a mil quilômetros de distância, aí sim é um alvo para mim!

— Sobe aqui com a gente!

O atirador se sentou e eles seguiram viagem.

Foram voando, voando, e então viram um homem carregando um monte de trigo nas costas.

— Saudação, titio! Aonde você está indo?

— Eu vou juntar trigo para fazer o almoço.

— Mas você está com as costas cheias de trigo.

— Como assim? Para mim isso aqui não dá para uma refeição.

— Sobe aqui com a gente!

O comilão se juntou a eles e se sentou no barco, então saíram voando. Voaram, voaram, e então viram uma pessoa que andava ao redor de um lago.

— Saudação, titio! O que está procurando?

— Estou com sede, mas não acho água.

— Mas tem um lago inteiro aí na sua frente, por que não bebe?

— Ah! Mas essa água não dá para um gole meu.

— Então vem cá com a gente.

O beberrão se sentou e todos seguiram voo. Foram voando, voando, até que encontraram uma pessoa carregando um fardo de gravetos para o bosque.

— Saudação, titio! Por que está levando gravetos para o bosque?

— Mas esses não são gravetos quaisquer.

— E de qual tipo eles são?

— Do tipo que você joga e surge um exército inteiro de repente.

— Vem cá com a gente!

Ele subiu no barco, e eles seguiram viagem. Voaram e voaram até verem um sujeito carregando um saco de palha.

— Saudação, titio! Para onde está levando essa palha?

— Para a vila.

— Será que está faltando palha na vila?

— É que esta palha é do tipo que, não importa o quanto o verão esteja quente, se você espalhá-la por aí, fica frio e neva na hora!

— Vem aqui com a gente você também!

— Com licença!

Esse foi o último encontro, e pouco depois eles chegaram ao palácio do tsar.

Na hora em que chegaram, o tsar estava à mesa almoçando. Ele viu o barco voador, ficou maravilhado e mandou um servo perguntar quem estava naquele barco que vinha voando. O servo se aproximou do barco e viu que ele estava cheio de mujiques; não perguntou nada, deu a volta e retornou para os aposentos, explicando ao tsar que no barco não havia cavalheiros, só uns pobretões. O tsar considerou que dar a própria filha em casamento a um mero mujique não ficava bem e passou a pensar como se livrar desse tipo de genro. Então, inventou o seguinte: "Eu vou dar a ele várias tarefas difíceis". Imediatamente enviou uma ordem ao tolo, mandando que ele trouxesse a água da vida e da cura antes que o banquete real acabasse.

Assim que o tsar deu essa ordem ao servo, o primeiro conhecido (aquele mesmo que estava escutando o que acontecia na terra) ouviu a discussão do tsar e contou ao tolo.

— O que eu vou fazer agora? Bom, eu posso ficar um ano, e talvez a vida inteira, antes de encontrar essa água!

— Não se preocupe — disse o corredor. — Eu vou dar um jeito pra você.

O servo veio e entregou o decreto real.

— É só dizer que eu trago! – lembrou o tolo.

E o seu companheiro soltou a perna da cabeça, saiu correndo e trouxe a água da vida e da cura em um instante. "Vai dar tempo de voltar", pensou ele, depois se deitou sob um moinho para descansar e acabou pegando no sono. O banquete real chegava ao fim, e nada de ele aparecer. Todos começaram a ficar preocupados no barco. O primeiro encontrado se aproximou da terra úmida, pôs o ouvido no chão e disse:

— Mas que sujeito! Está deitado em um moinho.

O atirador pegou a arma e atirou no moinho, o que acordou o corredor. O corredor disparou e em um minuto chegou com a água. O tsar ainda estava à mesa, então sua ordem havia sido cumprida por completo.

Não tinha outro jeito, precisava inventar outra tarefa. O tsar mandou dizer ao tolo:

— Bom, já que você é tão esperto, então me mostre sua coragem. Coma doze bois e doze pilhas de pão de uma só vez com os seus amigos.

O primeiro companheiro escutou e explicou tudo ao tolo. O tolo se assustou e disse:

— Mas se eu não consigo comer nem um pão inteiro de uma vez!

— Não se preocupe – disse o comilão –, essa quantidade ainda é pouco para mim!

Veio o servo e declarou o decreto real.

— Está bem – disse o tolo –, vamos comer, então.

Trouxeram doze bois assados e doze pilhas de pão, que o comilão comeu tudo sozinho, dizendo, ainda:

— Ah! É pouco! Tragam mais alguma coisinha...

O tsar mandou dizer ao tolo para beber quarenta barris de vinho, cada um com quarenta baldes. O primeiro camarada do tolo ouviu o discurso do tsar e repassou-lhe tudo, como antes, e o tolo se assustou:

— Mas como, se eu não aguento beber nem um balde.

— Não se preocupe – disse o beberrão. – Eu bebo isso tudo sozinho, e ainda vai ser pouco!

Encheram, então, os quarenta barris, que o beberrão virou tudo de uma vez, sem parar nem para respirar. Bebeu e ainda disse:

— Ah, é pouco! Queria beber mais!

Depois disso, o tsar mandou o tolo se preparar para o casamento, ir à sauna e tomar banho, mas a sauna era feita de ferro, e o tsar mandou esquentar muito, muito, para que o tolo morresse nela em um minuto. Então, esquentaram a sauna até ela ficar vermelha, e lá foi o tolo tomar banho. Atrás dele, foi o mujique com a palha, que só precisava jogar a palha embaixo. Trancaram os dois na sauna. O mujique jogou a palha pelo chão e ficou tão frio que mal o tolo se lavou, e a água das panelas começou a congelar, então ele se deitou no forno e ficou a noite inteira ali. De manhã, abriram a sauna, mas o tolo estava são e salvo, deitado no forno, cantando. Explicaram isso ao tsar, que ficou triste por não saber como se livrar do tolo. Ele pensou, pensou e pensou e, por fim, mandou dizer para ele arrumar um exército inteiro. Enquanto isso, pensava: "Onde que um simplório vai arrumar um exército? Isso ele não vai conseguir!".

Assim que ficou sabendo disso, o tolo se assustou e disse:

— Agora eu não vou conseguir! Irmãos, vocês me salvaram das desgraças mais de uma vez, mas agora, pelo jeito, não temos o que fazer.

— Ah, mas o que é isso? – disse o mujique com o fardo de lenha. – Você se esqueceu de mim? Lembre-se de que eu sou mestre nesse tipo de coisa, não se preocupe!

Veio o servo do tsar, anunciando o decreto real: "Se quiser se casar com a tsarevna, traga um exército inteiro até amanhã".

— Está bem, eu trago! Mas, se o tsar voltar a se recusar, eu vou declarar guerra ao reino dele e tomarei a tsarevna à força.

Durante a noite, o companheiro do tolo foi ao campo, pegou o fardo de gravetos e começou a espalhá-los por toda parte. Imediatamente, surgiu um exército incalculável, com cavalaria, infantaria e canhões. Pela manhã, o tsar viu todo aquele exército e foi sua vez de ter medo. Assim, mandou que levassem chapéus e roupas caras e que convidassem o tolo ao castelo, para se casar com a tsarevna. O tolo vestiu as roupas caras e ficou indescritivelmente bonito! Em seguida, foi ver o tsar, casou-se com a tsarevna, recebeu um grande dote e se tornou inteligente e astuto. O tsar e a tsaritsa acabaram se afeiçoando a ele, e a tsarevna o adorava.

✸

Nikita Kojemiaka, o coureiro

✳

Perto de Kiev
morava um dragão que cobrava
impostos altos do seu povo. Ele pegava
uma moça bonita de cada casa e comia. Chegou,
então, a vez de o tsar entregar a própria filha ao dragão.
O animal pegou a tsarevna e a levou para o covil, mas não a comeu de uma vez. Como ela era muito bonita, ele se casou com a moça. Assim, saiu voando para as minas e prendeu a tsarevna no covil, com toras de madeira. A tsarevna tinha um cachorrinho, que ela tinha levado consigo de casa. De vez em quando, escrevia bilhetinhos para os pais, amarrava no pescocinho do cachorro, e ele corria até onde precisava e voltava com a resposta. Certa vez, o tsar e a tsaritsa escreveram à tsarevna pedindo que ela descobrisse quem era mais forte que o dragão. A tsarevna passou, então, a agir de maneira mais amigável e ficava perguntando quem era mais forte do que ele. Por muito tempo, o dragão não respondeu, mas em certo dia acabou deixando escapar que Kojemiaka, o coureiro da cidade de Kiev, era mais poderoso que ele. Assim que descobriu isso, ela escreveu ao paizinho: "procure em Kiev por um Nikita Kojemiaka, o coureiro, e o mande para cá pra me libertar do cativeiro".

Assim que recebeu a novidade, o tsar procurou Nikita Kojemiaka e foi pessoalmente pedir que ele libertasse o reino do dragão malvado e salvasse a tsarina. Quando o tsar chegou, Nikita Kojemiaka estava trabalhando com couro e tinha doze peças desse material nas mãos. Ao perceber que o próprio tsar tinha vindo falar com ele, o rapaz ficou tão ansioso que tremia todo de emoção, e suas mãos acabaram rasgando as doze peças ao meio. Mas não importava o quanto o tsar e a tsaritsa teimassem com Kojemiaka: ele não concordava em se opor ao dragão. Então, o casal da nobreza resolveu juntar cinco mil crianças pequenas e mandá-las pedir ao Kojemiaka. Quem sabe ele se comoveria com as lágrimas delas! As crianças foram falar com Nikita e começaram a pedir aos prantos para ele ir lutar contra o dragão. O próprio Nikita Kojemiaka chorou vendo aquelas lágrimas infantis. Assim, pegou um porrete de cinco toneladas, cobriu-se de resina, enrolou-se todo com uma corda (para que o dragão não o comesse) e foi atrás dele.

Nikita se aproximou do covil do dragão, mas o animal tinha se trancado e não saía para encontrá-lo.

– É melhor você sair, senão eu vou entrar na sua caverna! – disse Kojemiaka, já batendo na porta.

Percebendo a ruína iminente, o dragão foi enfrentá-lo. Por muito e muito tempo Nikita Kojemiaka lutou com o dragão, mas só conseguiu derrubá-lo. Então, o monstro começou a implorar:

– Não me mate às pauladas, Nikita Kojemiaka! Não há ninguém mais forte que nós dois. Vamos dividir a Terra ao meio: você vive de um lado, e eu do outro.

– Está bem – disse Kojemiaka –, mas precisamos medir as fronteiras.

Nikita fez um arado de cinco toneladas, amarrou no dragão e passou a demarcar a fronteira partindo de Kiev. Nikita empurrou o arado de Kiev até os mares do Cáucaso.

– Bom – disse o dragão. – Agora já dividimos toda a terra!

– Dividimos a terra – disse Nikita –, mas agora temos de dividir o mar também, ou você vai sair falando que pegaram sua água.

O dragão foi até o meio do mar, onde Nikita Kojemiaka o matou e o afogou. Esse arado pode ser visto até hoje, tem cinco metros de altura. Os camponeses aram ao redor do lugar, mas não tocam no sulco, e quem não sabe da sua história acaba por achar que se trata de uma muralha. Depois de realizar aquele feito santo, Nikita Kojemiaka voltou a cuidar dos seus couros.

✳

Koschiei, o imortal

Aleksandr N. Afanásiev

✱

Era uma vez
um tsar que vivia em um reino
em certo país. Ele tinha três filhos, todos já
adultos. Certo dia, porém, Koch, o imortal, levou a
mãe deles embora. O filho mais velho pediu ao pai a bênção para ir procurá-la. O pai deu a bênção, e o rapaz partiu para nunca mais voltar. O filho do meio ficou esperando, esperando, e depois foi pedir a benção do pai. Ele também partiu e não voltou mais. Por fim, o filho mais novo, o Ivan-tsarévitch, disse ao pai:

— Paizinho! Peço sua bênção para ir procurar a mamãe.

O pai, entretanto, não a deu, dizendo:

— Os seus irmãos se foram, e agora você quer partir também. Desse jeito eu morro de tristeza!

— Não, papai, dê sua bênção para mim ou eu vou sem ela.

O pai abençoou o filho.

Ivan-tsarévitch foi escolher uma montaria: bastava ele encostar a mão em um deles que o cavalo logo caía. Como não conseguiu escolher nem um, saiu a pé da cidade, cabisbaixo. No meio do nada, uma velha o parou e perguntou:

— Por que está de cabeça baixa, Ivan-tsarévitch?

— Saia já daqui, sua velha! Se eu bater uma mão na outra, você se molha toda.

A velha deu a volta por uma estrada vizinha e cruzou de novo o caminho dele.

— Saudação, Ivan-tsarévitch! Por que está cabisbaixo?

Ele pensou: "O que essa velha quer comigo? Será que ela não pode me ajudar?", e respondeu:

— Olha, vozinha, é que não consegui achar um cavalo bom para mim.

— O tolinho sofre, mas dá ouvidos aos mais velhos! — respondeu a velha. — Venha comigo.

Ela o levou a uma montanha, mostrou um ponto e disse:

— Cave a terra bem ali.

Ivan-tsarévitch assim o fez e viu uma tábua de ferro fundido com doze cadeados. Ele arrancou imediatamente as fechaduras, tirou as trancas e abriu uma porta que levava para dentro da terra. Ali estava preso um cavalo digno de um *bogatyr*,[1] e o animal estava preso por doze correntes. Parecia que ele tinha ouvido o cavaleiro se aproximar e começou a resfolegar e pular, quebrando todas as doze correntes. Ivan-tsarévitch vestiu a armadura, atrelou o cavalo com um arreio e uma sela de Tcherkassk, deu dinheiro à velha e disse:

— Me dá a benção, vozinha, e até mais!

Montou no cavalo e partiu.

Viajou por muito tempo, até que por fim chegou às montanhas, uma imensa montanha, que de tão íngreme não era possível subir de jeito nenhum. Ali mesmo os seus irmãos cavalgavam ao redor da montanha, então todos se cumprimentaram e foram juntos. Eles chegaram a uma pedra de ferro que pesava duas toneladas e meia e na qual estava escrito: "quem jogar essa pedra na montanha abrirá um caminho para atravessar". Os irmãos mais velhos não conseguiram levantar a pedra, mas Ivan-tsarévitch conseguiu, com muito esforço, e jogou-a na montanha. Imediatamente surgiu uma escada. Ele deixou o cavalo, furou o dedo mindinho e encheu um copo de sangue, então entregou aos irmãos dizendo:

— Se o sangue desse copo escurecer, não me esperem, porque eu estarei morto!

Ele se despediu e seguiu caminho. Começou a subir a montanha e tinha de tudo para ver! Todo tipo de bosques, de frutas, de pássaros!

Ele seguiu por muito tempo até chegar a uma casa, uma imensa casa! Nela vivia a filha do tsar, presa por Koch, o imortal. Ivan-tsarévitch andou

---

[1] *Bogatyr*, também chamado *vityaz*, é como são conhecidos os heróis eslavos. São personagens-modelo, equivalentes aos cavaleiros errantes da literatura da Europa Ocidental (N. T.).

ao redor das grades, mas não encontrou nenhuma porta. A filha do tsar viu um homem, foi correndo até a varanda e gritou:

— Ali, olha, tem uma rachadura nas grades, bata com seu mindinho e as portas vão aparecer.

E aconteceu exatamente assim. Ivan-tsarévitch entrou na casa. A mocinha o recebeu, deu-lhe de comer, de beber e fez perguntas. Ele contou para ela que tinha vindo salvar a mãe das garras de Koch, o imortal. A mocinha disse-lhe o seguinte:

— Vai ser difícil libertar sua mãe, Ivan-tsarévitch! Ele é imortal, vai matar você. Ele vem aqui com frequência... ali está a espada de oito toneladas dele. Você consegue levantá-la? Então vai!

Ivan-tsarévitch não só levantou a espada como a jogou montanha acima e foi embora.

Ele chegou a outra casa, mas sabia como encontrar a porta, então entrou e lá encontrou a mãe. Eles se abraçaram e choraram. Ali ele também provou sua força, jogando longe uma bola de oito toneladas. Era a hora de Koch, o imortal, chegar, então a mãe escondeu o filho. De repente, Koch, o imortal, entrou em casa e disse:

— Pfu, pfu! Nunca vi nem ouvi um russo falar, mas um russo esteve aqui na minha casa! Quem esteve aqui? Foi o seu filho?

— O que está dizendo? Por Deus! Você saiu voando pela Rússia toda, matou algum russo e agora está sentindo o cheiro dele – respondeu a mãe de Ivan-tsarévitch.

Ela se aproximou de Koch, o imortal, e com palavras carinhosas, pergunta isso, pergunta aquilo e diz:

— Onde que está sua morte, Koch, o imortal?

— A minha morte – diz ele – está em tal lugar. Lá existe um carvalho, e sob o carvalho existe um baú; dentro do baú existe uma lebre, na lebre existe um pato, no pato existe um ovo, e no ovo está a minha morte.

Pouco depois de dizer aquilo, Koch, o imortal, foi embora voando.

Passado algum tempo, Ivan-tsarévitch pediu a bênção da mãe e foi atrás da morte de Koch, o imortal. Tinha ficado muitas horas sem beber nem comer nada; estava morrendo de fome. Pensou: "se pudesse pegar alguma coisa para comer!". De repente, apareceu um filhote de lobo; ele queria matá-lo. Um lobo saiu da toca e disse:

— Não toque nos meus filhotes, eu vou ajudar você.

— Então combinado!

Ivan-tsarévitch soltou o filhote, seguiu adiante e encontrou um corvo. Pensou: "É agora que eu vou comer!". Carregou o rifle e começou a mirar. O corvo disse, porém:

— Não me mate, eu vou ajudar você.

Ivan-tsarévitch pensou e acabou deixando o corvo escapar. Seguiu adiante até chegar ao rio e parou na margem. Naquele momento, um peixinho subitamente pulou e caiu ali, em terra firme; Ivan-tsarévitch pegou aquele peixinho, desesperado para comê-lo: "Agora, sim, vou comer!". De repente, porém, uma perca apareceu e disse:

— Ivan-tsarévitch, não coma o meu alevino, eu vou ajudar você.

E o rapaz soltou o peixinho.

E como ele iria atravessar o rio? Ficou ali à margem, sentado e pensando. A perca conhecia exatamente os pensamentos dele, então virou na transversal do rio. Ivan-tsarévitch atravessou o corpo dela como se fosse uma ponte e chegou ao carvalho em que estava a morte de Koch, o imortal. Encontrou o baú. Assim que abriu, a lebre pulou pra fora e saiu correndo. Que jeito de segurar essa lebre! Ivan-tsarévitch tomou um susto e a deixou escapar. Ficou ali pensando no que fazer, mas o lobo, que ele não tinha matado, saiu correndo atrás do animal, pegou-a e trouxe-a de volta para Ivan-tsarévitch. O rapaz ficou feliz, pegou a lebre e a abriu no meio, mas por algum motivo se acovardou. Nisso, o pato escapou e saiu voando. Ivan atirou e atirou, mas só passava perto! Ficou pensativo de novo. De algum lugar, então, chegou o corvo com seus corvinhos e foram todos eles atrás do pato; pegaram-no e trouxeram-no de volta para Ivan-tsarévitch. O rapaz se alegrou, chegou ao ovo, foi até o mar, começou a lavar o ovinho e o derrubou na água. Como tirar dali agora? Era fundo, de perder de vista! Ele ficou pensativo de novo. De repente, a água se mexeu e a perca lhe trouxe de volta o ovo, deitando-o na transversal do rio. Ivan-tsarévitch atravessou e foi até a mãe. Quando chegou lá, eles se cumprimentaram, e ela o escondeu outra vez. Nessa hora, Koch, o imortal, veio voando e disse:

— Pfu, pfu! Nunca vi nem ouvi um russo falar, mas um russo esteve aqui na minha casa!

— Do que você está falando, Koch? Não tem ninguém aqui – respondeu a mãe de Ivan-tsarévitch.

Koch repetiu.

— Eu não estou muito bem!

E Ivan-tsarévitch pegou o ovo. Koch, o imortal, teve um calafrio por causa daquilo. Por fim, Ivan-tsarévitch saiu e mostrou o ovo:

— Aqui, Koch, o imortal, a sua morte!

Koch caiu de joelhos diante dele e disse:

— Não me mate, Ivan-tsarévitch, vamos viver como amigos, e o mundo todo será nosso.

Ivan-tsarévitch não lhe deu ouvidos e esmagou o ovinho; então Koch, o imortal, morreu.

O rapaz e sua mãe pegaram o que precisavam e partiram para a terra natal. No caminho, passaram pelo palácio da filha, aquele com o qual ele havia cruzado pelo caminho antes. Pegaram-na e seguiram adiante até chegar à montanha, onde os irmãos de Ivan-tsarévitch continuavam esperando. A mocinha disse:

— Ivan-tsarévitch! Volte comigo para minha casa, eu me esqueci de pegar o vestido de noiva, um anel de brilhantes e uns sapatos sem costura.

Ele desceu a filha do tsar e a mãe, com quem tinha concordado em se casar, e os irmãos as pegaram, mas obstruíram o caminho para que Ivan-tsarévitch não conseguisse fazer o mesmo. Eles voltaram para casa. O pai ficou feliz em ver os filhos e a esposa, mas ficou triste por causa de Ivan-tsarévitch.

E Ivan-tsarévitch voltou para a casa da noiva, pegou o anel de casamento, o vestido de noiva e os sapatos sem costura. Quando chegaram à montanha, ele ficou jogando o anel de uma mão pra outra. Surgiram, então, doze rapazes fortes, que perguntaram:

— O que deseja?

— Quero ajuda para atravessar essa montanha.

Os rapazes imediatamente o levantaram. Ivan-tsarévitch colocou o anel, e eles desapareceram. O rapaz seguiu para o seu reino, chegou à cidade em que viviam os pais e os irmãos, parou na casa de uma velha e perguntou:

— Vozinha, o que me conta de novo nesse reino?

— Ah, nada, meu filho! A nossa tsaritsa tinha sido levada de refém pelo Koch, o imortal. Três irmãos foram procurá-la; dois encontraram e voltaram, mas o terceiro, o Ivan-tsarévitch, não, e ninguém sabe onde ele está. O tsar ficou muito triste com isso. E esses tsarévitches trouxeram, junto da mãe, uma princesa, e o mais velho quer se casar com ela. A moça mandou buscar um anel de casamento em algum lugar ou mandar fazer esse anel que ela quer. Os arautos estão rodando já faz tempo, e ninguém aparece.

— Vai, vozinha, diga ao tsar que você vai fazer, e eu ajudo – disse Ivan-tsarévitch.

A velhinha foi logo se arrumar, saiu correndo para o tsar e disse:

— Vossa majestade! Eu vou fazer o anel de casamento.

— Faça, faça, vozinha! Esse é o tipo de gente que nos alegra – disse o tsar –, e, se não fizer, cortamos sua cabeça.

A velhinha ficou muito assustada, foi para casa e fez o Ivan-tsarévitch fazer o anel, mas o rapaz estava dormindo, despreocupado, porque o anel estava pronto. Ele brincava com a velhinha, e ela tremia, chorava e brigava com ele.

— Você veio do nada – disse –, e eu, a tonta, vou acabar morrendo.

E a velhinha chorou e chorou até pegar no sono. Ivan-tsarévitch acordou de manhã bem cedinho:

— Vozinha, levanta, vamos levar o anel, e olha: não aceite mais que dez rublos por ele. Se perguntarem quem o fez, diga que foi você mesma, não fale nada de mim!

A velhinha ficou feliz e levou o anel, que agradou à noiva.

— É isso mesmo o que eu queria!

A princesa trouxe um prato cheio de ouro, mas a velha só pegou uma moeda de dez rublos. O tsar disse:

— O que é isso, vozinha? Não é pouco?

— E para que eu preciso de muito, Vossa majestade? Quando eu precisar, você me dá.

A velhinha falou isso e foi embora.

Passou algum tempo, e corria a novidade de que a noiva tinha mandado o noivo ir buscar o vestido de casamento ou mandar costurar o que ela precisava. A velhinha também o fez (e Ivan-tsarévitch ajudou) e levou o vestido. Depois, levou os sapatos sem costura; ela só pegou uma moeda de dez rublos para cada um e disse que ela mesma tinha feito aquelas coisas. As pessoas ficaram sabendo que o tsar ia dar uma festa de casamento em determinado dia, então ficaram esperando a data chegar, mas o Ivan-tsarévitch ordenou à velhinha:

— Olha quem eu sou, vozinha!

E a velhinha caiu aos pés dele.

— Paizinho, me perdoa por ter brigado com você!

— Deus perdoa.

Ele foi à igreja. O irmão ainda não tinha chegado. Ivan ficou feliz em ver a noiva; e eles se casaram e foram para o palácio. No caminho, acabaram encontrando o noivo, o irmão mais velho, que viu que a noiva já tinha casado com Ivan-tsarévitch e voltou para casa, envergonhado. O pai ficou feliz em ver Ivan-tsarévitch. Soube da astúcia dos irmãos e, depois de festejar o casamento, mandou os filhos mais velhos para o exílio, fazendo de Ivan-tsarévitch seu herdeiro.

✳

Maria Moriévna

Aleksandr N. Afanásiev

✳

      Era uma vez
     Ivan-tsarévitch, que vivia em
   um reino em certo país e tinha três irmãs:
  uma era Maria-tsarevna; outra, Olga-tsarevna; e a
terceira, Anna-tsarevna. Seus pais tinham morrido e, no
leito de morte, disseram ao filho:

— Entregue a mão de suas irmãs em casamento para o primeiro que vier pedir, não fique segurando por muito tempo!

 O tsarévitch enterrou os pais e, em luto, foi passear com as irmãs pelo jardim verdejante. De repente, surgiu no céu uma nuvem negra e começou uma chuva horrenda.

— Vamos, irmãzinhas, vamos para casa! — disse Ivan-tsarévitch.

Assim que chegaram ao palácio, caiu um raio que rachou o telhado, e entrou voando um falcão branco, que pousou, transformou-se em um belo rapaz e disse:

— Saudações, Ivan-tsarévitch! Antes, eu vim como visitante, mas agora venho como pretendente. Eu quero me casar com Maria-tsarevna.

— Se você o ama, irmãzinha, eu não vou impedir. Que vá com Deus!

Maria-tsarevna concordou com o pedido e casou-se com o falcão, que a levou para o reino dele.

Os dias se seguiram, as horas corriam nos relógios, e um ano se passou em um piscar de olhos. Lá foi Ivan-tsarévitch passear no jardim verdejante com as duas irmãs. Novamente os ventos trouxeram uma nuvem negra, de onde ressoava um trovão.

— Vamos, irmãzinhas, vamos para casa! — disse o tsarévitch.

Assim que chegaram ao palácio, caiu um raio, que rasgou o telhado e abriu o forro. Uma águia entrou voando, pousou no chão e se transformou em um belo rapaz.

— Saudações, Ivan-tsarévitch! Antes, eu vim como visitante, mas agora venho como pretendente.

E propôs casamento a Olga-tsarevna. Ivan-tsarévitch respondeu:

— Se você o ama, Olga-tsarevna, então que se case com ele, eu não vou impedir.

Olga-tsarevna concordou com o pedido e casou-se com a águia, que a levou para o reino dela.

Passou mais um ano, e Ivan-tsarévitch disse à irmãzinha mais nova:

— Vem, vamos passear no jardim verdejante!

Eles passearam um pouco e, outra vez, o vento trouxe uma nuvem negra, que relampejou.

— Vamos, irmãzinha, vamos para casa!

Eles voltaram, e nem conseguiram se sentar antes que um raio caísse e fizesse um buraco no telhado, por onde entrou um corvo que pousou no chão e se transformou em um belo rapaz. Os anteriores eram bonitos, mas ele era ainda mais.

— Bom, Ivan-tsarévitch, antes eu vim como visitante, mas agora eu venho como pretendente. Permita que eu me case com a Anna-tsarevna.

— Eu não vou tirar essa ideia da minha irmãzinha; Anna, se você quiser se casar com ele, então vá.

Anna-tsarevna se casou com o corvo, que a levou para o reino dele.

Ivan-tsarévitch ficou sozinho, viveu um ano sem as irmãs e entediou-se.

— Vou ver as minhas irmãs – disse.

Ele se preparou para viajar e foi indo e indo até ver um exército numeroso derrotado. Perguntou:

— Se houver alguém vivo, que responda! Quem derrotou esse exército imenso?

Um sobrevivente respondeu:

— Esse poderoso exército foi vencido por Maria Moriévna, a linda princesa.

Ivan-tsarévitch seguiu adiante e encontrou algumas tendas brancas, de onde saiu Maria Moriévna, a linda princesa, para encontrá-lo.

— Saudações, tsarévitch, aonde Deus está te levando? É por bem ou por mal?

— Bons cavaleiros não viajam sem vontade! — respondeu ele.

— Bom, se o assunto não é urgente, então fique um pouco nas minhas tendas.

Ivan-tsarévitch ficou feliz com aquilo e passou duas noites nas tendas. Acabou se apaixonando por Maria Moriévna e casou-se com ela.

A linda princesa levou-o consigo para o seu reino, onde eles viveram algum tempo juntos. Ela resolveu se preparar para a guerra, então confiou todo o reino a Ivan-tsarévitch e o preveniu:

— Visite todos os cantos, tome conta de tudo, só não abra aquela edícula!

Ele não aguentou e, assim que a Maria Moriévna saiu, imediatamente correu até a edícula, abriu a porta, olhou lá dentro e viu que Koschiei, o imortal, estava lá dentro, preso com doze correntes. Koschiei pediu a Ivan-tsarévitch:

— Tenha pena de mim e me deixe beber alguma coisa! Faz dez anos que estou sofrendo aqui sem comer ou beber; minha garganta está totalmente seca!

O tsarévitch deu um balde cheio de água para Koschiei, que virou tudo e pediu mais:

— Um balde não vai me matar a sede, dê mais água para mim!

O tsarévitch deu mais um. Koschiei bebeu inteiro e pediu um terceiro. Quando bebeu o último, recuperou as forças, agarrou as correntes e quebrou todas as doze de uma vez.

— Obrigado, Ivan-tsarévitch! — disse Koschiei, o imortal. — Agora, assim como as suas orelhas, você nunca mais vai ver Maria Moriévna!

E saiu voando pela janela na forma de um terrível vendaval; pelo caminho, encontrou Maria Moriévna, a linda princesa, pegou-a e levou-a embora. Ivan-tsarévitch chorou, chorou de soluçar, juntou suas coisas e pegou o rumo da estrada.

— Custe o que custar, eu vou encontrar Maria Moriévna!

Passou um dia, passou outro, e, na aurora do terceiro, ele viu um palácio maravilhoso. Perto dali, havia um carvalho; nele, uma águia branca estava pousada. A ave desceu do carvalho, pousou no chão, transformou-se em um belo rapaz e gritou:

— Ah, meu querido cunhado! Como o Senhor está cuidando de você?

Maria-tsarevna saiu correndo para receber alegremente Ivan-tsarévitch, começou a perguntar de sua saúde, pediu para que ele contasse de sua vida. O tsarévitch passou três diazinhos com eles e disse, enfim:

— Não posso ficar muito. Eu vou procurar a minha esposa, Maria Moriévna, a linda princesa.

— Você vai ter dificuldade para encontrá-la – respondeu a águia. – Em todo caso, deixe aqui sua colher de prata, que nós vamos olhar para ela e nos lembrar de você.

Ivan-tsarévitch deixou a colher de prata com a águia e seguiu viagem.

Passou um dia, passou outro e, na aurora do terceiro dia, viu um palácio ainda mais bonito que o primeiro. Perto dali, havia um carvalho e, nele, estava um falcão. Ele saiu voando da árvore, pousou no chão, transformou-se em um jovem bonito e gritou:

— Levante-se, Olga-tsarevna! O nosso querido irmão está chegando.

Olga-tsarevna imediatamente saiu correndo para recebê-lo; começou a beijá-lo e a abraçá-lo, perguntou da saúde, pediu para contar de sua vida. Ivan-tsarévitch ficou três diazinhos por lá e disse:

— Eu não tenho como ficar mais tempo; vou procurar minha esposa, Maria Moriévna, a linda princesa.

O falcão respondeu:

— Vai ser difícil você achá-la; deixe aqui seu garfo de prata, nós vamos olhar para ele e nos lembrar de você.

Ele deixou o garfo de prata e seguiu viagem.

Passou um dia, passou outro e, na aurora do terceiro dia, viu um palácio ainda melhor que os outros dois. Perto dali, havia um carvalho e, nele, estava um corvo. Ele saiu voando da árvore, pousou no chão, transformou-se em um belo rapaz e gritou:

— Anna-tsarevna! Venha rápido, o nosso irmão está vindo.

Anna-tsarevna saiu correndo, recebeu Ivan com alegria, começou a beijá-lo e abraçá-lo, perguntou da saúde do irmão e pediu para contar de sua vida. Ivan-tsarévitch passou três diazinhos com eles e disse:

— Adeus! Eu vou buscar minha esposa, Maria Moriévna, a linda princesa.

— Vai ser difícil encontrá-la – respondeu o corvo. – Deixe aqui conosco sua tabaqueira de prata, nós vamos olhar para ela e nos lembrar de você.

O tsarévitch deu-lhe a tabaqueira de prata, despediu-se e seguiu viagem.

Passou um dia, passou outro e, no terceiro dia, ele chegou até Maria Moriévna. Ela viu o seu amor, jogou-se nos braços dele chorando e disse:

— Ah, Ivan-tsarévitch! Por que você não me escutou? Por que olhou na edícula e deixou Koschiei, o imortal, fugir?

— Perdão, Maria Moriévna! Não fique se lembrando do passado, é melhor você vir comigo. Por enquanto eu não vi Koschiei, o imortal, quem sabe ele não nos alcança!

Eles se prepararam e foram embora. Mas Koschiei estava caçando, voltou para casa à noite cavalgando num bom cavalo, mas o animal acabara tropeçando.

— O que é isso, seu pangaré magricelo, você tropeçou? Será que está sentindo algum agouro?

— Ivan-tsarévitch veio e levou a Maria Moriévna – respondeu o cavalo.

— E dá pra alcançá-los?

— Dá tempo de semear o trigo, esperar até que cresça, ceifá-lo, limpá-lo, transformá-lo em farinha, assar cinco fornadas de pão, comer esse pão todo, depois sair correndo e ainda assim chegar a tempo.

Koschiei saiu correndo e alcançou Ivan-tsarévitch:

— Bom, nesta primeira vez vou perdoá-lo pela bondade que fez ao me dar água. Perdoo ainda uma segunda, mas, na terceira, prepare-se que eu vou fazer picadinho de você!

Ele pegou Maria Moriévna e foi embora. Ivan-tsarévitch sentou-se em uma pedra e começou a chorar.

Ficou ali chorando e chorando e voltou para buscar Maria Moriévna. Koschiei não estava em casa naquela hora.

— Vamos, Maria Moriévna!

— Ah, Ivan-tsarévitch! Ele vai nos alcançar.

— Deixa que alcance, pelo menos passamos umas horinhas juntos.

Eles se prepararam e fugiram. Koschiei, o imortal, voltou para casa em seu bom cavalo, que mais uma vez acabara tropeçando.

– O que houve, seu pangaré magricelo, você tropeçou? Será um sinal de algo ruim?

– Ivan-tsarévitch veio e levou Maria Moriévna consigo.

– E dá pra alcançá-los?

– Dá tempo de plantar o centeio, esperar que ele cresça, ceifá-lo, limpá-lo, fermentar a cerveja, encher a cara, ter um boa noite de sono e ainda assim chegar a tempo!

Koschiei tocou o galope e alcançou Ivan-tsarévitch:

– Olha, eu já disse que, assim como as suas orelhas, você não vai ver Maria Moriévna!

Ele a pegou e levou embora.

Ivan-tsarévitch ficou sozinho chorando e chorando e novamente foi atrás da Maria Moriévna. Quando chegou, Koschiei não estava em casa.

– Vamos, Maria Moriévna!

– Ah, Ivan-tsarévitch! Mas ele vai te pegar e te fazer em pedacinhos.

– Ele que faça! Eu não consigo viver sem você.

Eles se prepararam e saíram. Koschiei, o imortal, voltava para casa, quando outra vez seu cavalo tropeçou.

– Por que você tropeçou? Será um agouro?

– Ivan-tsarévitch veio e pegou Maria Moriévna.

Koschiei saiu correndo, alcançou Ivan-tsarévitch, picou-o em pedacinhos e o colocou em um barril selado a piche. Pegou o barril, trancou com anéis de aço e jogou no mar azul, levando Maria Moriévna consigo.

Nessa hora, a prataria que estava com os cunhados de Ivan-tsarévitch escureceu.

– Ah! – disseram eles. – Evidentemente aconteceu alguma tragédia!

A águia se jogou no mar azul, pegou o barriu e jogou na margem; o falcão saiu voando atrás da água da vida; e o corvo, da água da morte. Os três voaram alto e mergulharam no mesmo ponto, quebraram o barril, pegaram os pedacinhos de Ivan-tsarévitch, lavaram e colocaram em ordem. O corvo derramou a água da morte, o corpo foi se juntando e ficou inteiro; o falcão derramou a água da vida. Ivan-tsarévitch tremeu, levantou e disse:

— Ah, como eu dormi!

— E dormiria muito mais, se não fosse por nós! — responderam os cunhados. — Vamos, venha nos visitar.

— Não, irmãos! Eu vou buscar a Maria Moriévna.

Ele foi até lá e pediu pra ela:

— Descubra onde o Koschiei, o imortal, conseguiu um cavalo bom daqueles.

Então, Maria Moriévna achou uma hora propícia e começou a questionar o Koschiei.

— No trigésimo país — disse ele —, no trigésimo reino, depois de um rio de fogo, vive Baba-Iagá. Ela tem um cavalo que dá a volta ao mundo todos os dias. Ela também tem muitos outros cavalos. Eu fiquei lá três dias tocando as éguas, não perdi nenhuma, por isso a Baba-Iagá me deu um potrinho.

— Mas como você atravessou um rio de fogo?

— É que eu tenho um lencinho que, quando balança para direita três vezes, faz uma ponte alta, mas muito alta, e o fogo não alcança!

Maria Moriévna prestou atenção, contou tudo para Ivan-tsarévitch, pegou o lencinho e deu para ele.

Ivan-tsarévitch atravessou o rio de fogo e foi até Baba-Iagá. Ele andou muito tempo sem beber e sem comer nada. No caminho, encontrou um pássaro estranho com os filhotinhos. Ivan-tsarévitch disse:

— Eu vou comer um desses filhotinhos.

— Não coma, Ivan-tsarévitch! — pediu o pássaro estranho. — Eu vou ser útil para você em algum momento.

Ele seguiu adiante e viu uma colmeia de abelhas em um bosque.

— Eu vou pegar um pouquinho desse mel.

A abelha-rainha o interrompeu.

— Não toque no meu mel, Ivan-tsarévitch! Eu serei útil para você em algum momento.

Ele não tocou em nada e seguiu adiante; acabou encontrando uma leoa com leõezinhos.

— Eu vou comer nem que seja esse leãozinho. Estou com tanta fome que estou passando mal!

— Não encoste neles, Ivan-tsarévitch – pediu a leoa. – Eu vou ser útil para você em algum momento.

— Está bem, que seja do seu jeito!

E seguiu com fome. Foi indo e indo e logo à frente estava a casa da Baba-Iagá, cercada por doze mourões, dos quais onze tinham cabeças humanas e só um estava livre.

— Saudação, vovó!

— Saudação, Ivan-tsarévitch! Por que você veio? Por vontade ou necessidade?

— Eu vim trabalhar por um alazão de *bogatyr*.

— Está bem, tsarévitch! Mas você não vai trabalhar um ano para mim, e sim três dias. Se conseguir preservar a vida das minhas éguas, eu lhe dou um alazão de *bogatyr*. Se não conseguir, não se preocupe, boto sua cabeça naquele último mourão.

Ivan-tsarévitch concordou. Baba-Iagá deu-lhe de comer e beber e o mandou para trabalhar. Assim que o rapaz soltou as éguas no pasto, elas levantaram as caudas e saíram em disparada para todos os lados. O tsarévitch nem conseguiu acompanhar para onde tinham ido. Então, começou a chorar e a se lamentar; sentou-se em uma pedra e pegou no sono. A tardinha já ia acabando quando veio o pássaro estranho acordá-lo.

— Levante-se, Ivan-tsarévitch! As éguas voltaram para casa.

O tsarévitch se levantou, voltou para casa, e a Baba-Iagá estava fustigando as éguas e gritando com elas.

— Por que vocês voltaram pra casa?

— E como não voltaríamos? Vieram voando uns pássaros do mundo inteiro e por pouco eles não nos arrancam os olhos às bicadas.

— Está bem. Amanhã não fujam pelo pasto, espalhem-se pelo bosque escuro.

Ivan-tsarévitch passou a noite, e de manhã Baba-Iagá lhe disse:

— Olha, tsarévitch, se você não salvar as éguas, mesmo que só uma, eu vou botar essa sua cabeça oca naquele mourão!

Ele tocou as éguas para o campo, e elas imediatamente levantaram as caudas e dispararam pelo bosque escuro. Novamente, o tsarévitch se sentou em uma pedra, chorou e chorou e pegou no sono. A tardinha já ia acabando quando a leoa se aproximou:

— Levante-se, Ivan-tsarévitch! As éguas voltaram para casa.

Ivan-tsarévitch se levantou e foi para casa. A Baba-Iagá estava mais brava do que antes, fustigando as éguas e gritando com elas.

— Por que vocês voltaram pra casa?

— E como não voltaríamos? Vieram correndo umas feras de toda parte, por pouco não nos comem.

— Está bem, mas amanhã vocês corram pelo mar azul.

De novo Ivan-tsarévitch pernoitou e, de manhã, Baba-Iagá o mandou tocar as éguas para pasto.

— Se não as salvar, a sua cabecinha vai para o mourão.

Ele tocou as éguas, que imediatamente levantaram as caudas, fecharam os olhos e saíram correndo para dentro do mar azul, ficando com água até o pescoço. Ivan-tsarévitch sentou-se em uma pedra, chorou e mais uma vez pegou no sono. O solzinho já se escondia por detrás do bosque, quando a abelha veio e disse:

— Levante-se, tsarévitch! As éguas já foram reunidas e, assim que voltar para casa, não deixe Baba-Iagá ver você; vá para o estábulo e dirija-se para trás das manjedouras. Lá haverá um potro magricelo caído no esterco. Pegue esse bichinho, que vamos fugir na calada da noite.

Ivan-tsarévitch se levantou, foi até o estábulo e se deitou atrás das manjedouras. Baba-Iagá ficou fustigando as éguas e gritando com elas.

— Por que vocês voltaram?

— E como não voltaríamos? Apareceu uma infinidade de abelhas de toda parte, e elas começaram a nos picar até sair sangue!

Baba-Iagá pegou no sono e, quando o relógio bateu meia-noite, Ivan-tsarévitch roubou o potro magricelo, atrelou-o, sentou-se e saiu a galope até o rio de fogo. Quando chegou ao rio, acenou três vezes para a direita com o lencinho e de repente surgiu, do nada, uma ponte imensa e firme atravessando o rio. Tsarévitch atravessou e acenou com o lenço para a esquerda apenas duas vezes, então a ponte ficou fininha, fininha! De manhã, Baba-Iagá acordou e não viu nem a sombra do potro magricelo! Ela saiu em disparada. Tocou o almofariz com toda a potência, esmagou o pistilo e apagou o rastro com a vassoura. Ao chegar ao rio de fogo, olhou e pensou: "Que bela ponte!". E seguiu por ali, mas, quando chegou na metade, a ponte se arrebentou, e Baba-Iagá despencou no rio, encontrando ali uma morte horrenda! Ivan-tsarévitch engordou o potro nos pastos verdes, e ele se fez um cavalo formidável.

O tsarévitch foi até Maria Moriévna, que saiu correndo em sua direção e se jogou nos braços dele.

– Como foi que Deus ressuscitou você?

– Assim e assado – explicou ele. – Venha comigo.

– Eu estou com medo, Ivan-tsarévitch! Se Koschiei nos alcançar, ele vai fazer um picadinho de você de novo.

– Mas ele não vai me alcançar! Agora eu tenho um belo alazão de *bogatyr*, que praticamente voa como um passarinho

Eles se sentaram no cavalo e partiram. Koschiei, o imortal, estava voltando para casa quando seu cavalo tropeçou.

– O que foi, pangaré magrelo, tropeçou? Será que está sentindo um agouro?

– Ivan-tsarévitch apareceu e levou Maria Moriévna.

– E dá para alcançá-los?

– Só Deus sabe! Agora o Ivan-tsarévitch tem um alazão melhor do que eu.

– Não, eu não desistirei – disse Koschiei, o imortal. – Vou persegui-los.

Não foi muito nem pouco tempo para chegar até Ivan-tsarévitch. Ele desceu do cavalo e quis golpeá-lo com um sabre afiado. Então, o cavalo de Ivan-tsarévitch deu um coice com toda a força em Koschiei, o imortal, e lhe quebrou a cabeça. O tsarévitch finalizou com um porrete. Depois disso, Ivan empilhou lenha, pôs fogo, cremou Koschiei, o imortal, e deixou suas cinzas serem espalhadas pelo vento.

Maria Moriévna sentou-se no cavalo de Koschiei, e Ivan-tsarévitch ficou no seu. Foram visitar, então, primeiro o corvo, depois o falcão e, em seguida, a águia. Sempre que chegavam, eram recebidos com alegria.

– Ah, Ivan-tsarévitch, nós não esperávamos recebê-lo. Bom, não é à toa que você teve todo esse trabalho. Não vai encontrar outra mulher bonita assim como Maria Moriévna em lugar nenhum!

Eles ficaram algum tempo, fizeram uma festa e depois foram para o seu reino. Ao chegar, acomodaram-se para viver felizes para sempre, cultivando o bem e bebendo hidromel.

✷

a montanha de cristal

✳

Era uma vez
um tsar que vivia em certo
reino, em certo país, e tinha três filhos.
Então, os filhos um dia lhe disseram:
— Querido senhor paizinho! Dê-nos sua benção para partirmos em uma caçada.

O pai abençoou, e eles foram para lados diferentes. O caçula cavalgou, cavalgou e se perdeu. Ele chegou a uma floresta onde havia um cavalo morto; perto dessa carcaça, reuniam-se diversas feras, pássaros e répteis. Uma águia alçou voo, foi até o tsarévitch, pousou no ombro dele e disse:

— Ivan-tsarévitch, divida esse cavalo com a gente. Ele está aqui faz trinta e três anos, e nós ficamos discutindo, sem conseguir inventar um jeito de dividir.

O tsarévitch desceu do seu bom cavalo e dividiu a carcaça: para as feras, ficaram os ossos; para os pássaros, a carne; para os répteis, a pele e, para as formigas, a cabeça.

— Obrigado, Ivan-tsarévitch! — disse a águia. — Por esse serviço, você poderá se transformar em uma águia branca ou em uma formiga sempre que quiser.

Ivan-tsarévitch bateu na terra úmida, transformou-se em uma águia branca, alçou voo e foi para o trigésimo reino, que tinha mais da metade tomada por uma montanha de cristal. Ele foi voando direto para o palácio, transformou-se em um belo rapaz e perguntou ao guarda que estava ao pé do portão:

— Será que o seu senhor me aceitaria aqui para trabalhar?
— Por que não aceitaria um rapagão desse?

Então, Ivan foi trabalhar para aquele tsar e viveu ali uma semana, e mais outra, e ainda uma terceira. A tsarevna começou a pedir:

— Senhor meu pai! Permita que eu vá passear com Ivan-tsarévitch na montanha de cristal.

O tsar permitiu. Eles montaram bons cavalos e foram. Quando se aproximavam da montanha de cristal, de repente surgiu uma cabra de ouro. O tsarévitch saiu a galope atrás dela, galopando e galopando, mas sem conseguir pegar a cabra. Quando voltou, cadê a princesa? O que fazer? Como olhar o tsar nos olhos?

Ele se vestiu como um ancião tão velho que nem é possível descrever. Em seguida, foi ao palácio e disse ao tsar:

— Sua majestade! Permita que eu cuide do rebanho.

— Está bem, você será meu pastor. Se vier um dragão de três cabeças, dê três vacas a ele. Se vier um de seis cabeças, dê-lhe seis vacas. Se vier um de doze cabeças, então separe doze vacas.

Ivan-tsarévitch foi tocando o gado pela montanha, pelo vale; de repente, apareceu de um lago um dragão de três cabeças.

— Ei, Ivan-tsarévitch, o que é isso agora? Achei que ia lutar com um nobre cavaleiro, mas ele virou um pastor! Então está bem – disse ele. – Dê três vacas aqui para mim.

— Você não vai engordar? – respondeu o tsarévitch. – Eu mesmo como um pato por dia, e você querendo três vacas... não, não vou dar nada!

O dragão se irritou e, em vez de pegar três vacas, levou seis. Ivan-tsarévitch imediatamente virou uma águia branca, pegou três de volta das garras do dragão de três cabeças e começou a tocar o gado para casa.

— E então, titio? – perguntou o tsar. – O dragão de três cabeças apareceu? Você deu as três vacas pra ele?

— Não, vossa majestade, eu não dei nem uma!

No dia seguinte, o tsarévitch foi tocar o gado pela montanha e pelo vale. De um lago, saiu um dragão de seis cabeças e exigiu seis vacas.

— Ah, o que você quer, seu monstro feio e guloso! Eu mesmo como um pato por dia e você querendo tudo isso! Não vou lhe dar é nada!

O dragão se irritou e, em vez de pegar seis, levou doze vacas. O tsarévitch se transformou em uma águia branca, lançou-se contra o dragão e pegou seis vacas de volta. E tocou o gado pra casa. Chegando lá, o tsar perguntou:

– E então, titio? O dragão de seis cabeças apareceu? Levou muito do meu rebanho?

– Vir, ele até veio, mas não levou nada!

Na última tarde, Ivan-tsarévitch se transformou em uma formiga e atravessou um buraquinho na montanha de cristal. Quando viu, lá estava a tsarevna.

– Saudação – disse o rapaz. – Como você veio parar aqui?

– Um dragão de doze cabeças me trouxe para cá. Ele vive no lago do meu paizinho, e nesse dragão está escondido um baú; no baú, há uma lebre; dentro dessa lebre, há um pato, dentro do pato há um ovo, no ovo há uma semente. Se você matar o dragão e pegar a semente, poderá acabar com essa montanha e me salvar.

Ivan-tsarévitch saiu da montanha, vestiu-se de pastor e foi tocar o gado. De repente, veio voando um dragão de doze cabeças.

– Ah, Ivan-tsarévitch! Mas o que é isso? Eu queria lutar com você, um nobre cavaleiro, mas você virou um pastor... então, se é assim, tudo bem, dê doze vacas para mim!

– Você vai engordar! Eu como um pato por dia, e você querendo tudo isso!

Eles começaram a lutar e lutaram até que Ivan-tsarévitch venceu o dragão de doze cabeças. O rapaz abriu a barriga dele e, do lado direito, achou um baú; no baú, havia uma lebre, dentro da lebre havia um pato, dentro do pato estava um ovo, nesse ovo havia uma semente. Ele pegou a semente, pôs fogo e aproximou-se da montanha de cristal, que logo derreteu inteira. Ivan-tsarévitch tirou a tsarevna de lá e levou para o pai dela, que ficou feliz e disse ao tsarévitch:

– Você será meu genro!

Ali mesmo eles se casaram. Eu estive nesse casamento e bebi tanto hidromel que encharcou a barba, mas não molhou a boca.

✷

*pela vontade
da perca*

Aleksandr N. Afanásiev

✳

Era uma vez
um mujiquezinho que, não
importava o quanto trabalhasse, o quanto
se dedicasse, continuava sem nada! "Ah", pensou
ele com seus botões, "o meu destino é amargo! Eu me
mato de trabalhar para o senhor, e mesmo assim estou sempre
morrendo de fome; mas o meu vizinho passa o dia inteiro deitado
na cama, e o quê? Tem uma casa farta, o dinheiro entra sozinho no
bolso. Fica claro que Deus não gosta de mim, eu vou rezar o dia inteiro,
quem sabe o Senhor se apieda." E, então, começou a rezar, passando dias
inteiros com fome, sempre rezando. Chegou a Páscoa, vieram as missas.
O pobre homem pensa: "Todos vão fazer banquetes, e eu não tenho nem
um naco de pão! Eu vou levar nem que seja água, depois como com pão,
como se fosse sopa". Assim, pegou um pequeno balde, foi até o poço e,
assim que baixou o balde na água, surgiu subitamente uma perca enorme
em seu balde. O mujique ficou feliz:

— Isso que vai ser feriado! Eu vou fazer uma sopa de peixe e almoço contente.

Então a perca lhe disse, com voz de gente:

— Deixe-me ir, meu bom homem, eu farei você feliz: o que sua alma quiser, eu lhe darei! Você só precisa dizer: pela vontade da perca, com a bênção de Deus, surja isso, isso e aquilo. E na hora aparece!

O coitado jogou o peixe no poço, foi para casa, sentou-se à mesa e disse:

— Pela vontade da perca, com a benção de Deus, que a mesa esteja posta e o almoço pronto!

De repente, de algum lugar surgiram todos os tipos de comida e bebida. Mesmo que um tsar aparecesse para comer por ali, o mujique não passaria vergonha! O coitado fez o sinal da cruz:

— Glória ao Senhor! Tenho como interromper meu jejum.

E foi para a igreja, participou da prece matutina e da missa, voltou para casa e foi aproveitar o banquete; comeu, bebeu, saiu da casa e se deitou em um banco.

Nessa hora, uma tsarevna resolveu passear pelas ruas. Ela estava acompanhada das amas e, por ocasião da Páscoa, dava esmolas aos pobres, dava a todos, mas se esqueceu daquele mujique. Então, ele disse consigo mesmo:

— Pela vontade da perca, com a benção de Deus, que a tsarevna fique fértil e nasça um filho seu!

Assim que disse isso, a tsarevna engravidou e, nove meses depois, nasceu um filho. O tsar começou a perguntar:

— Confesse: com quem você pecou?

Mas a tsarevna chorava e negava de todas as formas que ela tivesse pecado com alguém.

— Eu mesma não sei por que o Senhor está me punindo!

Não importava o quanto o tsar questionasse, ele não descobria nada.

Enquanto isso, a criança crescia não dia a dia, mas hora a hora, e em uma semana já falava. O tsar juntou os boiardos e os sábios de todo o reino e mostrou-lhes o menino. Será que alguém confessaria ser o pai? Não, a criança ficava em silêncio, e ninguém reconhecia a paternidade. O tsar mandou que as amas o levassem por todas as casas, por todas as ruas, e mostrassem a criança para pessoas de todas as classes, casadas e solteiras. Por fim, chegaram ao isbázinho do pobre mujique; assim que o garoto viu aquele homem, imediatamente esticou os bracinhos para ele, gritando:

— Papa, papa!

Falaram disso para o tsar e levaram o coitado para o palácio. O tsar começou a perguntar:

— Confesse por sua própria consciência: esse filho é seu?

— Não, por Deus!

O tsar se irritou e casou o coitado com a princesa. Depois do casamento, mandou que os colocassem junto do filho em um grande barril, fechado a piche, e jogassem os três no alto-mar.

Depois que jogaram o barril nas águas, os ventos fortes o levaram a uma praia distante. Quando percebeu que as águas não estavam mais balançando, o coitado disse:

— Pela vontade da perca, com a benção de Deus, que o barril pare em terra firme!

O barril encalhou, eles saíram em terra firme e foram para onde os pés levavam. Andanças e andanças depois, sem comer nem beber nada, a tsarevna desfaleceu por completo, mal podia mover as pernas.

— E então? — perguntou o coitado. — Agora sabe o que é fome e sede?

— Agora sei! — respondeu a tsarevna.

— Então é isso que os pobres sofrem, e você não quis me dar uma esmola no dia de Páscoa!

Passado algum tempo, o coitado disse, ainda:

— Pela vontade da perca, com a benção de Deus, que apareça aqui um rico palácio, um que nunca houve melhor no mundo, com jardins, lagos e todos os reinados vizinhos!

Assim que disse isso, surgiu um rico palácio, de onde vieram correndo servos fiéis. Eles pegaram-lhes pelos braços e levaram todos pelas salas do palácio, feitas de mármore, até a mesa de carvalho, coberta por uma linda toalha. As salas eram decoradas com esplendor, à mesa havia de tudo: vinho, doces e comida. O coitado e a tsarevna beberam, comeram, descansaram e foram passear no jardim.

— Tudo aqui está muito bem — disse a tsarevna. — É uma pena, no entanto, que não haja pássaros nos nossos lagos.

— Espere que agora mesmo virão os passarinhos! — respondeu o coitado, dizendo em seguida. — Pela vontade da perca, com a benção de Deus, que nadem neste lago doze patos e treze marrecos, e que todos tenham uma pena de ouro e outra de prata e que os marrecos tenham uma mecha de diamantes.

E foi assim que a tsarevna e seu marido viveram sem tristeza, sem preocupações. O filho deles crescia e crescia; cresceu até ficar grande, sentia em si uma força imensa e passou a pedir para os pais que o deixassem ir buscar uma noiva para si. Eles permitiram:

— Vai, meu filho, vai com Deus!

Ele atrelou um alazão de *bogatyr*, sentou-se e pegou a estrada. Em certo ponto, uma velhinha muito velha foi ao seu encontro:

— Saudação, tsarévitch russo! Para onde está indo?

— Vozinha, eu vou procurar uma noiva, mas eu mesmo não sei onde.

— Pare que eu lhe digo, filhinho! Vá para além do mar até o trigésimo reino. Lá há uma princesa tão linda que você nunca vai ver uma mais bonita no mundo inteiro!

O jovem rapagão agradeceu a velhinha, foi até a praia, alugou um barco e navegou até o trigésimo reino.

Navegou por muito tempo pelo mar – o conto se conta correndo, mas fazer isso não é feito fácil –, até que chegou ao reino, apresentou-se ao rei de lá e passou a cortejar a filha dele. O rei lhe disse:

— Não é só você quem corteja a minha filha, há um outro pretendente, um poderoso *bogatyr*. Se eu o recusar, ele vai destruir todo o meu reino.

— Se você me rejeitar, eu quem destruo!

— Mas o que é isso agora? É melhor você ir medir forças com ele. Quem vencer se casa com a minha filha.

— Está bem! Chamem todos os tsares e tsarévitches, reis e príncipes para assistir ao combate honesto e participarem do casamento.

Imediatamente foram enviados arautos para os quatro cantos, e não demorou um ano para os tsares e tsarévitches, reis e príncipes virem de todos os reinos vizinhos, inclusive aquele tsar cuja filha havia sido colocada no barril e jogada no mar. No dia marcado, os dois cavaleiros começaram a luta mortal; lutaram e lutaram, seus golpes faziam a terra tremer, os bosques se dobravam, os rios ondulavam. O filho da tsarevna venceu o oponente e lhe cortou a cabeça.

Os boiardos do rei vieram correndo, pegaram o jovem rapagão nos braços e levaram para o palácio. No dia seguinte, ele se casou com a princesa e, durante o banquete, começou a chamar todos os tsares e tsarévitches, reis e príncipes para visitar seus pais. Todos se levantaram de uma vez, prepararam os navios e foram velejar. A tsarevna e o marido receberam os convidados com hospitalidade e recomeçaram os banquetes e as festas. Os tsares e tsarévitches, reis e príncipes viram o palácio e os jardins e ficaram impressionados; nunca tinham visto tamanha riqueza, e o que mais chamava atenção eram os patos e os marrecos, que poderiam custar meio reinado! Os convidados se fartaram e resolveram voltar para casa. Antes que pudessem chegar ao cais, porém, os mensageiros correndo foram atrás deles:

— O nosso amo pede que voltem; ele quer fazer uma reunião secreta com vocês.

Os tsares e tsarévitches, os reis e príncipes voltaram; o senhor os recebeu e disse:

— É assim que agem as pessoas boas? Sumiu um dos meus patos! Além de vocês, ninguém poderia ter pegado!

— O que você está querendo insinuar? – responderam-lhe os tsares, tsarévitches, reis e príncipes. – Isso é uma infâmia! Reviste-nos todos agora mesmo! Se encontrar o pato com alguém, faça com essa pessoa o que quiser. Se não encontrar, sua cabeça irá rolar!

— Está bem, estou de acordo! – disse o senhor.

Então, começou a revistar um por um, em fila. Assim que chegou a vez do pai da tsarevna, sussurrou:

— Pela vontade da perca, com a benção de Deus, que esse tsar tenha um pato desse sob o roupão!

Ele pegou, levantou-lhe um pouco o roupão, e lá estava o pato com uma pena de ouro e outra de prata. Todos os outros tsares e tsarévitches, reis e príncipes caíram na gargalhada:

— Ha, ha, ha! Olha lá! Até os tsares andam roubando!

O pai da tsarevna jurava por tudo que era mais sagrado que não tinha roubado. Ele nem tinha sonhado em fazer aquilo, mas não fazia ideia de como aquele pato tinha parado ali.

— Confesse! Eles pegaram você, por isso você é o único culpado.

Então, a tsarevna apareceu, foi até o pai e confessou que ela era a mesma filha que ele tinha obrigado a se casar com um coitado, enfiando todos em um barril selado.

— Papai! Naquela época, você não acreditou nas minhas palavras, e agora você reconhece que se pode ser culpado sem ter culpa.

Ela contou como foi que tudo aconteceu e todos começaram a viver juntos, fazendo o bem e sem guardar mágoas.

o conto de
Ivan-tsarévitch,
o pássaro de fogo
e o lobo cinza

Aleksandr N. Afanásiev

✷

Era uma vez
um tsar chamado Vyslav
Andronovitch, que vivia em um reino em
certo país. Ele tinha três filhos-tsarévitches: o
primeiro era Dimitri-tsarévitch; o segundo, Vassili-tsarévitch; o terceiro, Ivan-tsarévitch. O tsar tinha um jardim tão magnífico que em nenhum reino havia outro melhor.
Nesse jardim, cresciam várias árvores raras, frutíferas e inférteis,
inclusive a favorita do tsar, uma macieira que dava maçãs de ouro.
O pássaro de fogo costumava visitar o jardim de Vyslav e tinha penas
de ouro e olhos parecidos com o cristal do oriente. Ele voava para esse
jardim todas as noites e ficava na macieira favorita do tsar, pegava umas
maçãs douradas e novamente saía voando. O tsar Vyslav Andronovitch
ficava muito triste pela macieira, porque o pássaro de fogo tirava muitas
maçãs dela, então ele chamou os três filhos e lhes disse:

— Meus filhos queridos! Qual de vocês consegue pegar o pássaro de fogo no meu jardim? Quem o pegar com vida receberá metade do meu reino agora e o resto depois de eu morrer.

Então, os filhos gritaram em uníssono:

— Caro senhor paizinho, vossa majestade imperial! É com alegria que nós vamos tentar pegar o pássaro de fogo com vida.

Na primeira noite, Dimitri-tsarévitch foi fazer a guarda do jardim e, sentando-se sob a macieira cujas maçãs o pássaro de fogo roubava, acabou por pegar no sono e não ouviu quando o pássaro de fogo chegou e bicou muitas frutas. De manhã, o tsar Vyslav Andronovitch chamou o filho e perguntou:

— E então, meu filho querido, você viu o pássaro de fogo ou não?

— Não vi, caro senhor paizinho! — respondeu ele ao pai. — Ele não veio essa noite.

Na noite seguinte, Vassili-tsarévitch foi fazer a guarda do jardim. Ele se sentou sob a macieira e, depois de umas horas na madrugada, caiu em um sono tão pesado que não ouviu quando o pássaro de fogo veio e bicou as maçãzinhas. De manhã, o tsar Vyslav o chamou e perguntou:

— E então, meu filho querido, você viu o pássaro de fogo ou não?

— Não vi, caro senhor paizinho! – respondeu ele ao pai. – Ele não veio essa noite.

Na terceira noite, Ivan-tsarévitch foi fazer a guarda do jardim e se sentou sob a mesma macieira. Ele ficou ali uma hora, duas, três, e de repente todo o jardim clareou, como se muitas chamas tivessem sido acesas. Tinha aparecido o pássaro de fogo, que se sentou em uma macieira e começou a bicar as maçãzinhas. Ivan-tsarévitch se aproximou dele com tamanha astúcia que o pegou pela cauda, mas não conseguiu segurá-lo, pois o pássaro de fogo se soltou e alçou voo. Ivan-tsarévitch conseguiu manter nas mãos uma pena da cauda que ele tinha segurado com muita força. De manhã, assim que o tsar Vyslav acordou, Ivan-tsarévitch foi até ele e deu-lhe a peninha do pássaro de fogo. O pai ficou extremamente feliz pelo fato de o filho mais novo ter conseguido ao menos pegar uma pena do pássaro de fogo. A pena era tão linda e brilhava tanto que bastava levar para um cômodo escuro que era como se tivesse acendido um monte de velas. O tsar Vyslav colocou a peninha no escritório, como algo que se deve guardar para toda a vida. A partir daquela noite, o pássaro de fogo não voltou ao jardim.

O tsar Vyslav mandou chamar de novo os filhos e lhes disse:

— Meus filhos amados! Vão, eu lhes dou a minha bênção, busquem o pássaro de fogo e tragam-no até mim com vida. Quem fizer isso receberá tudo o que eu prometi antes.

Os tsarévitches Dimitri e Vassili começaram a ter inveja do irmão mais novo, Ivan-tsarévitch, porque ele conseguiu pegar uma pena do rabo do pássaro de fogo, então tomaram a bênção do pai e foram os dois buscar o pássaro de fogo. Já Ivan-tsarévitch também começou a pedir a bênção do pai.

— Meu filho querido, meu amado rebento! – disse-lhe o tsar Vyslav. – Você ainda é jovem e não está acostumado a fazer uma viagem tão longa e difícil como essa, por que você vai se separar de mim? Seus irmãos já foram, de qualquer forma. Além disso, e se você for e os três demorarem para voltar? Eu já estou velho e sigo a vontade de Deus; se Ele resolver que é a hora de me tomar a vida, então quem vai ficar no meu lugar para cuidar do reino? Pode ocorrer um golpe ou uma discordância entre os nossos povos, e ninguém poderá resolver; ou algum inimigo pode se aproximar das nossas terras, e não haverá quem comande as tropas.

No entanto, não importava o quanto o tsar Vyslav tentasse convencer Ivan-tsarévitch, nada era capaz de fazê-lo mudar de ideia de tentar cumprir o seu insistente pedido. Ivan-tsarévitch recebeu a bênção do pai, atrelou o cavalo e pegou a estrada, partindo sem saber bem para onde.

E seguiu pela estrada por alguns dias, bastantes, muitos, porque o conto se conta correndo, mas fazer isso não é feito fácil. Acabou chegando a uma clareira, uma pradaria verdejante. Nessa clareira havia um pilar, e nesse pilar estava escrito: "Quem seguir reto a partir daqui passará fome e sede; quem for para a direita ficará são e salvo, mas o cavalo morrerá; quem for para a esquerda morrerá, mas o cavalo ficará são e salvo". Ivan-tsarévitch leu esse escrito e foi para a direita, mantendo em mente os dizeres: "ainda que o seu cavalo morresse, ele ficaria vivo e com o tempo poderia conseguir outro cavalo". Seguiu por um dia, dois, três, e de repente surgiu em seu caminho um imenso lobo cinzento, que disse:

— Ah, nossa, é você, meu jovem Ivan-tsarévitch! Bom, você leu o que estava no pilar, que seu cavalo morrerá, então por que seguiu para cá?

O lobo proferiu essas palavras e cortou o cavalo de Ivan-tsarévitch ao meio, indo embora em seguida.

Ivan-tsarévitch ficou profundamente triste pelo cavalo, chorou amargamente aquela perda e seguiu a pé. Andou o dia inteiro e ficou tão cansado que não é possível nem descrever, ele só queria se sentar e descansar. De repente, o lobo cinzento o alcançou e disse:

— Eu fiquei com pena de você, Ivan-tsarévitch, porque está andando a pé e ficando exausto. Fiquei com pena por ter comido seu bom cavalo. Bom! Sente-se em mim, o lobo cinzento, e diga para onde você quer ir e a troco de quê.

Ivan-tsarévitch disse ao lobo cinzento para onde queria ir, e o lobo cinzento disparou com ele mais rápido que um cavalo e, depois de algum tempo, justamente uma noite, levou Ivan-tsarévitch até uma parede de pedra que não era muito grande. Parou ali e disse:

— Bom, Ivan-tsarévitch, desça de cima de mim, e suba essa parede de pedra. Do outro lado dela, há um jardim, e nele está o pássaro de fogo dentro de uma gaiola de ouro. Pegue o pássaro de fogo, mas não toque na gaiola de ouro; se pegá-la, não conseguirá sair dali, porque pegarão você imediatamente!

Ivan-tsarévitch escalou a parede de pedra e chegou ao jardim, viu o pássaro de fogo na gaiola de fogo e ficou muito impressionado com ele. Tirou o pássaro da gaiola e começou a voltar, depois pensou melhor e disse com seus botões.

— Por que eu vou levar o pássaro de fogo sem a gaiola, onde o colocarei?

Ele voltou e, assim que tirou a gaiola de ouro do lugar, ressoou imediatamente uma batida e um estrondo por todo o jardim, porque essa gaiola de ouro tinha uns fios presos. Os guardas imediatamente acordaram, aproximaram-se do jardim, pegaram Ivan-tsarévitch com o pássaro de fogo e o levaram ao tsar, que se chamava Dolmat. O tsar Dolmat estava extremamente irritado com Ivan-tsarévitch e gritou com ele com um tom explosivo:

— Você, um jovem rapaz, não tem vergonha de roubar! E quem é você, de onde veio, é filho de quem, como se chama?

— Eu venho do reino dos Vyslavov — respondeu Ivan-tsarévitch — e me chamo Ivan-tsarévitch, sou filho do tsar Vyslav Andronovitch. O seu pássaro de fogo tinha o hábito de se meter em nosso jardim todas as noites e roubava as maçãzinhas de ouro da macieira favorita do meu pai. Quase que esse animal acaba com a árvore, por isso meu pai me mandou buscar o pássaro de fogo e levá-lo até ele.

— Ora essa, jovem rapaz, Ivan-tsarévitch — pronunciou o tsar Dolmat. — E precisava fazer assim, do jeito como fez? Se tivesse vindo até mim, eu teria lhe dado o pássaro de fogo por respeito, mas agora seria de bom tom que eu mandasse os arautos anunciarem em todos os reinos a forma desonesta como você se comportou no meu reino? No entanto, escute aqui, Ivan-tsarévitch! Se você me fizer o trabalho de ir até a trigésima terra, até o trigésimo reino e me trouxer o cavalo de crina dourada do tsar Afron, eu lhe perdoo a culpa e lhe entrego o pássaro de fogo com todo o respeito, mas, se não fizer esse serviço, vou espalhar para todos os reinos que você é um ladrão desonesto.

Ivan-tsarévitch saiu dali com enorme tristeza, prometendo trazer-lhe o cavalo da crina de ouro. Chegou ao lobo cinzento e contou tudo o que o tsar Dolmat tinha dito.

— Ah, saudação, jovem rapaz, Ivan-tsarévitch! — disse o lobo cinzento. — E por que você não me escutou e pegou a gaiola de ouro?

— Eu sou culpado disso — respondeu.

— Bom, é isso! — sentenciou o lobo cinzento. — Sente-se em mim, e eu levo você para onde precisa ir.

Ivan-tsarévitch sentou-se nas costas dele, e o lobo saiu correndo, como uma flecha. Correu tanto, mas tanto, que chegou ao reino do tsar Afron de madrugada. Quando chegou ao pé da parede de pedras brancas do estábulo do tsar, o lobo cinzento disse:

— Desça nesse estábulo de paredes de pedras brancas (agora todos os guardas dos cavalos estão ferrados no sono!), Ivan-tsarévitch, e pegue o seu cavalo de crina dourada. Só que aí na parede há um arreio de ouro; não o pegue, ou a coisa vai ficar feia para você.

Ivan-tsarévitch entrou no estábulo de paredes de pedras brancas, pegou o cavalo e começou a voltar, mas viu na parede o arreio de ouro e se impressionou tanto com o objeto que o tirou da parede; assim que o fez, imediatamente ressoou uma batida e um estrondo por todo o estábulo porque esse arreio tinha fios presos. Os guardas dos cavalos imediatamente acordaram e vieram correndo, pegaram Ivan-tsarévitch e o levaram ao tsar Afron, que começou a questioná-lo.

— Ora, saudações, jovem rapaz! Diga-me de qual reino você veio, de quem você é filho e qual é seu nome?

— Eu venho do reino dos Vyslavov — respondeu Ivan-tsarévitch —, sou filho do tsar Vyslav Andronovitch e me chamo Ivan-tsarévitch.

— Ah, é você, jovem rapaz, Ivan-tsarévitch! — disse-lhe o tsar Afron. — Acha que é coisa de um cavaleiro honrado o que você fez? Se tivesse vindo até mim, eu teria lhe dado o cavalo de crina de ouro por respeito. Mas agora seria de bom tom que eu mandasse os arautos anunciarem em todos os reinos a forma desonesta como você se comportou no meu reino? No entanto, escute bem, Ivan-tsarévitch: se você me fizer o favor de ir até à trigésima terra, ao trigésimo reino, e me trouxer a princesa Elena, a bela, por quem há muito estou perdidamente apaixonado, mas não consigo conquistá-la, eu lhe perdoo a culpa e lhe dou de modo honrado o cavalo de crina dourada com o arreio de ouro. Mas, se não fizer esse serviço, vou espalhar para todos os reinos que você é um ladrão desonesto, e escreverei a todos que você agiu mal no meu reino.

Então, Ivan-tsarévitch prometeu trazer a princesa Elena, a bela, ao tsar Afron, e saiu do palácio chorando. Foi mais uma vez até o lobo cinzento e contou tudo o que tinha acontecido.

— Minha nossa, jovem rapaz, Ivan-tsarévitch! — disse o lobo cinzento. — Por que você não ouviu o que eu disse e pegou o arreio de ouro?

— Eu sou culpado disso — confessou Ivan-tsarévitch.

— Bom, é isso! — continuou o lobo cinzento. — Sente-se aqui em mim, e eu levo você para onde precisa ir.

Ivan-tsarévitch montou nas costas do lobo cinzento, e o animal disparou como uma flecha, correndo por algum tempo, como dizem nos contos, até chegar, por fim, ao reino de Elena, a bela. Ao se aproximar da cerca de ouro que circundava um jardim maravilhoso, o lobo disse:

— Bom, Ivan-tsarévitch, agora desmonte de mim, siga por esse caminho em que nós viemos e me espere na clareira sob o carvalho verde.

Ivan-tsarévitch obedeceu às ordens. O lobo cinzento se escondeu perto da cerca e ficou esperando a princesa Elena, a bela, ir passear no jardim. À noite, quando o sol já estava mais baixo no oeste e, por isso, não estava muito quente, a princesa Elena foi passear com as damas de companhia e as boiardas da corte. Quando ela entrou no jardim e se aproximou de onde estava escondido o lobo cinzento, ele pulou a cerca, pegou a princesa Elena, a bela, pulou de volta e saiu correndo o mais rápido que pôde. Chegou à clareira, em que estava o carvalho verdejante em que encontraria Ivan-tsarévitch e lhe disse:

— Ivan-tsarévitch, rápido, sente-se em mim, no lobo cinzento!

Aleksandr N. Afanásiev

  O rapaz se sentou, e o lobo disparou com os dois para o reino do tsar Afron. As damas de companhia, as amas e as boiardas da corte que estavam passeando com a linda princesa Elena saíram correndo imediatamente para o palácio e mandaram avisar para encontrarem o lobo cinzento. No entanto, não importava quanto os arautos anunciassem, eles não conseguiram encontrar ninguém e voltaram de mãos vazias.

  Sentado no lobo cinzento com a linda princesa Elena, Ivan-tsarévitch se apaixonou por ela e ela, por Ivan-tsarévitch. Quando chegaram ao reino do tsar Afron, onde Ivan-tsarévitch deveria levar a linda princesa Elena para o palácio e entregá-la ao tsar, o rapaz ficou muito triste e começou a chorar aos soluços.

  – Por que está chorando, Ivan-tsarévitch? – perguntou o lobo cinzento.

  – Meu amigo, lobo cinzento! – respondeu Ivan-tsarévitch. – Como eu, um bom rapaz que sou, poderia não chorar e me entristecer? Eu me apaixonei pela bela princesa Elena, e agora preciso entregá-la ao tsar Afron pelo cavalo de crina de ouro, do contrário o tsar vai me difamar por todos os reinos.

  – Eu já fiz muitos favores para você, Ivan-tsarévitch – disse o lobo cinzento –, e farei mais um. Escuta, meu jovem, eu vou me transformar na bela princesa Elena, e você vai me levar ao tsar Afron e pegar o cavalo de crina de ouro. Ele vai achar que eu sou a princesa de verdade e, quando você estiver montado no cavalo de crina de ouro e já bem longe daqui, eu convido o tsar Afron para passear no campo aberto. Quando ele me deixar ir com as damas de companhia, as amas e todas as boiardas da corte e eu estiver com elas no campo aberto, então lembre-se de mim, e eu estarei contigo novamente.

  O lobo cinzento proferiu esse discurso, bateu na terra úmida e se transformou na linda princesa Elena, e de tão igual que estava seria impossível saber que não era ela. Ivan-tsarévitch pegou o lobo cinzento, foi para o palácio do tsar Afron e mandou a verdadeira princesa Elena esperar fora da cidade. Quando o rapaz chegou ao tsar com a falsa Elena, a bela, o tsar ficou com o coração extremamente feliz por receber aquele tesouro que havia muito desejava. Ele aceitou a falsa princesa e deu o cavalo de crina de ouro ao tsarévitch. O jovem sentou-se no cavalo e saiu da cidade; pôs Elena, a bela, junto de si e foi embora, seguindo a estrada para o reino do tsar Dolmat. O lobo cinzento viveu com o tsar Afron um dia, outro e mais um terceiro, como se fosse a bela princesa Elena. No quarto dia, foi ao tsar Afron pedir para passear no campo aberto, porque estava se sentindo extremamente entediado e triste.

— Ah, minha linda princesa Elena! Eu faço tudo por você, pode ir passear no campo aberto.

E imediatamente ordenou que as damas de companhia, as amas e as boiardas de toda a corte fossem passear a céu aberto com a bela princesa. Ivan-tsarévitch seguia viagem pela estrada com Elena, a bela, e, em meio às conversas, esqueceu-se do lobo cinzento, mas depois se lembrou.

— Ah, e cadê o meu lobo cinzento?

De repente, vindo do nada, ele surgiu diante de Ivan-tsarévitch e disse:

— Monta em mim, no lobo cinzento, e deixe que a bela princesa siga com o cavalo de crina de ouro.

Ivan-tsarévitch se sentou no animal e todos eles foram para o reino de Dolmat. Viajaram por algum tempo até chegarem ao reino e pararam a três quilômetros da cidade. Ivan-tsarévitch começou a pedir ao lobo cinzento.

— Escute, meu querido amigo, amado lobo cinzento! Você já me fez muitos favores. Faça um último, que seria o seguinte: você não poderia se transformar no cavalo de crina de ouro? É que eu não quero me desfazer dele.

De repente, o lobo cinzento bateu na terra úmida e se transformou no cavalo de crina de ouro. Ivan-tsarévitch deixou a bela princesa Elena em uma pradaria verdejante, sentou-se no lobo cinzento e foi para o palácio do tsar Dolmat. Assim que o rapaz chegou lá, o tsar Dolmat viu que o jovem estava montado no cavalo de crina de ouro e ficou extremamente feliz. De imediato saiu do palácio, foi ao encontro do tsarévitch no imenso jardim, beijou-lhe os lábios doces, pegou-lhe a mão direita e o conduziu de volta para o palácio de pedras brancas. O tsar Dolmat ficou tão feliz que mandou fazer um banquete, e eles se sentaram à mesa de carvalho, cobertas por toalhas finas, beberam, comeram, divertiram-se e foram muito felizes por dois dias. No terceiro, o tsar Dolmat entregou o pássaro de fogo na gaiola de ouro para Ivan-tsarévitch. O rapaz pegou o pássaro de fogo, saiu da cidade, sentou-se no cavalo de crina de ouro junto da bela princesa Elena e foi para sua terra natal, o reino do tsar Vyslav Andronovitch. No dia seguinte, o tsar Dolmat resolveu passear com o cavalo de crina de ouro pelo campo aberto; mandou selá-lo, depois se sentou nele e foi para o campo. Assim que o cavalo se cansou, derrubou o tsar Dolmat e, transformando-se de novo em um lobo cinzento, saiu correndo e alcançou Ivan-tsarévitch.

— Ivan-tsarévitch! — disse ele. — Sente-se em mim, o lobo cinzento, e deixe que Elena siga no cavalo de crina dourada.

O rapaz sentou-se no lobo cinzento e seguiu viagem. Assim que chegaram ao lugar em que o lobo cortou o cavalo de Ivan-tsarévitch, o animal se deteve e disse:

— Bom, Ivan-tsarévitch, eu te servi com bastante confiança e lealdade. Eu cortei seu cavalo ao meio e o trouxe até aqui. Agora você tem um cavalo de crina de ouro, por isso monte nele e vá para onde precisa ir, pois já não sou mais seu criado.

O lobo cinzento pronunciou essas palavras e saiu correndo para um lado. Ivan-tsarévitch ficou chorando amargamente por causa do lobo e seguiu caminho com a bela princesa.

O jovem viajou por muito e muito tempo com a linda princesa Elena em seu cavalo de crina de ouro e, como não chegou ao seu reino mesmo depois de vinte quilômetros, desceu do animal e deitou-se sob uma árvore com a linda princesa para fugir do sol; prendeu o cavalo de crina de ouro a essa árvore e deixou a gaiola com o pássaro de fogo perto de si. Deitado na grama macia e conversando com seus queridos, o rapaz caiu em um sono profundo. Enquanto isso, os irmãos de Ivan-tsarévitch, Dimitri e Vassili tsarévitches, passavam por vários reinos atrás do pássaro de fogo sem sucesso e voltavam para a terra natal de mãos abanando; por acaso, encontraram o irmão dormindo com a linda princesa Elena. Percebendo que o cavalo da crina de ouro e o pássaro de fogo na gaiola de ouro estavam na grama, ficaram com muita inveja e resolveram matar o irmão. Dimitri-tsarévitch sacou a espada, varou Ivan-tsarévitch e o picou em pedacinhos; depois acordou a linda princesa Elena e começou a perguntar:

— Bela dama! De qual reino você veio, de quem você é filha e qual é seu nome?

Vendo Ivan-tsarévitch morto, a linda princesa Elena tomou um baita susto, começou a chorar copiosamente e disse entre lágrimas:

— Eu sou a princesa Elena, a bela, e fui conquistada por Ivan-tsarévitch, a quem vocês deram uma morte horrível. Vocês seriam nobres cavaleiros se tivessem ido com ele ao campo aberto e vencido em combate justo, mas o mataram enquanto ele dormia. Qual elogio esperam receber por isso? Matar um homem durante o sono!

Então Dimitri-tsarévitch colocou a espada no peito da bela princesa Elena e disse:

— Escute aqui, Elena, a bela! Agora você está em nossas mãos, e nós a levaremos ao nosso paizinho, o tsar Vyslav Andronovitch, e você lhe dirá que nós a pegamos, junto ao pássaro de fogo e ao cavalo de crina de ouro. Se não fizer isso, você morre agora!

Com medo de morrer, a linda princesa Elena prometeu-lhes e jurou por tudo que era mais sagrado que falaria tudo o que eles mandassem. Então, Dimitri-tsarévitch e Vassili-tsarévitch começaram a tirar a sorte para saber quem ficaria com a linda princesa Elena e quem ficaria com o cavalo de crina de ouro. A sorte decidiu que a linda princesa deveria ficar com Vassili-tsarévitch, e o cavalo, com Dimitri-tsarévitch. Então Vassili-tsarévitch pegou a linda princesa Elena, colocou-a em seu bom cavalo, e Dimitri-tsarévitch sentou-se no cavalo de crina de ouro, pegou o pássaro de fogo para levar ao pai dele, o tsar Vyslav Andronovitch, e todos eles seguiram caminho.

Ivan-tsarévitch ficou caído morto ali por trinta dias, até que o lobo cinzento passou pelas redondezas e reconheceu o jovem. O animal queria ressuscitá-lo, mas não sabia como fazer isso. Nessa hora, viu um corvo e dois corvinhos que voavam sobre o corpo e queriam pousar para comer a carne de Ivan-tsarévitch. O lobo cinzento se escondeu em um arbusto e, assim que os corvinhos desceram à terra e iam começar a comer o corpo do rapaz, ele pulou de trás do arbusto, pegou um dos corvinhos e estava prestes a cortá-lo em dois, quando o corvo pousou no chão longe do lobo cinzento e disse:

— Saudação, lobo cinzento! Não mexa com o meu filhotinho, ele não fez nada para você.

— Escute aqui, corvo, o filho do corvo! — disse o lobo cinzento. — Eu não vou fazer nada com seu filhote e o deixo sair ileso daqui se você me fizer um favor: saia voando pelas treze terras, até o trigésimo reino, e traga-me a água da morte e da vida.

— Eu faço esse serviço para você — disse o corvo, filho do corvo, ao lobo cinzento. — Só não faça nada com o meu filho.

Depois de dizer essas palavras, o corvo saiu voando e logo sumiu de vista. No terceiro dia, voltou trazendo consigo dois frascos: em um, estava a água da vida; no outro, a da morte. Entregou os dois vidros ao lobo cinzento. O lobo os pegou, cortou o corvinho ao meio, aspergiu seu corpo com água da morte e o corvinho se juntou; em seguida, aspergiu com a água da vida, seu corpo tremeu e ele saiu voando. Depois, o lobo cinzento aspergiu o corpo de Ivan-tsarévitch com a água da morte, e ele se juntou inteiro; logo após, aspergiu o corpo do rapaz com água da vida e ele se levantou e proferiu:

— Ah, como eu dormi!

Ao que o lobo cinzento respondeu:

— É, Ivan-tsarévitch, e você teria dormido pra sempre, se não fosse por mim. É que seus irmãos te mataram e levaram a linda princesa, o cavalo de crina de ouro e o pássaro de fogo com eles. Agora se apresse e vá o quanto antes para o seu reino; seu irmão, o Vassili-tsarévitch, vai se casar hoje mesmo com sua noiva, a linda princesa Elena. Para conseguir chegar a tempo, é melhor você montar em mim, o lobo cinzento, que eu o levo até lá.

Ivan-tsarévitch montou no lobo cinzento, que saiu em disparada com ele até o reino de Vyslav Andronovitch, de modo que logo eles chegaram na cidade. Ivan-tsarévitch desceu do lobo cinzento, foi até a cidade e, chegando ao castelo, descobriu que o irmão estava se casando com a linda princesa Elena: ele tinha voltado da igreja e estava à mesa. Ivan-tsarévitch entrou no palácio, então, e, assim que o viu, Elena, a bela, imediatamente pulou da cadeira, começou a beijar os doces lábios dele e gritou:

— Esse é o meu amado noivo, Ivan-tsarévitch, não esse vilão sentado à mesa!

Então, o tsar Vyslav Andronovitch levantou-se da cadeira e começou a questionar a linda princesa Elena para descobrir o que significava aquilo que ela tinha dito. Elena, a bela, contou-lhe a verdade verdadeira de como tudo tinha acontecido: como Ivan-tsarévitch tinha conquistado a ela, ao cavalo de crina de ouro e ao pássaro de fogo, contou como os irmãos o mataram durante o sono e a ameaçaram para que dissesse como se tudo aquilo tivesse sido feito por eles. O tsar Vyslav ficou muito irritado com Dimitri e Vassili tsarévitches e os mandou para as masmorras, e Ivan-tsarévitch casou-se com a linda princesa Elena, vivendo a vida de maneira amigável e apaixonada.

✷

Sivko-Burko

✳

Era uma vez
um velhinho que tinha três filhos.
O terceiro era Ivan, o tolo, que não fazia nada,
só ficava sentado em um canto sobre a *piétchka*, cutu-
cando o nariz. Em seu leito de morte, o pai disse:
— Filhos! Quando eu morrer, cada um de vocês vai passar
uma noite no meu túmulo, seguindo a ordem de idade – e morreu.
Enterraram o velhinho. Chegou a madrugada, era a vez de o irmão mais velho passar a noite no túmulo, mas ele, em parte por preguiça, em parte por medo, disse ao irmão mais novo:
— Ivan, o tolo! Vai lá para o túmulo do papai e passa a noite no meu lugar. Você não faz nada mesmo!
Ivan, o tolo, se preparou, foi para o túmulo e lá ficou deitado; à meia-noite, de repente o túmulo se abriu, o velhinho saiu e perguntou:
— Quem está aí? É você, meu filho mais velho?
— Não, paizinho! Sou eu, Ivan, o tolo.
O velhinho o reconheceu e perguntou:
— E por que é que o mais velho não veio?
— É que ele me mandou para cá, paizinho!
— Bom, sorte a sua!
O velhinho assoviou bem alto um assovio de *bogatyr*.
— Sivko-Burko, o alazão profético!
Sivko corria e a terra tremia sob seus cascos, de seus olhos saíam faíscas, e fumaça exalava do seu nariz.
— Aqui está, meu filho, um bom cavalo. E você, cavalo, sirva-lhe como me serviu.
Ao dizer isso, o velho se deitou no túmulo. Ivan, o tolo, olhou, acariciou o alazão e foi para casa. Chegando lá, os irmãos perguntaram:

— E então, Ivan, o tolo, como passou a noite?
— Foi bem bacana, irmãozinhos!

Chegou a noite seguinte. O outro irmão também não quis passar a noite no túmulo e disse:

— Ivan, o tolo! Vai lá para o túmulo do papai, passa a noite no meu lugar.

Sem dizer uma palavra, Ivan, o tolo, se preparou e foi. Chegando ao túmulo, deitou-se e esperou a meia-noite. Na décima segunda badalada do relógio, o túmulo também se abriu, o pai saiu e perguntou:

— É você, meu filho do meio?
— Não – disse Ivan, o tolo. – Sou eu de novo, paizinho!

O pai gritou com uma voz de *bogatyr*, assoviou um silvo poderoso:

— Sivko-Burko, o alazão profético!

Burko corria e a terra tremia sob seus cascos, de seus olhos saíam faíscas, e fumaça exalava do seu nariz.

— Bom, Burko, assim como me serviu, sirva também ao meu filho. Agora vá!

Burko saiu a galope; o velhinho deitou-se no túmulo, e Ivan, o tolo, partiu para casa. Novamente os irmãos perguntaram:

— Como passou a noite, Ivan, o tolo?
— Foi bem bacana, irmãozinhos!

Na terceira noite, era a vez do Ivan, mas ele nem esperou e foi logo se preparando para partir. Deitou-se no túmulo e, à meia-noite, novamente o velhinho saiu e já sabia que era Ivan, o tolo, ali, então gritou com uma voz de *bogatyr* e assoviou um silvo potente:

— Sivko-Burko, o alazão profético!

Burko corria e a terra tremia sob seus cascos, de seus olhos saíam faíscas, e fumaça do seu nariz.

— Bom, Burko, assim como me serviu, sirva também ao meu filho.

O velhinho disse isso, despediu-se de Ivan, o tolo, e deitou-se no túmulo. Ivan, o tolo, olhou para o alazão, olhou bem para ele e deixou-o ir, partindo a pé para casa. Novamente os irmãos perguntaram:

— Como passou a noite, Ivan, o tolo?
— Foi bem bacana, irmãozinhos!

E assim foram vivendo. Os dois irmãos labutavam, mas Ivan, o tolo, não fazia nada. De repente, veio um chamado do tsar: se alguém conseguisse pegar um retrato da princesa que estava pendurado sobre muitas toras de madeira, essa pessoa se casaria com a mulher. Os irmãos começaram a discutir para ver quem tentaria tirar o retrato. Ivan, o tolo, estava sentado na *piétchka*, atrás da chaminé, e disse:

— Irmãos! Deem um pangaré para mim, que eu vou lá ver isso.

— Ah! — zombaram os irmãos. — Vai se sentar no forno, tonto, para que você iria? As pessoas vão rir de você.

Mas não tinha jeito. Ivan, o tolo, era muito teimoso! Os irmãos não conseguiram fazê-lo mudar de ideia.

— Bom, tolo, então vai lá e pega aquela égua perneta!

E eles mesmos partiram. Ivan, o tolo, foi atrás deles pelo campo aberto, ao ar livre; desceu da égua, matou-a, tirou o couro, esticou na cerca e jogou fora a carne; então, assoviou um silvo potente, gritando com uma voz de *bogatyr*:

— Sivko-Burko, alazão profético!

Burko corria e a terra tremia sob seus cascos, de seus olhos saíam faíscas, e fumaça exalava do seu nariz. Ivan, o tolo, entrou em uma orelha, comeu, bebeu, depois saiu pela outra, vestiu-se e se transformou em um rapaz tão bonito que os irmãos não o reconheceriam! Montou no alazão e foi pegar o retrato. Chegando lá, havia gente por toda parte e, assim que viram o jovem, todos começaram a olhar. Ivan, o tolo, bateu com força, seu cavalo saltou e não alcançou o retrato só por três toras. Viram de onde veio, mas não para onde tinha ido! Ele soltou o cavalo, foi a pé para casa e sentou-se na *piétchka*. De repente, os irmãos chegaram e disseram às esposas:

— Olhem só, esposas, apareceu um rapagão que nunca vimos antes! Não pegou o retrato por três toras. Nós vimos de onde ele veio, mas não para onde tinha ido. Capaz de voltar...

Ivan, o tolo, estava sentado na *piétchka* e disse:

— Irmãozinhos, não me viram lá?

— E por que raios você estaria lá? Vai, tonto, sente-se lá no forno e fica cutucando esse narigão.

Aleksandr N. Afanásiev

O tempo passou. Outra vez, o rei fez o desafio. Os irmãos foram lá assistir de novo, e Ivan, o tolo, disse:

— Irmãos, deem um pangaré para mim.

Eles responderam:

— Fica aí em casa, tonto! Você vai estragar outro cavalo!

Não, eles não conseguiram convencer o irmão, então o mandaram voltar e pegar uma égua manca. Ivan, o tolo, pegou-a, matou-a, tirou o couro dela, colocou na cerca e jogou fora a carne. Depois, assoviou um silvo potente, gritando com uma voz de *bogatyr*:

— Sivko-Burko, alazão profético!

Burko corria e a terra tremia sob seus cascos, de seus olhos saíam faíscas, e fumaça exalava do seu nariz. Ivan, o tolo, entrou na orelha direita, vestiu-se e saiu pela esquerda transformado em um rapagão. Em seguida, montou no cavalo e eles partiram, mas não pegaram o retrato por duas toras. Ele se sentou na *piétchka* e esperou os irmãos chegarem. Quando chegaram, disseram:

— Esposas! O mesmo rapagão veio, e não pegou o retrato por duas toras.

Ivan, o tolo, disse-lhes:

— Irmãozinhos, não me viram lá?

— Sente-se lá, tonto! Você estava na casa do chapéu!

Passado algum tempo, o tsar reiterou o desafio. Os irmãos começaram a se preparar, e Ivan, o tolo, pediu:

— Irmãos, deem um pangaré para mim, eu quero ir ver também.

— Fica aí em casa, tonto! Para que você vai estragar um cavalo nosso?

Não, eles não conseguiram convencer o irmão, que fez que fez até que o mandaram pegar um potrinho magricelo e foram embora. Ivan, o tolo, pegou-a, matou-a, tirou o couro dela, colocou na cerca e jogou fora a carne. Depois, assoviou um silvo potente, gritando com uma voz de *bogatyr*:

— Sivko-Burko, alazão profético!

Burko corria e a terra tremia sob seus cascos, de seus olhos saíam faíscas e fumaça exalava do seu nariz. Ivan, o tolo, entrou em uma orelha, bebeu, comeu, saiu pela outra vestido de rapagão, montou no cavalo e partiu. Assim que chegou ao palácio do rei, saltou e pegou o retrato e o lencinho em que estava. Viram de onde veio, mas não para onde tinha ido! Ele de novo soltou o alazão e foi à pé para casa, sentou-se na *piétchka* e esperou os irmãos. Eles chegaram e disseram:

— Bom, senhoras! Dessa vez, assim que aquele rapagão chegou, ele foi lá e arrancou o retrato.

Ivan, o tolo, estava sentado atrás da chaminé e falou:

— Irmãozinhos, não me viram lá?

— Sente-se lá, tonto! Você estava na casa do chapéu!

Depois de algum tempo, o tsar deu um baile, convocou todos os boiardos, generais, príncipes, conselheiros, senadores, comerciantes, burgueses e camponeses. E os irmãos Ivanov também foram; Ivan, o tolo, não perdeu tempo e se sentou no forno, atrás da chaminé, olhando de boca aberta. A princesa recebia os convidados, trazia cerveja a cada um deles e via se havia alguém que se secava com o lencinho, porque esse seria seu noivo. Só que ninguém se limpava e ela nem viu Ivan, o tolo, passou reto. Os convidados se dispersaram. No dia seguinte, o tsar deu outro baile; novamente não acharam quem tinha pegado o lencinho. No terceiro dia, a princesa outra vez levou cerveja aos convidados; circulou entre todos, mas ninguém usou o lencinho.

— O que é isso? — pensou consigo mesma. — Eu não tenho pretendente!

Ela olhou atrás da chaminé e viu ali o Ivan, o tolo, vestindo um roupão fino, coberto de fuligem, e com os cabelos em pé. Ela serviu um copo de cerveja, levou até ele, e os irmãos olharam e pensaram: olha lá a princesa levando cerveja para o tonto! Ivan, o tolo, virou o copo e limpou a boca com o lencinho. A princesa se alegrou, pegou-o pela mão, levou-o até o pai e disse:

— Paizinho! Este é o meu pretendente.

Os irmãos ficaram perplexos e pensaram: "Mas que princesa é essa! Ela ficou louca? Apresentar o tonto como pretendente". A esta altura, não há muito mais o que dizer: a festa foi alegre e seguida de casamento. O nosso Ivan já não era mais Ivan, o tolo, mas Ivan, o genro do tsar; tomou jeito, limpou-se, virou um belo rapagão, e as pessoas nem reconheciam! Então, os irmãos descobriram o que significava ir dormir no túmulo do pai.

Aleksandr N. Afanásiev

✳✳✳

Nós dizemos que somos inteligentes, mas os mais velhos discutem: não, nós éramos mais inteligentes que vocês, mas reza a lenda de que, quando nossos avós ainda não sabiam das coisas e os antepassados nem tinham nascido, em um reino, em certo país, havia um velhinho que ensinou os três filhos a ler, a escrever e a entender todas as coisas de livros.

— Bom, filhinhos – disse –, eu vou morrer, venham ao meu túmulo ler para mim.

— Está bem, está bem, papai – responderam as crianças.

Os dois mais velhos eram rapagões, grandes e fortes! Mas o caçula, Vaniucha, era magro e pequeno, um patinho feio. O pai velho morreu. Nessa hora, chegou uma notícia do tsar de que sua filha Elena, a bela princesa, tinha mandado construir uma igreja de doze toras e doze ripas, e que ela estava sentada em um trono no alto, à espera do marido, um jovem audaz, que conseguisse saltar no cavalo e beijar os lábios dela. Toda a mocidade ficou em polvorosa, lambendo os beiços, esfregando as mãos e pensando: quem vai ter essa honra?

— Irmãozinhos – disse Vaniucha –, o papai morreu. Quem de nós vai ao túmulo dele para ler?

— A vez é de quem pergunta! – responderam os irmãos.

E Vânia foi. Os mais velhos continuaram atrelando os cavalos, ajeitando os cachos, fazendo a barba, animando os familiares...

Na noite seguinte, o rapaz disse:

— Irmãozinhos, eu já li, agora é a vez de vocês. Quem vai?

— Quem quiser ler, que vá, só não venha atrapalhar.

E eles mesmos tiraram os chapéus, bufaram, bocejaram, voaram, correram, passearam ao ar livre! Vaniucha foi de novo ler, e na terceira noite foi a mesma coisa. Já os irmãos foram passear a cavalo, apararam os bigodes e se preparavam para mostrar sua audácia diante dos olhos de Elena, a bela, no dia seguinte, ou melhor, naquele mesmo dia. "Será que levamos o caçula?", pensaram. "Não, ele que se lixe! Ele vai nos envergonhar, e as pessoas vão rir, vamos só nós mesmos." E foram. Vaniucha queria muito ir ver Elena, a bela princesa, e começou a chorar, chorou de soluçar e foi ao túmulo do pai. Seu pai o ouviu no caixão e saiu pra encontrá-lo. Sacudindo a terra úmida do corpo, disse:

— Não fique triste, Vânia, eu vou curar sua dor.

Então, o velho se esticou, ajeitou o corpo e soltou um berro com uma voz potente e um assovio de rouxinol; de repente, um cavalo veio correndo, o chão tremia sob seus cascos, de suas narinas e olhos saíam chamas; parou diante do velho como uma estátua e perguntou:

— O que deseja?

Vânia entrou por uma orelha, saiu pela outra e estava transformado em um jovem tão bonito que não se poderia contar em um conto nem descrever com a pena! Montou no cavalo, segurou-se firme e saiu voando, feito águia, direto para o palácio de Elena-tsarevna. Bateu os braços, pulou e não alcançou por duas tábuas; deu a volta, tomou impulso, pulou e não alcançou por uma; deu a volta mais uma vez, girou mais uma, uma faísca lhe passou pelos olhos, mirou bem e acertou em cheio um beijo nos lábios de Elena, a bela!

— Quem foi? Quem? Pega! Pega!

Mas ele não deixou nem rastro! Saiu correndo até o túmulo do pai, soltou o cavalo em campo aberto, fez uma reverência até o chão e pediu o conselho do pai. O velho aconselhou. Ivan chegou em casa, como se não tivesse saído dali. Os irmãos contaram onde estiveram e o que viram, e ele fingiu que era tudo novidade.

No dia seguinte, de novo a reunião. Não se viam boiardos ou nobres no palácio! Os irmãos mais velhos foram a cavalo e o mais novo foi a pé, de maneira humilde, discreta, como se ele não tivesse beijado a princesa, e sentou-se em um canto distante. Elena-tsarevna perguntava pelo noivo, Elena-tsarevna queria mostrá-lo para o mundo todo, queria dar metade do reino, mas o noivo não aparecia! Eles o buscavam entre os boiardos, generais, examinaram todo mundo, e nada! Já Vânia ficava olhando, rindo, sorrindo e esperando que a própria noiva fosse até ele.

— Naquela hora — disse —, ela se apaixonou por mim como um rapagão, agora ela vai me amar de roupão.

Ela se levantou, foi guiada por um olho brilhante, que iluminou a todos, viu e reconheceu o noivo, sentou-o ao lado dele e logo os dois se casaram. E, meu Deus, como ele ficou inteligente, e corajoso, e tão lindo! Então, o rapaz se sentava no cavalo voador, ajeitava o chapéu, apertava os braços e era um rei, um rei de verdade! Quem olhava nem imaginaria que aquele ali um dia tinha sido Vaniucha.

✳

o cavalo mágico

Aleksandr N. Afanásiev

✻

Era uma vez
um reino que ficava em um país,
e nesse reino vivia um velho com uma velha.
Eles nunca haviam tido filhos em toda a vida. Começaram a pensar que logo partiriam da aldeia, acabariam morrendo, mas o Senhor não tinha dado herdeiros, então começaram a rezar para pedir a Deus que lhes desse um filho para preservar-lhes a memória. O velho fez um testamento: se a velha tivesse um filho, ele pegaria o primeiro que visse para ser o padrinho. Passado algum tempo, a velha ficou grávida e teve um filho. O velho ficou feliz e saiu para procurar o padrinho; assim que saiu do portão, uma carruagem de quatro cavalos vinha em sua direção, e nela estava sentado o tsar.

O velho conhecia o tsar e, achando que era um boiardo, parou e fez-lhe reverência.

— Do que você precisa, velhote? — perguntou o tsar.

— Peço sua bondade, que não quero ferir dizendo: seja o padrinho do meu filho recém-nascido.

— Mas será que você não tem um conhecido na aldeia?

— Eu tenho vários, muitos amigos, mas não posso tomá-los por padrinhos por causa deste testamento, que diz: quem eu primeiro encontrasse seria o padrinho.

— Está bem — disse o tsar. — Aqui estão cem rublos para o batismo, amanhã eu volto aqui.

No dia seguinte, ele foi até o velho, imediatamente chamaram o patriarca, batizaram o jovem e deram o nome de Ivan. Esse Ivan começou a crescer não de ano em ano, mas de hora em hora, como uma massa de pão que cresce com o fermento, e todo mês chegavam-lhe por correio cem rublos de auxílio dado pelo tsar.

Passaram-se dez anos, e o menino cresceu e ficou grande. Sentia em si uma força incomensurável. Naquela época, o tsar lembrou-se dele: "eu tenho um afilhado camponês, mas não sei como ele está". E, resolvendo vê-lo pessoalmente, mandou uma ordem que Ivan, o filho camponês, fosse imediatamente se apresentar diante de seus olhos claros. O velho começou a prepará-lo para a viagem, entregou-lhe dinheiro e disse:

— Aqui, são cem rublos para você ir ao estábulo da cidade. Compre um cavalo; assim, você não seguirá a longa viagem a pé.

Ivan foi para a cidade, mas encontrou um homem velho no meio do caminho.

— Saudação, Ivan, o filho campesino! Para onde está indo?

— Vovô, eu estou indo para a cidade, quero comprar um cavalo — respondeu o bom jovem.

— Bom, então preste atenção, se quiser ser feliz. Assim que chegar ao estábulo, haverá um homenzinho que vai querer empurrar um pangaré magrelo e acabado para você; escolha justamente esse, não importa o quanto o dono lhe recuse a compra. Depois o leve para casa e deixe-o pastar por doze noites e doze manhãs enquanto tiver orvalho, daí você vai ver que cavalo era ele!

Ivan agradeceu ao velho pelo ensinamento e seguiu para a cidade; chegou ao estábulo, olhou, tinha um homenzinho que segurava um pangaré magrelo e acabado pelo arreio.

— Está vendendo o cavalo?

— Estou.

— E quanto quer?

— Nada menos que cem rublos.

Ivan, o filho camponês, pegou os cem rublos, deu ao mujique, pegou o cavalo e levou para o jardim. Conduziu o animal até sua casa, e o pai olhou e fez um gesto de desdém.

— Dinheiro jogado fora!

— Espere, papai! Talvez, para minha felicidade, o cavalo se ajeite.

Ivan passou a levar o cavalo para pastar nos campos verdejantes todas as manhãs e noites. E, então, passaram-se doze auroras e doze crepúsculos, e o cavalo se tornou tão forte, robusto e bonito que nem se pode imaginar, nem adivinhar, nem contar em um conto. Além disso, era tão inteligente que bastava um pensamento cruzar a cabeça de Ivan que o cavalo cumpria. Então Ivan, o filho camponês, conseguiu um arreio digno de cavaleiro, montou seu bom cavalo, despediu-se do pai e da mãe e foi para a capital ver o tsar.

Viajou por muito, muito, muito tempo até que chegou ao palácio imperial, desmontou, prendeu o cavalo em um anel no mourão de carvalho e mandou avisar o tsar de sua chegada. O tsar ordenou que não o impedissem e deixassem que ele entrasse no palácio sem qualquer impedimento. Ivan entrou nos aposentos do tsar, rezou para os ícones sagrados, fez uma reverência ao tsar e pronunciou:

— Vida longa à vossa majestade!

— Saudações, afilhado! — respondeu o monarca.

Eles se sentaram à mesa e começaram a se deliciar com todo tipo de bebida e comida, e o tsar ficava olhando para o jovem, impressionado: era um rapaz alto, honrado, de rosto belo e mente afiada; ninguém imaginaria que ele tinha dez anos, todos diriam vinte, mais, até! "Pelo jeito", pensou o tsar, "o Senhor me trouxe nesse afilhado mais que um mero soldado, e sim um *bogatyr* poderoso." E o tsar o condecorou com um posto de oficial e mandou que o menino ficasse a seu serviço.

Ivan, o filho camponês, tomou para si a função com toda a vontade, não rejeitava nenhum trabalho, defendia a verdade com o próprio peito; por isso, o imperador o amava mais do que a qualquer um de seus generais e ministros e não confiava em ninguém mais do que no afilhado. Os generais e ministros se irritaram com Ivan e se reuniram em um conselho pra tentar manchá-lo perante o imperador. Certa feita, então, o tsar mandou chamar os conhecidos e próximos para um almoço; quando todos estavam sentados à mesa, disse:

— Escutem, senhores generais e ministros! O que vocês pensam do meu afilhado?

— O que se pode dizer, vossa majestade? Nós não vimos nada de mau nem de bom nele; só uma coisa é ruim, ele é orgulhoso demais. Várias vezes o ouvimos dizer que em certo reino, treze terras para lá, há um grande palácio de mármore, e ao redor dele há uma muralha imensa, que não se pode atravessar nem a pé nem a cavalo! Nesse palácio, vive Nastácia, a linda princesa. Ninguém consegue alcançá-la, mas, se ele, Ivan, a alcançasse, poderia se casar com ela.

O tsar ouviu a calúnia, mandou chamar o afilhado e começou a dizer-lhe:

— Por que você tem se gabado aos generais e ministros que pode alcançar a princesa Nastácia, mas não me disse nada?

— Perdoe-me, vossa majestade! — respondeu Ivan, o filho camponês. — Eu nunca falei isso nem em sonhos.

— Agora é tarde demais para negar. Se você se gaba de fazer, então vá e faça. Do contrário, sua cabeça rolará pelo chão!

Ivan, o filho camponês, ficou muito triste. Sua cabecinha pendia dos ombros poderosos e ele foi até o bom cavalo. O alazão lhe falou com uma voz de gente:

— O que foi, meu senhor? Por que sofre e não me conta a verdade?

— Ah, meu bom cavalo! Por que eu me alegraria? Os líderes me difamaram aos olhos do tsar, como se eu pudesse alcançar Nastácia, a bela princesa, a fim de casar-me com ela.

— Não se preocupe, meu senhor! Reze e vá dormir, a manhã é melhor conselheira que a noite. Nós vamos fazer esse feito; só peça que o tsar lhe dê mais dinheiro, para não ficarmos entediados no caminho, assim teremos o suficiente para comer e beber à vontade.

Ivan pernoitou aquela noite, levantou-se cedinho, foi até o rei e começou a pedir que lhe desse algum ouro para a viagem. O tsar mandou darem para ele o quanto precisasse. Então, o bom rapaz pegou o dinheiro, atrelou o cavalo com o arreio digno de *bogatyr*, montou e seguiu caminho pela estrada.

Ele viajou por muito, muito, muito tempo, para além das trinta terras, até o trigésimo reino; e acabou chegando ao palácio de mármore. Ao redor dali, havia paredes altíssimas, sem portão nem porta à vista. Como atravessaria a muralha? O bom cavalo disse a Ivan:

— Vamos esperar a noite! Assim que anoitecer, eu me transformo em uma águia de asas cinzentas e atravesso as muralhas com você. Nessa hora, a linda princesa estará dormindo na cama macia dela. Você entra e vai direto para o quarto dela, pega a moça nos braços com muito cuidado e traz para cá sem medo.

Então tudo estava certo. Eles esperaram até a noite; assim que anoiteceu, o cavalo bateu na terra úmida, transformou-se em uma águia de asas cinzentas e disse:

— Chegou a hora de fazermos nosso feito. Olha lá, hein, não vai errar!

Ivan, o filho camponês, sentou-se na águia, que levantou voo até os céus, atravessou por cima da muralha e deixou Ivan no imenso palácio.

E lá se foi o bom jovem para o palácio. Percebeu que tudo estava quieto, todos os criados estavam dormindo um sono profundo. Ele seguiu para o quarto, e na cama estava deitada Nastácia, a bela princesa, que tinha espalhado as ricas cobertas e os cobertores de zibelina pela cama em meio ao sono. O bom jovem se perdeu na contemplação daquela beleza indescritível, de seu corpo-alvo. Foi tomado por um amor ardente e, não conseguindo se segurar, beijou-lhe os lábios doces. Por isso, a bela donzela acordou e gritou a plenos pulmões, de susto. Respondendo ao chamado dela, os seus fiéis criados vieram correndo, pegaram Ivan, o filho camponês, ataram-lhe os braços e pernas com força. A princesa mandou que o levassem à prisão e lhe dessem um copo de água pra beber e meio quilo de pão ao dia.

Ivan ficou na profunda masmorra e remoía um pensamento infeliz: "Pelo jeito, é aqui que deito minha cabeça de vento!". E o seu bom cavalo de *bogatyr* bateu no chão e virou um pequeno passarinho, foi voando até as grades gastas da janelinha e disse:

— Bom, meu senhor, preste atenção. Amanhã eu quebrarei a porta e vou libertá-lo, esconda-se no jardim atrás daquele arbusto. A Nastácia, a bela princesa, passará por lá durante o passeio, e eu me transformarei em um velho pobre, vou pedir esmolas, mas tome cuidado, para não passar aperto.

Ivan ficou feliz, e o passarinho foi embora. No dia seguinte, o cavalo de *bogatyr* veio correndo até a masmorra e quebrou as portas com os cascos. Ivan, o filho camponês, saiu correndo para o jardim e se escondeu atrás do arbusto verdejante. A princesa foi passear no jardim e, assim que ficou diante do arbusto, um velho pobre foi até ela, fez uma reverência e, com lágrimas nos olhos, começou a pedir uma esmola, pelo amor de

Deus. Enquanto a bela donzela tirava a carteira com o dinheiro, Ivan, o filho camponês, pegou-a nos braços e tapou-lhe a boca com tanta força que ela não conseguia dar um pio. Nesse momento, o velho se transformou em uma águia de asas cinzentas, pegou o bom jovem e a princesa, levando-lhes para muito, muito alto. Voaram por cima da muralha, então o animal pousou na terra e se transformou em cavalo de *bogatyr* outra vez. Ivan, o filho camponês, montou no cavalo, colocou a princesa Nastácia consigo e disse-lhe:

— E então, bela princesa, agora não vai me mandar para a masmorra?

— Parece que o meu destino está nas suas mãos, faça o que bem entender!

Então, eles seguiram o caminho pela estrada, andando nem muito nem pouco até chegarem a uma grande pradaria verdejante. Nessa pradaria, havia dois gigantes. Estavam brigando, batiam-se e espancavam-se até arrancar sangue, e nenhum deles conseguia vencer o outro. No meio de ambos, havia uma vassoura e uma bengala caídas na grama.

— Escutem, irmãos! – clamou Ivan, o filho camponês. – Por que vocês estão brigando?

Os gigantes pararam e disseram:

— Nós dois somos irmãos de sangue. Nosso pai morreu e nos deixou só isso aqui de herança: uma vassoura e uma bengala! E agora decidimos resolver a questão com uma briga não de brincadeira, mas até a morte; quem ficar vivo fica com tudo.

— E faz tempo que estão brigando?

— Bom, já faz três anos que estamos nos batendo, mas ainda não chegamos a um resultado!

— Ah, mas vocês! Olha pelo que estão brigando até a morte. Seria grande lucro uma vassoura e uma bengala?

— Não fale do que não entende, irmão! Com essa vassoura e essa bengala é possível vencer qualquer força. Não importa quantos sejam os homens no exército inimigo cavalgando corajosamente em sua direção: para onde balançar a vassoura se abrirá uma rua e, se balançar de novo, surgirá uma viela. E a bengala também é útil, pois, não importa quantos soldados inimigos você capture, todos serão seus prisioneiros!

"É, são coisas boas!", pensou Ivan, "talvez sejam úteis até pra mim."

— Bom, irmãos — disse, por fim —, vocês querem que eu divida a herança igualmente?

— Divida, bom homem!

Então, Ivan, o filho camponês desceu do cavalo de *bogatyr*, pegou um punhado de areia fina, chamou os gigantes até o bosque e espalhou a areia pelos quatro cantos.

— Agora, juntem a areia. Quem trouxer mais ficará com a bengala e a vassoura.

Os gigantes saíram correndo para juntar a areia. Enquanto isso, Ivan pegou a bengala e a vassoura, montou no cavalo e pernas para que te quero!

Não demorou muito nem pouco até que chegasse ao seu reino e visse que o padrinho tinha sido vítima de uma grande tragédia: todo o reino estava em guerra; ao redor da capital, havia um exército de força imensa que punha fogo em tudo o que encontrava, e o próprio tsar havia sido condenado a uma morte horrível. Ivan, o filho camponês, deixou a princesa em um bosquezinho próximo, e seguiu a galope em direção ao exército inimigo; balançava a vassoura e abria uma rua, balançava de novo e surgia uma vielinha! Em pouco tempo, ele venceu centenas, milhares, e quem escapava da morte levava uma bengalada e era levado com vida para a capital. O tsar recebeu o rapaz com felicidade, mandou matar um cordeiro, soar as trombetas e o recompensou com o posto de general e um tesouro incomensurável. Então, Ivan, o filho camponês, lembrou-se da Nastácia, a bela princesa, e se afastou temporariamente para trazê-la direto para o castelo. O tsar elogiou sua ousadia de *bogatyr*, mandou preparar para ele uma casa e celebrar o casamento com a moça. Ivan, o filho camponês, casou-se então com a bela princesa. Fizeram um banquete imenso para o rico casamento, e o rapaz passou a viver sua vida sem reclamar. Eis que eu lhe contei uma história, então agora você me dá um conto em troca.

✺

o conto
da pata
dos ovos
de ouro

Aleksandr N. Afanásiev

✳

Era uma vez dois irmãos: um era rico; o outro, pobre. O pobre tinha esposa e filhos; o rico era sozinho como um eremita. O pobre foi até o rico para pedir ajuda.

– Irmão, dê de comer às minhas crianças hoje por conta da minha pobreza, não temos nada pra almoçar!

– Hoje não posso – respondeu o rico –, porque virão todos os príncipes e boiardos, então não fica bem que um pobre esteja por aqui!

O irmão pobre derramou lágrimas e foi pescar.

– O que Deus me der, eu aceito! Nem que seja para fazer uma sopa para os meus filhos.

Assim que começou a pescar, pegou um jarro.

– Me puxe e quebre na praia – ressoou do jarro –, que eu trarei a felicidade para você.

O senhor puxou o jarro, quebrou na praia e de lá saiu um homem desconhecido, que disse:

– Existe uma pradaria verdejante, nessa pradaria existe uma bétula e, sob as raízes dessa bétula, vive uma pata. Arranque as raízes dessa bétula e leve a pata para casa. Ela vai dar ovinhos para você: em um dia, ele será de ouro; no outro, de prata.

O irmão pobre foi até a bétula, pegou a pata e levou para casa. A pata começou mesmo a dar os ovinhos, em um dia de ouro, no outro de prata. Ele começou a vendê-los aos comerciantes e boiardos e ficou rico rapidamente!

– Filhos – disse o senhor –, rezem, o Senhor Deus nos ajudou.

O irmão rico ficou com inveja e raiva.

— Por que o meu irmão ficou tão rico? Agora eu sou o irmão pobre, e ele é o rico! Deve estar cometendo algum pecado!

E foi reclamar no juizado. O assunto correu até o próprio tsar. Eles chamaram o irmão que era pobre e tinha enriquecido rápido para ir até o tsar. Onde enfiariam a pata? As crianças eram pequenas, então calhou de a esposa ficar encarregada. Ela começou a ir vender os ovos caros no bazar, mas ela era muito bonita e acabou se apaixonando por um *bárin*.[1]

— Conta para mim, como que vocês ganharam dinheiro? — perguntou-lhe o *bárin*.

— Pois foi Deus quem nos deu!

— Não foi, não — insistiu. — Conte a verdade; se não contar, eu não vou mais amar você, não virei aqui vê-la.

E não apareceu no dia seguinte. Ela mandou chamá-lo e disse:

— Nós temos uma pata que dá ovinhos de ouro em um dia e de prata no outro.

— Você não traria essa pata para eu ver como é o bicho?

Ele olhou bem para o animal e viu que na barriga dela estava escrito com letras douradas: "quem comer a cabeça dela, será tsar; quem comer o coração, cuspirá ouro".

O *bárin* cobiçou essa imensa felicidade, foi até a senhorinha e disse:

— Mas mate, mate mesmo essa pata!

Ela desconversou, desconversou, mas por fim matou a pata e a assou no forno. Era um dia de feriado religioso, então a mulher foi à missa, mas, enquanto isso, seus dois filhos entraram correndo no isbá. Eles estavam com vontade de comer alguma coisa, olharam no forno e pegaram a pata. O mais velho comeu a cabeça; o mais novo, o coração. A mãe voltou da igreja, o *bárin* chegou, eles se sentaram à mesa. Quando ele olhou, não havia mais nem o coração, nem a cabeça da pata.

— Quem comeu? — perguntou o *bárin*.

Por fim descobriu que os dois garotos tinham comido. Então, o *bárin* foi até a mãe:

— Agora mate os seus filhos, de um tire o cérebro; do outro, o coração. Se não matar, nossa amizade acabou!

---

[1] Nome dado aos aristocratas russos. O feminino é "bárina" (N. T.).

Aleksandr N. Afanásiev

Ele disse isso e foi embora. A mulher ficou remoendo isso uma semana inteira, depois não se aguentou e mandou chamar o *bárin*.

— Venha! Que seja assim, por você não poupo nem meus filhos!

Ela ficou afiando a faca. O filho mais velho percebeu, começou a chorar copiosamente e a pedir:

— Mamãe, deixe a gente ir passear no jardim.

— Bom, podem ir, mas não vão muito longe.

Mas os garotos não foram passear, eles abriram fuga.

Foram correndo, correndo até que começaram a ficar cansados e famintos. No campo aberto, um boiadeiro tocava o rebanho.

— Boiadeiro, boiadeiro! Dê pão para nós.

— Aqui está um pedacinho — disse o boiadeiro. — Só sobrou isso! Comam para ficarem fortes.

O irmão mais velho deu ao mais novo.

— Coma você, irmãozinho, você é mais fraco, eu sou mais forte, por isso aguento mais.

— Não, meu irmão, você tem me puxado pela mão até agora, está pior do que eu, vamos comer metade cada um!

Pegaram, dividiram ao meio, comeram e ambos ficaram satisfeitos. Seguiram adiante, adiante, adiante, por uma estrada larga, até que essa estrada se bifurcou. No meio dos dois caminhos, havia um pilar, onde estava escrito: "quem for em direção à mão direita, virará tsar; quem for para a esquerda, ficará rico". O caçula disse ao mais velho:

— Irmão! Vá pra direita, você sabe mais, vai conseguir fazer mais do que eu.

O irmão mais velho foi para a direita; e o caçula, para a esquerda.

Então, o primeiro foi indo e foi indo, até chegar a outro reino. Ele pediu a uma velha para pernoitar aquela noite. Pernoitou, acordou de manhã, se lavou, se vestiu e rezou. Justo naquele momento tinha morrido o tsar, e toda a gente estava se juntando na igreja com velinhas. O dono da primeira vela a se acender seria o tsar.

— Vá também à igreja, filhinho! — disse-lhe a velha. — Vai que a sua vela acende primeiro.

Ela deu-lhe uma velinha, e ele foi à igreja. Assim que chegou lá, sua vela se acendeu. Os demais príncipes e boiardos ficaram com inveja, começaram a apagar o fogo e a perseguir o garoto. Mas a tsarevna, sentada no trono alto, disse:

— Não toquem nele! Seja para o bem ou para o mal, é o meu destino!

Levantaram o garoto nos braços, levaram-no até ela, que o marcou com seu anel de ouro, levou-o ao palácio, ensinou-lhe muitas coisas, declarou-o tsar e casou-se com ele.

Eles não viveram muito nem pouco juntos, e o novo tsar disse à esposa:

— Deixe que eu vá procurar meu irmão mais novo!

— Tudo bem, vá com Deus!

O rapaz seguiu por muito tempo, atravessando diferentes terras, até encontrar o irmão caçula, que vivia com muito luxo e com celeiros repletos de ouro; assim que ele cuspia, tudo virava ouro! Não tinha onde colocar mais!

— Irmãozinho! — disse o caçula ao mais velho. — Vamos visitar nosso pai para ver como anda a vida dele?

— Vamos pegar a estrada agora mesmo!

Então, eles foram até os pais, pediram para descansar no isbá deles, mas não revelaram a identidade! Sentaram-se à mesa; o irmão mais velho começou a falar da pata com os ovinhos de ouro e da mãe malvada. Mas a mãe ficava interrompendo e mudando de assunto. O pai acabou adivinhando:

— Vocês não são os meus filhinhos?

— Somos, papai!

E foram se abraçar e se beijar. E como conversaram! O mais velho levou o pai para viver no seu reino, e o caçula foi procurar uma esposa, largando a mãe sozinha.

✳

Vodianoi, o *tsar do mar* e Vassilissa, a sábia

※

Era uma vez um tsar e uma tsaritsa. Ele amava caçar animais. Certa feita, o tsar foi caçar e viu que uma jovem águia tinha pousado em um carvalho. Quando ele fez que ia atirar, a águia pediu:

— Não atire em mim, meu senhor tsar! Melhor levar-me consigo, pois serei útil em algum momento.

O tsar ficou pensando e pensando e disse:

— E para que vou precisar de você?

E fez que ia atirar de novo. A águia disse-lhe de novo:

— Não atire em mim, meu senhor tsar! Melhor levar-me consigo, pois serei útil em algum momento.

O tsar ficou pensando, pensando e novamente não conseguiu imaginar como aquela águia lhe seria útil, então fez que ia atirar de novo nela. A águia pela terceira vez disse:

— Não atire em mim, meu senhor tsar! Melhor levar-me consigo e me alimentar por três anos, pois serei útil em algum momento.

O tsar ficou com pena, então pegou a águia, levou-a consigo e alimentou-a por dois anos. A águia comeu tanto que comeu todo o rebanho, e o tsar já não tinha ovelhas ou vacas. A águia lhe disse:

— Agora me liberte!

O tsar libertou a águia, que experimentou as asas. Não, ainda não conseguia voar. Então pediu:

— Bom, meu senhor tsar, você me alimentou por dois anos; se quiser, me alimente por mais um ano, ainda que tenha de pedir emprestado, mas alimente. Não ficará no prejuízo!

E o tsar assim o fez. Pegou rebanho emprestado em toda parte e alimentou a águia por mais um ano, e depois a libertou. A águia subiu, subiu, foi voando, voando, pousou no chão e disse:

— Bom, meu senhor tsar, agora monte em mim, vamos voar juntos.

O tsar montou no passarinho.

Então eles saíram voando. Não demorou muito nem pouco até que chegassem à beirada do mar azul. Então, a águia derrubou o tsar de suas costas, e ele caiu no mar, chegou a ficar com água até os joelhos; só que a águia não deixou que ele se afogasse, pegou-o na asa e perguntou:

— O que foi, meu senhor tsar? Você se assustou?

— Eu me assustei, sim. Achei que ia morrer afogado!

De novo saíram voando, voando, e chegaram até outro mar. A águia derrubou o tsar bem no meio do oceano novamente, o tsar chegou a ficar com água até a cintura. A águia o levantou na asa e perguntou:

— O que foi, meu senhor tsar? Você se assustou?

— Eu me assustei. Fiquei pensando: "que Deus permita que você me salve".

De novo foram voando, voando e chegaram ao terceiro mar. A águia derrubou o tsar em um abismo oceânico, e o tsar chegou a ficar com água até o pescoço. E, pela terceira vez, a águia o levantou na asa e perguntou:

— O que foi, meu senhor tsar? Você se assustou?

— Eu me assustei, sim. Fiquei pensando: "tomara que você me salve".

— Bom, meu senhor tsar, agora você conhece o medo da morte! Isso é pelo antigo, pelo passado: lembra-se de que eu estava no carvalho e você quis atirar em mim, por três vezes pensou em me alvejar, e eu ficava pedindo e pensando: "tomara que ele não me mate, tomara que tenha pena e me leve consigo!"?

Depois eles saíram voando por muito, muito tempo, até que chegaram a uma terra muito, muito distante. A águia disse:

— Dê uma olhada, meu senhor tsar: o que está acima de nós e o que está abaixo?

O tsar olhou.

— Sobre nós está o céu; abaixo, a terra.

— Dê uma olhada também no que está à direita e à esquerda.

— À direita, há um campo aberto; à esquerda, uma casa.

— Vamos para lá – disse a águia –, porque minha irmã caçula mora ali.

Eles foram direto para o castelo; a irmã saiu ao encontro dos dois, recebeu o irmão, sentou-o à mesa de carvalho, mas não quis nem olhar pro tsar, deixando-o no jardim, soltando os cães de caça e mandando-os pegar o imperador. A águia ficou muito brava, pulou por detrás da mesa, pegou o tsar e saiu voando com ele dali.

Eles foram voando, voando, e a águia disse ao tsar:

— Olhe o que ficou pra trás.

O tsar se virou e olhou.

— Atrás de nós há uma casa vermelha.

E a águia respondeu:

— Então, a casa da minha irmã caçula está pegando fogo, porque ela não recebeu você e ainda soltou os cães de caça.

Voaram, voaram, e a águia perguntou de novo:

— Veja, meu senhor tsar, o que está acima de nós e o que está abaixo?

O tsar olhou.

— Sobre nós está o céu; abaixo, a terra.

— Dê uma olhada também no que está à direita e à esquerda.

— À direita, há um campo aberto; à esquerda, uma casa.

— Minha irmã do meio mora lá, vamos visitá-la.

Eles pousaram no grande palácio. A irmã do meio recebeu o irmão, sentou-o à mesa de carvalho, mas o tsar ficou no jardim; ela soltou os cães de caça e mandou que o pegassem. A águia se zangou, pulou detrás da mesa, pegou o tsar e saiu voando de lá.

Eles voaram, voaram, e a águia disse:

— Meu senhor tsar! O que está atrás de nós?

O tsar se virou.

— Atrás de nós está uma casa vermelha.

— Então, a casa da minha irmã do meio está pegando fogo! – disse a águia. – Agora, vamos voar para onde vivem a minha mãe e a irmã mais velha.

Então eles chegaram lá. A mãe e a irmã mais velha ficaram muito felizes e receberam o tsar com honra e carinho.

— Bom, meu senhor tsar — disse a águia —, descanse aqui conosco, e depois nós lhe daremos um barco. Vou retribuir tudo o que você gastou para me alimentar e você voltará para casa na companhia de Deus.

O animal deu um barco e dois baús para o tsar: um era vermelho; o outro, verde. Então, a águia disse:

— Preste atenção: não abra os baús enquanto não tiver chegado em casa. O vermelho abra nos fundos do palácio, e o verde na parte da frente.

O tsar pegou os baús, despediu-se da águia e seguiu pelo mar azul até chegar a uma ilha, onde o barco parou. Ele foi até a margem, lembrou-se dos baús e começou a pensar no que haveria dentro deles e por que a águia mandou que ele não os abrisse. Pensou, pensou e não aguentou; ele se coçava de curiosidade de saber o que era. Então, pegou o baú vermelho, pôs em terra firme e abriu. De dentro de lá, começou a sair uma infinidade de gado, mas tanto gado que nem dava para contar, mal cabia na ilha.

Assim que viu aquilo, o tsar ficou irritado e começou a chorar e a repetir:

— O que eu vou fazer agora? Como vou juntar todo esse gado em um barquinho pequenino desses?

E ele viu que um homem saiu da água, aproximou-se dele e perguntou:

— O que é isso, meu senhor tsar, por que está chorando pesado assim?

— E como eu poderia não chorar? — respondeu o tsar. — Como eu vou conseguir juntar esse mundo de gado no meu barquinho pequenino?

— Pode ser que eu consiga resolver esse seu problema. Posso juntar todo o gado, mas com uma condição: você me dará o que não conhecer em sua casa.

O tsar pensou: "Mas o que é que não conheço em casa? Acho que conheço tudo". Pensou e aceitou.

— Junte o gado — afirmou o imperador —, que eu lhe dou o que eu não conhecer na minha casa.

Então, o homem juntou todo o gado no bauzinho. O tsar se sentou no barco e seguiu viagem de volta.

Assim que chegou em casa, descobriu que tinha nascido um filho seu. Ele começou a beijá-lo e a mimá-lo, enquanto lhe corriam lágrimas dos olhos.

— Meu senhor tsar — perguntou a tsaritsa —, por que está chorando desse jeito?

— De felicidade, porque tinha medo de dizer a verdade de que será preciso entregar o tsarévitch.

Depois disso, ele saiu para os fundos do palácio, abriu o baú vermelho, e de lá saíram bois e vacas, ovelhas e carneiros, aos montes, muitos mesmos, e todos os celeiros e currais ficaram lotados. Ele foi até a parte da frente, abriu o bauzinho verde e surgiu diante de seus olhos um imenso e maravilhoso jardim: quantas e quantas árvores havia! O tsar ficou tão feliz que se esqueceu de entregar o filho.

Passaram-se muitos anos. Certa feita, o rei teve vontade de dar um passeio e foi até o rio. Naquela hora, saiu da água aquele homem, que disse:

— Que memória curta você tem, meu senhor tsar! Pois lembre-se de que você está me devendo!

O tsar voltou para casa atormentado e triste e disse à tsaritsa e ao tsarévitch toda a verdade verdadeira. Eles se entristeceram, choraram todos juntos e decidiram que não tinha o que ser feito: era preciso dar o tsarévitch, então o levaram até a praia e o deixaram sozinho.

O tsarévitch olhou ao redor, viu uma trilha e seguiu por ela em direção a Deus sabe onde. Foi andando e andando e se viu em um bosque denso. No meio do bosque, havia um isbázinho, e ali morava Baba-Iagá. "Bom, vou lá," pensou o tsarévitch, indo até o isbázinho.

— Saudação, tsarévitch! — disse Baba-Iagá. — Veio atrás de algo ou tem algo atrás de você?

— Ah, vozinha! Dê para mim algo de beber, de comer, e depois faça as perguntas.

Ela deu-lhe de beber e de comer, e o tsarévitch lhe contou tudo sem restrições: para onde ia e por que estava ali.

— Vai até o mar, filhinho — disse Baba-Iagá —, onde virão voando doze colhereiros. Eles se transformarão em lindas donzelas e começarão a tomar banho; você se aproxima devagarzinho, sem fazer barulho, e pega o vestido da mais velha. Assim que se entender com ela, vá até o tsar dos mares e acabará indo ao encontro de Obiedalo e Opivalo. Virá também o Moroz-Treskun; pegue todos e os leve consigo. Eles lhe serão úteis.

O tsarévitch se despediu da Iagá, seguiu para o lugar indicado no mar e se escondeu atrás de um arbusto. Então, vieram os doze colhereiros, bateram no chão úmido, transformaram-se em lindas moças e foram tomar banho de mar. O tsarévitch roubou o vestido da mais velha e ficou escondido atrás do arbusto sem mexer um dedo. As donzelas terminaram de se banhar e saíram da água, onze delas pegaram os seus vestidos, viraram pássaros e saíram voando para casa. Só ficou a mais velha, chamada Vassilissa, a sábia. Ela começou a implorar, a pedir ao bom rapaz:

— Devolva o meu vestido; quando você for ter com o papai, o tsar dos mares, eu vou pagar-lhe o favor.

O tsarévitch devolveu-lhe o vestido, e ela imediatamente virou um colhereiro e saiu voando atrás das amigas. O tsarévitch seguiu adiante; no meio do caminho, encontrou três *bogatyrs*: Obiedalo, Opivalo e Moroz--Treskun.[1] Levou todos eles consigo e foi até Vodianoi, o tsar das águas.

Vodianoi, o tsar das águas, o viu e disse:

— Saudações, amiguinho! Por que demorou tanto para vir me ver? Eu já estava cansado de tanto esperar por você. Bom, agora mãos à obra, eis a sua primeira tarefa: construa em uma noite uma ponte de cristal imensa de modo que de manhã esteja pronta! Se não ficar, sua cabeça vai rolar!

O tsarévitch se afastou do Vodianoi com lágrimas nos olhos. Vassilissa, a sábia, abriu a janelinha da sua torre e perguntou:

— Tsarévitch, por que está chorando?

— Ah, Vassilissa, a sábia! Como eu poderia não chorar? O seu paizinho me mandou construir uma ponte de cristal em uma noite, e eu nem sei segurar um machado direito.

— Isso não é nada! Vá dormir, que a manhã é mais sábia que a noite.

Ele foi se deitar, enquanto ela saiu na varandinha, gritou e assoviou um assovio poderoso. De todas as partes, vieram carpinteiros e trabalhadores: um aplainava o chão, o outro carregava o tijolo e logo eles fizeram

---

[1] Os nomes desses três *bogatyr* são compostos, em russo, a partir de raízes etimológicas que indicam seus poderes. Obiedalo surge a partir da raiz para "almoçar" e sugere que o personagem come muito. Por sua vez, Opivalo é formado a partir da raiz do verbo "beber," o que indica que o personagem é um beberrão. Já Moroz-Treskun é formado a partir de um idiomatismo que significa um frio muito intenso, próximo de "frio de rachar" (N. T.).

uma ponte de cristal, traçaram desenhos refinados nela e foram para casa. De manhã cedo, Vassilissa, a sábia, acordou o tsarévitch:

— Levante-se, tsarévitch! A ponte está pronta e logo o papai virá inspecionar.

O tsarévitch se levantou, pegou a vassoura, foi para a ponte e ficou por ali, varrendo aqui, limpando acolá. O tsar das águas o elogiou:

— Obrigado, você me fez o primeiro serviço; faça agora mais um. Esta é a sua tarefa: plante um jardim verdejante até amanhã, e que seja grande e ramificado, com passarinhos cantando seu canto, árvores em que as flores florescem e pendem peras e maçãs maduras.

E o tsarévitch mais uma vez se afastou do tsar das águas com lágrimas nos olhos.

Vassilissa, a sábia, abriu a janelinha e perguntou:

— Por que está chorando, tsarévitch?

— E como poderia não chorar? O seu paizinho me mandou plantar um jardim em uma noite.

— Isso não é nada! Vá dormir, que a manhã é mais sábia que a noite.

Ela o pôs na cama e saiu para a varandinha e gritou e assoviou um assovio poderoso. De todas as partes, vieram correndo jardineiros e fazendeiros, que plantaram um jardim verdejante, com passarinhos que cantavam seus cantos, árvores em que as flores floresciam e maçãs e peras maduras que pendiam dos galhos. De manhã cedo, Vassilissa, a sábia, acordou o tsarévitch:

— Levante-se, tsarévitch! O jardim está pronto, e o papai está vindo inspecionar.

O tsar das águas o parabenizou.

— Obrigado, tsarévitch! Você trabalhou para mim com fé e verdade. Escolha uma noiva das minhas doze filhas. Todas elas têm o mesmo rosto, são idênticas até nos fios de cabelos e usam as mesmas roupas. Se acertar três vezes a mesma, ela será sua esposa. Se errar, eu mandarei executá-lo.

Vassilissa, a sábia, ficou sabendo disso e, achando uma oportunidade, disse ao príncipe:

— Na primeira vez, eu vou balançar um lencinho. Na segunda, eu ajeitarei a saia. Na terceira, uma mosca ficará voando sobre a minha cabeça.

Então foi assim que o tsarévitch acertou quem era Vassilissa, a sábia, três vezes. Eles se casaram e deram um banquete.

O tsar das águas mandou fazer tanta comida que cem homens não dariam conta de tudo! E mandou que o genro comesse tudo; se sobrasse qualquer coisa, ele passaria por maus bocados.

– Paizinho! – pediu o tsarévitch. – Tem um velhinho aqui com a gente, deixe que ele venha comer conosco.

– Pois que venha!

Então, veio Obiedalo, que comeu tudo e achou pouco. O tsar das águas mandou trazer quarenta barris de todo tipo de bebida e mandou que o genro bebesse até a última gota.

– Paizinho! – pediu o tsarévitch. – Nós temos outro velhinho aqui, permita que ele venha beber à sua saúde.

– Pois que venha!

Surgiu Opivalo, que esvaziou quarenta barris de uma só vez e pediu para trazerem mais, porque tinha de rebater a ressaca.

Vendo que não tinha conseguido nada, o tsar das águas mandou preparar para os jovens uma sauna de ferro até ficar um calor escaldante; esquentaram a sauna de ferro, queimaram vinte e cinco metros de lenha, que ardeu no forno até as paredes ficarem tão quentes que não dava para chegar a menos de cinco quilômetros.

– Paizinho – disse tsarévitch –, deixe que nosso outro velhinho experimente a sauna primeiro.

– Pois que vá!

Moroz-Treskun foi à sauna, soprou um canto, soprou outro e do teto já pendiam estalactites de gelo. Depois dele, os jovens entraram na sauna, tomaram banho, aproveitaram e para casa voltaram.

– Vamos embora daqui da casa do papai, o tsar dos mares – disse Vassilissa, a sábia, ao tsarévitch. – Ele está muito bravo com você, sem que você tenha feito nada pra causar essa raiva!

– Vamos – respondeu o esposo.

Nessa hora, então, selaram o cavalo e partiram para a pradaria.

Cavalgaram, cavalgaram por muito tempo.

– Desmonte-se do cavalo, tsarévitch, e coloque o ouvido na terra úmida – disse Vassilissa, a sábia. – Será que não dá para ouvir alguém perseguindo a gente?

O tsarévitch aproximou a orelha da terra úmida: não ouviu nada! Vassilissa, a sábia, desceu do bom cavalo, deitou-se na terra úmida e disse:

– Ah, tsarévitch! Eu consigo ouvir muito bem o nosso perseguidor!

Ela transformou o cavalo em um poço e o tsarévitch em um velho velhote, e ela mesma virou uma concha. Chegaram os perseguidores:

– Ei, velhote! Não viu um rapagão com uma dama bonita?

– Vi, meu filho! Mas faz tempo: eles passaram aqui no tempo em que eu ainda era jovem.

O perseguidor voltou para o tsar das águas:

– Não, não vi nem rastro, nem uma pista deles, só vi que um velho estava ao pé de um poço e na água boiava uma concha.

– E por que não os trouxeram? – gritou o tsar das águas, condenando os mensageiros a uma morte horrenda e mandando um substituto ir atrás do tsarévitch e da Vassilissa, a sábia. Enquanto isso, os dois estava indo para longe, muito longe.

Vassilissa, a sábia, ouviu o novo perseguidor, então transformou o tsarévitch em um velho sacerdote e virou uma igreja caindo aos pedaços de paredes capengas e musgo por toda parte. O mensageiro chegou.

– Ei, velhote! Você não viu um rapagão e uma bela dama?

– Vi, meu filho! Mas já faz muito, muito tempo; eles estiveram aqui no tempo em que eu era jovem e construí essa igreja.

O segundo perseguidor voltou para tsar das águas:

– Não, vossa majestade imperial, não vi nem rastro nem pista dos dois. Só vi um velho sacerdote e uma igreja caindo aos pedaços.

– E por que não os trouxe? – gritou o tsar das águas com ainda mais força do que antes.

Então, condenou o mensageiro a uma morte horrível e foi ele mesmo atrás do tsarévitch e da Vassilissa, a sábia. Dessa vez, Vassilissa, a sábia, transformou o cavalo em um rio de mel e leite, o tsarévitch em um pato, enquanto ela mesma virou um marreco. O tsar das águas se lançou sobre o rio, comeu, comeu, bebeu, bebeu até estourar! O espírito abandonou o corpo ali mesmo.

Aleksandr N. Afanásiev

O tsarévitch e Vassilissa, a sábia, seguiram adiante. Eles começavam a se aproximar da casa dele, de seus pais. Vassilissa, a sábia, disse:

— Vá na frente, tsarévitch, explique ao seu pai e à sua mãe, que eu espero você aqui na estrada. Só não se esqueça das minhas palavras: não troque beijos com todos, não beije suas irmãzinhas, ou então se esquecerá de mim.

O tsarévitch chegou em casa, começou a cumprimentar todos, beijou a irmãzinha e, assim que a beijou, imediatamente se esqueceu da esposa, como se ela tivesse sumido de seus pensamentos.

Vassilissa, a sábia, esperou três dias por ele. No quarto, vestiu-se de mendiga, foi à capital e se hospedou na casa de uma velhinha. Mas o tsarévitch se preparava para se casar com uma rica princesa e foi ordenado para fazer correr a notícia por todo o reino de que, não importando quantos fossem os de religião ortodoxa, todos deveriam ir felicitar a noiva e o noivo e trazer uma torta feita de trigo. Então, a velhinha, em cuja casa Vassilissa estava hospedada, começou a preparar a farinha e assar a torta.

— Vozinha, para quem está assando a torta? — perguntou-lhe Vassilissa, a sábia.

— Como assim, para quem? Será que não ficou sabendo? O filho do nosso tsar vai se casar com uma rica princesa, e é preciso ir ao palácio e entregar isso aos jovens para o banquete.

— Deixe que eu asso e levo ao palácio, vai ver assim o tsar terá mais pena de mim.

— Que Deus a ajude!

Vassilissa, a sábia, pegou a farinha, sovou a massa, recheou de queijo e dois pombinhos, então assou a torta.

Na hora do almoço, a velhinha e Vassilissa, a sábia, foram ao palácio, onde ocorria um banquete em que estava todo mundo. Entregaram a torta da moça para o banquete e, assim que o cortaram no meio, saíram voando de dentro os dois pombinhos. A pombinha pegou um pedaço do queijo, e o pombo disse:

— Pombinha, dê um queijinho para mim!

— Não dou — respondeu a pombinha —, porque, se eu der, você vai me esquecer, como o tsarévitch se esqueceu de sua Vassilissa, a sábia.

Então, o tsarévitch se lembrou de sua esposa, pulou de trás da mesa, pegou-a pelas mãos e a sentou ao lado dela. Desde então, eles vivem juntos uma vida feliz, com todas as bençãos.

✳ ✳ ✳

Durante trinta anos, um rato viveu em paz com um pardal. Quando um encontrava alguma coisa, logo dividiam igualmente entre os dois. Certa vez, o pardal encontrou uma sementinha de papoula. "Como vamos dividir isso?", pensou ele. "Assim que morder, acabou!". Ele pegou e comeu a sementinha. O rato, ao ficar sabendo daquilo, não queria mais viver com o pardal.

– Vamos – disse o roedor –, vamos brigar, mas brigar até a morte, não uma briguinha apenas. Você junta todos os pássaros, que eu junto todos os bichos.

E fizeram isso. Juntaram todos os bichos e todos os pássaros e brigaram por muito e muito tempo. Nessa luta, bateram em uma águia, que saiu voando e pousou em um galho de um carvalho.

Nesse momento, um mujique estava caçando no bosque, e a caça não estava indo bem. "Bom", pensou o mujique, "ao menos uma águia eu mato." Ele nem conseguiu ajeitar o rifle antes que a águia dissesse com uma voz de gente:

– Não me mate, meu bom homem! Eu não te fiz nada de mal.

O mujique seguiu o caminho. Andou, andou e andou, e não encontrou nem um passarinho; passou outra vez pelo carvalho e quis matar a águia. Ele já estava com tudo no jeito, quando a águia novamente suplicou. O mujique seguiu o caminho, andando, andando e andando, mas não achou nada; voltou a cruzar com a águia, se ajeitou e atirou, mas o rifle falhou. A águia disse:

– Não me mate, meu bom homem, eu vou ser útil em certo momento. É melhor você me levar consigo e cuidar de mim.

O mujique deu ouvidos e levou a águia para seu isbá, dando-lhe carne para comer, ora de ovelha, ora de bezerro. O mujique não morava sozinho; ele tinha uma família grande, que começou a resmungar que ele dava tudo à águia. O homem aguentou pacientemente até que disse à águia:

— Voe pra onde quiser, não posso mais manter você.
— Deixe eu ver se minhas forças voltaram.
A águia levantou um voo bem alto, caiu no chão e disse ao mujique:
— Fique comigo mais três dias.
O mujique aceitou.
Passaram-se os três dias, e a águia disse ao mujique:
— Agora está na hora de me separar de você, monte nas minhas costas.
O mujique montou; a águia levantou voo e foi para o mar azul. Quando cruzaram a praia mar adentro, a águia perguntou:
— Olhe e diga: o que está atrás de nós e o que temos pela frente, o que está acima de nós e embaixo também?
— Atrás de nós, está a terra; adiante, o mar; acima, o céu; embaixo, a água.
A águia se balançou, e o mujique caiu; só que a águia não deixou que ele caísse na água, e o pegou em um rasante. A águia sobrevoava o meio do mar, quando perguntou outra vez:
— O que está atrás de nós e o que temos pela frente, o que está acima de nós e embaixo também?
— Atrás de nós, está o mar; adiante, o mar; em cima, o céu; embaixo, a água.
A águia se balançou, e o mujique perdeu o equilíbrio e caiu no mar; a águia não o deixou morrer afogado, resgatou-o e colocou-o nas costas.
Eles se aproximavam da outra margem, quando a águia perguntou:
— O que está atrás de nós e o que temos pela frente, o que está acima de nós e embaixo também?
— Atrás de nós, está o mar; adiante, a terra; em cima, o céu; embaixo, a água.
A águia se balançou, o mujique caiu no mar, começou a se afogar e por pouco não morreu... então, a águia o salvou, colocou-o nas costas e disse:
— Gostou de sentir que estava se afogando? Foi assim que me senti sentado naquela árvore, quando você mirava em mim com seu rifle. Agora que nós acertamos os malfeitos, vamos quitar as benfeitorias.

contos de fadas russos

Eles foram voando continente adentro e não voaram nem muito nem pouco até verem um pilar de bronze no meio do campo.

— Leia o que está escrito no pilar – ordenou a águia.

O mujique leu:

— "Vinte e cinco quilômetros para além desse pilar, há uma cidade de bronze".

— Vá à cidade de bronze, onde mora minha irmãzinha. Peça a ela a caixinha de bronze com as chavezinhas de cobre. Não importa o que ela oferecer a você, não pegue mais nada, nem de ouro, nem de prata, nem de pedras preciosas.

O mujique chegou à cidade e foi direto falar com a tsaritsa.

— Saudações! Seu irmão manda reverências.

— E como você conhece meu irmão?

— É que eu o alimentei por três anos inteiros enquanto ele estava doente.

— Eu lhe agradeço, mujiquezinho! Aqui temos ouro, prata, pedras preciosas também, leve o quanto quiser!

O mujique não pegou nada, só pediu a caixinha de bronze com chavezinhas de bronze. Ela rejeitou o pedido.

— Não, meu querido! Eu tenho muito apreço por isso.

— É caro, mas eu não quero mais nada.

Ele fez uma reverência, partiu da cidade e contou tudo à águia.

— Tudo bem – disse a águia. – Sente-se nas minhas costas.

O mujique se sentou, e a águia saiu voando.

No meio do campo, havia uma colina toda de prata. A águia fez o mujique ler a inscrição. Ele leu: "Cinquenta quilômetros para além desse pilar, há uma cidade de prata".

— Vá à cidade de prata, lá vive a minha outra irmãzinha, peça-lhe a caixinha de prata com as chavezinhas de prata.

O mujique chegou à cidade e foi direto falar com a tsaritsa, a irmãzinha da águia. Ele contou a ela como a ave viveu na casa dele e como ele tinha dado de comer e cuidado dela. Depois, começou a pedir a caixinha de prata com as chavezinhas de prata.

— Realmente – disse a tsaritsa ao mujique –, você salvou meu irmão, então pegue o quanto de ouro, prata e pedras preciosas quiser, mas a caixinha eu não dou.

O mujique saiu da cidade e contou tudo à águia.

– Não tem problema – disse ela. – Sente-se nas minhas costas.

O mujique se sentou, e a águia saiu voando.

No meio do campo, havia uma coluna de ouro. A águia fez o mujique ler a inscrição do pilar: "Cem quilômetros para além desse pilar, há uma cidade de ouro".

– Vá até essa cidade, em que vive a minha irmã favorita – disse a águia. – Peça-lhe a caixinha de ouro com chavezinhas de ouro.

O mujique foi direto à tsaritsa, a irmãzinha da águia; contou-lhe como a ave tinha vivido na casa dele, como ele tinha cuidado da águia doente, dado de comer e de beber a ele... Em seguida, começou a pedir a caixinha de ouro com as chavezinhas de ouro. Ela não lhe disse uma palavra e imediatamente lhe entregou a caixinha.

– Por mais que essa caixinha me seja cara, o meu irmão é mais!

O mujique pegou o presente e saiu da cidade em direção à águia.

– Agora vá pra casa – disse-lhe o animal. – E tome cuidado para não abrir a caixinha até chegar em casa.

Disse isso e saiu voando.

O mujique se segurou por muito tempo, mas não aguentou. Antes de chegar ao jardim, ele abriu a caixinha de ouro e, assim que levantou a tampa, imediatamente surgiu diante dele uma cidade de ouro. O mujique ficou olhando, não se cansava de olhar, impressionado pelo fato de que daquela caixinha tinha saído uma cidade inteirinha! Enquanto isso, o tsar daquelas terras em que surgiu a cidade de ouro mandou dizer para o mujique entregar a cidade ou o que ele tivesse em casa e não conhecesse. O mujique não quis entregar a cidade, então pensou: "Se eu der o que não conheço, não vou sentir falta!", e concordou com a segunda opção. Assim que deu a resposta, a cidade sumiu, e ele estava na pradaria sozinho como um eremita. Perto de si, só restava a caixinha de ouro e as chavezinhas de ouro. Ele pegou a caixinha e seguiu para casa.

Assim que chegou ao isbá, a esposa trouxe-lhe o caçula, um filho que tinha nascido em sua ausência. Naquele instante, o mujique percebeu e entendeu o que o tsar daquela terra infiel tinha pedido. Não havia o que fazer, então ele abriu a cidade de ouro e começou a cuidar do filho até chegar a hora. Quando o filho fez dezoito anos, o tsar da terra infiel mandou-lhe dizer que era hora de eles se separarem. O mujique chorou, abençoou o filho e o mandou ao tsar.

O jovem seguiu pelo caminho, aproximou-se do rio Danúbio e deitou-se na praia para descansar. Ele viu que chegaram doze moças, uma mais bonita que a outra; elas se separaram e, transformando-se em patinhas cinzas, foram nadar. O rapaz foi se esgueirando e pegou a saia de uma garota. Depois de se banharem, as patas voaram até a praia. Todas se vestiram, mas uma ficou sem saia. As que estavam vestidas saíram voando, e ela ficou chorando e pedindo ao rapaz:

— Devolva a minha saia, haverá um momento em que serei útil a você.

O jovem pensou, pensou e acabou devolvendo. Ele foi ao tsar infiel.

— Escute, meu bom jovem! — disse o tsar da terra infiel. — Reconheça a minha filha caçula; se o fizer, eu vou libertá-lo para ir aonde quiser; se não, a culpa é sua!

Assim que o jovem saiu do palácio, a tsarevna mais nova veio ao encontro dele:

— Você devolveu minha saia, bom rapaz, e eu também o ajudarei. Amanhã meu pai vai lhe mostrar todas nós, eu e minhas irmãs, e vai mandar você adivinhar quem é quem. Nós somos todas parecidas, então preste atenção: na minha orelha esquerda, vai pousar uma mosca.

Pela manhã, o tsar infiel chamou o jovem para uma visita e mostrou-lhe as doze filhas.

— Adivinhe quem é a mais nova.

O jovem olhou, viu qual tinha uma mosca na orelha esquerda e apontou para ela. O tsar berrava, gritava:

— Escute aqui, moleque! Tem algum truque nisso, e eu não sou seu boneco. Construa um palácio de pedras brancas até amanhã; é que o meu está velho e quero me mudar para um novo. Construa e eu lhe dou a mão de minha caçula; se não, eu como você!

O rapaz ficou triste, e, quando saía do palácio do tsar infiel, a tsarevna foi ao seu encontro.

— Não se preocupe – disse ela. – Vá rezar e deitar-se para dormir, que tudo estará pronto até amanhã.

O jovem foi se deitar e pegou no sono. De manhã, olhou pela janela e lá estava um novo palácio; os artesãos andavam ao redor e batiam pregos aqui e ali. O tsar dos infiéis deu a mão da filha caçula ao rapaz, porque não queria voltar atrás na sua palavra real. Ao mesmo tempo, porém, não queria abandonar o plano: inventou que comeria o jovem e a filha vivos. A moça foi ver o que os pais estavam fazendo; aproximou-se da porta e ouviu o que eles confidenciavam em segredo: que comeriam a filha e o genro.

A tsarevna foi correndo até o marido, transformando-o em uma pomba e virando uma pombinha também, e os dois saíram voando dali, para as terras dele. O tsar infiel descobriu isso e mandou irem buscá-los. Os perseguidores saíram correndo às pressas, mas ninguém conseguiu; só viram dois pombinhos e voltaram de mãos vazias.

— Não achamos ninguém – disseram ao tsar. – Só vimos dois pombinhos.

O tsar adivinhou quem eles eram, ficou furioso com os perseguidores, mandou enforcá-los e enviou outros. Eles saíram correndo às pressas, chegaram a um riacho e no riacho tinha uma árvore; viram que não havia ninguém ali e voltaram para o palácio. Contaram ao tsar do riacho e da árvore.

— Eram eles! – gritou o tsar dos infiéis.

Então, mandou enforcar esses perseguidores também e foi ele mesmo à caça.

Seguiu, seguiu e seguiu e chegou a uma igreja do Senhor. Entrou na igreja, e lá havia um velhinho que andava por ali e acendia as velinhas diante das imagens. O tsar perguntou-lhe se ele não tinha visto os fugitivos. O velhinho respondeu que havia muito tempo que eles tinham ido para a cidade de ouro, que ficava a cem quilômetros dali. O tsar caiu no chão de raiva, mas não tinha o que fazer, só voltar para casa com o rabinho entre as pernas. Assim que ele saiu, a igreja se transformou na tsarevna, e o velhinho virou o rapaz. Eles se beijaram e foram até a cidade de ouro do pai e da mãe, que ficava a cem quilômetros da igreja. Chegaram e passaram a viver felizes, cultivando sempre a bondade.

a pluma de Finist, o falcão

Aleksandr N. Afanásiev

✵

Era uma vez
um velho que tinha três filhas:
as duas mais velhas eram vaidosas, mas a
caçula só pensava nos afazeres domésticos. O pai se
preparava para ir à cidade e perguntou às filhas o que cada
uma queria.

— Compra um vestido para mim! — disse a mais velha.

A do meio também quis.

— E você, minha filha favorita, o que vai querer? — perguntou o pai à mais nova.

— Para mim, papai, compra uma pluma de Finist, o falcão.

O pai se despediu delas e partiu para a cidade, onde comprou os vestidos para as filhas mais velhas, mas não achou a pluma de Finist, o falcão, em lugar nenhum. Voltou para casa e as duas filhas mais velhas ficaram muito felizes com a roupa nova.

— Mas para você — disse à caçula —, não achei a pluma de Finist, o falcão.

— Tudo bem — disse ela —, vai ver da próxima vez o senhor dá sorte e acha.

As irmãs mais velhas cortaram tecidos e fizeram mais roupas para si mesmas, enquanto riam da mais nova, que ficava em silêncio. Da outra vez que o pai se preparava para ir à cidade, ele perguntou novamente:

— Bom, filhinhas, e o que vocês querem que eu compre?

As duas mais velhas pediram xales, e a mais nova:

— Papai, compra para mim uma pluma de Finist, o falcão.

O pai foi para a cidade, comprou dois xales, mas nem viu a sombra da pluma. Voltou para casa e disse:

— Ah, filhota, é que eu não encontrei a pluma de Finist, o falcão!

— Não tem problema, papai, quem sabe da próxima vez o senhor dá sorte.

Então, pela terceira vez, o pai se preparava para ir à cidade e perguntou:

— Digam, filhinhas, o que vocês querem que eu compre?

— Compre brincos para nós – disseram as mais velhas.

— Compre para mim a pluma de Finist, o falcão.

O pai conseguiu brincos de ouro e foi atrás da pluma, mas ninguém tinha uma, e ele ficou triste e partiu da cidade. Pouco depois dos portões, um velhinho veio ao seu encontro com um bornal.

— O que está levando, velhote?

— Uma pluma de Finist, o falcão.

— E quanto está pedindo por ela?

— Vai por mil.

O pai deu o dinheiro e saiu correndo para casa com uma caixinha. As filhas foram ao seu encontro.

— Bom, minha filha querida – disse à mais nova –, eu finalmente comprei o seu presente; aqui, pega!

A caçula por pouco não pula de alegria. Pegou a caixinha, começou a beijá-la e acariciá-la, apertou-a forte contra o peito.

Depois do jantar, todos foram dormir na parte de cima da casa; a filha mais nova foi para o seu quarto, abriu a caixinha, e a pluma de Finist, o falcão, imediatamente saiu voando. Tocou no chão, e um tsarévitch lindo surgiu diante da donzela. Eles tiveram uma conversa doce e boa. As irmãs ouviram e perguntaram:

— Irmãzinha, com quem você estava conversando?

— Comigo mesma – respondeu a bela dama.

— Então abra!

O tsarévitch bateu no chão e se transformou em pluma. A caçula pegou a pluma, colocou-a dentro da caixinha e abriu a porta.

As irmãs entraram e olharam aqui, vasculharam acolá, mas não havia nada!

Assim que elas saíram, a bela dama abriu a janela, colocou a pluma e disse:

— Voe, minha pluminha, para o campo aberto; vá passear até chegar a hora certa!

A pluma se transformou em um falcão e saiu voando para o campo aberto.

Na noite seguinte, Finist, o falcão, veio voando visitar sua dama, e tiveram uma conversa alegre. As irmãs ouviram e foram correndo contar ao pai:

— Papai! Alguém está vindo visitar a nossa irmã e está agora conversando com ela.

O pai se levantou e foi até a caçula, entrou no quarto dela, mas o tsarévitch havia muito já tinha se transformado em pluma e estava dentro da caixinha.

— Ah, suas imprestáveis! — O pai censurou suas filhas mais velhas. — Por que vocês estão implicando com ela sem motivo? Seria melhor que vocês cuidassem das próprias vidas!

No dia seguinte, as irmãs inventaram um truque. De noite, quando o jardim estava totalmente escuro, elas colocaram uma escada e alguns espetos e facas de aço de Damasco virados para dentro, na janela da bela dama.

De madrugada, chegou voando Finist, o falcão, que tentou, tentou, mas não conseguiu entrar no quarto, só acabou cortando as asinhas.

— Adeus, bela dama! — disse ele. — Se você quiser me procurar, vá para além da trigésima terra, no trigésimo reino. Antes de ir, leve três pares de sapatos de ferro, três cajados de ferro e três prósforas[1] de pedra, assim me encontrará como um belo rapaz!

A moça dormia e não conseguiu acordar, mas em seu sonho ouviu todo aquele discurso desagradável.

Pela manhã, acordou e viu as facas e espetos que estavam presas à sua janela. Notou que elas pingavam sangue e abriu os braços, espantada.

— Ah, meu Deus! Isso quer dizer que minhas irmãs mataram o meu querido amigo!

Imediatamente ela se preparou para sair de casa. Foi correndo até a

---

[1] A prósfora é um pãozinho utilizado em liturgias religiosas ortodoxas. Seria equivalente à hóstia no catolicismo. A prósfora, no entanto, é um pãozinho redondo e alto, cortado em pedacinhos menores pelo religioso responsável pela cerimônia (N. T.).

forja, forjou três pares de sapatos de ferro e três cajados de aço e fez três prósforas de pedra e pegou a estrada para procurar Finist, o falcão.

Ela andou, andou e andou e gastou um par daqueles sapatos, quebrou um cajado de aço e comeu uma das prósforas de pedra, até que chegou a um isbá e bateu à porta.

– Ô, de casa! Me abrigue da noite escura.

– Seja bem-vinda, mocinha bonita! – respondeu uma velhinha. – Para onde está indo, pombinha?

– Ah, vozinha! Eu estou procurando Finist, o falcão.

– Bom, bela moça, então você vai procurar muito!

Pela manhã, a velha disse:

– Agora vá visitar minha irmã do meio: ela vai lhe ensinar uma coisa boa. Pegue aqui o meu presente para você também, uma tábua de prata e um fuso de ouro; se você começar a fiar com eles, o linho vai se transformar em ouro.

Depois pegou um novelo, desenrolou-o na estrada e mandou que a menina fosse para onde o novelo mandasse, sem perder o caminho! A donzela agradeceu à velha e seguiu o novelo.

Não seguiu muito nem pouco até que outro par de sapatos estivesse gasto, outro cajado quebrado, e mais uma prósfora de pedra comida. Por fim, o novelo chegou a um isbázinho.

– Bons senhores! – Ela bateu à porta. – Protejam uma bela donzela da noite escura.

– Tenha a bondade! – respondeu uma velhinha. – Para onde está indo, bela donzela?

– Vovó, eu estou procurando Finist, o falcão.

– Então ainda vai procurar bastante!

Pela manhã, a velhinha deu um prato de prata e um ovinho de ouro e mandou que ela fosse visitar a irmã mais velha, porque essa, sim, sabia como encontrar Finist, o falcão!

A bela donzela se despediu da velhinha e seguiu caminho pela estrada; andou, andou; gastou o terceiro par de sapatos, quebrou o terceiro cajado e comeu a última prósfora, até que o novelo chegou a um isbázinho.

A peregrina bateu à porta e disse:

— Ô, de casa! Bons senhores! Protejam uma bela dama da noite escura.
Novamente saiu uma velhinha.

— Venha, pombinha! Tenha a bondade! De onde está vindo e qual caminho vai pegar?

— Vovó, estou procurando Finist, o falcão.

— Ah, é difícil, muito difícil encontrá-lo! Ele agora está vivendo nessa tal cidade, casou-se com a filha de um cozinheiro de lá.

Pela manhã, a velha disse à bela dama:

— Pegue estes presentes: um bastidor de ouro e uma agulha; basta que você pegue o bastidor, que a agulha vai costurar sozinha. Bom, agora vá com Deus e trabalhe para o cozinheiro.

Dito e feito. A bela dama chegou ao palácio do cozinheiro e começou a trabalhar lá. Ela não ficava parada: acendia o forno, trazia água e preparava a comida. O cozinheiro olhava e ficava feliz.

— Graças a Deus! — dizia para a filhinha. — Finalmente você arrumou uma trabalhadora prestativa e boa, que faz tudo de uma vez!

E, depois de terminar seus afazeres domésticos, a bela dama pegava a tábua de prata, o fuso de ouro e se punha a fiar. A linha que saía do fuso não era uma mera linha; era de ouro. Ao ver isso, a filha do cozinheiro disse:

— Ah, bela dama! Não me venderia o seu brinquedo?

— Venderia, sim, com prazer!

— E por que preço?

— Deixe que seu marido passe uma noite comigo.

A filha do cozinheiro concordou. "Não é uma desgraça!", pensou. "Eu posso dar uma poção do sono para o meu marido, e com esse fuso eu e a minha mãe vamos ficar ricas!".

Mas Finist, o falcão, não estava em casa. Havia passado o dia todo passeando pelo céu e só voltou à noite. Ele se sentou à mesa para jantar; a bela dama pôs a mesa e ficou o tempo todo olhando para ele, mas ele, o bom rapaz, não a reconheceu. A filha do cozinheiro discretamente colocou a poção do sono na bebida dele, levou-o para cama e disse à trabalhadora:

— Vá para o quarto dele e espante as moscas!

Assim, a bela dama espantava as moscas enquanto as lágrimas lhes corriam dos olhos.

— Acorde, levante-se, Finist, o falcão! Eu sou a bela dama e vim ver você; quebrei três cajados de aço, gastei três sapatos de ferro e comi três prósforas de pedra, e continuei procurando você, meu querido.

Mas Finist continuava dormindo, sem saber de nada; e a noite passou assim. No dia seguinte, a trabalhadora pegou o pratinho de prata e brincava com o ovinho de ouro para lá e para cá, e quantos ovinhos ela não jogava! A filha do cozinheiro percebeu:

— Venda esse seu brinquedo para mim!

— Com prazer, pode comprar.

— E quanto vai querer?

— Deixe que eu passe mais uma noite com o seu marido.

— Está bem, estou de acordo!

E outra vez Finist, o falcão, passou o dia todo passeando pelos céus e só voltou para casa à noite. Eles se sentaram pra jantar, a bela moça serviu a comida e ficou olhando para ele sem parar, e ele parecia que nunca a notava. Novamente a filha do cozinheiro deu-lhe uma poção do sono, pôs o rapaz na cama e mandou a trabalhadora ficar espantando as moscas do quarto. E, de novo, não importava o quanto ela chorasse, o quanto ela tentasse acordá-lo, que ele continuava dormindo até a manhã, sem ouvir nada.

No terceiro dia, a bela dama estava sentada com o bastidor de ouro nas mãos, e a agulhinha costurava sozinha, e que bordados magníficos! A filhinha do cozinheiro bateu os olhos naquilo e disse:

— Bela dama, venda para mim, venda para mim o seu brinquedo!

— Com prazer, pode comprar!

— E quanto vai querer por ele?

— Deixe que eu passe uma terceira noite com o seu marido.

— Está bem, estou de acordo!

À noite, Finist, o falcão, veio voando; a esposa lhe deu uma poção do sono mais uma vez, deitou-o para dormir e mandou a trabalhadora espantar as moscas. Então, de novo a bela dama ficou espantando as moscas enquanto as lágrimas corriam de seus olhos.

— Acorde, levante-se, Finist, o falcão! Eu sou a bela dama que veio buscá-lo; quebrei três cajados de aço, gastei três pares de sapatos de ferro, comi três prósforas de pedra, tudo para procurar você, meu querido!

Mas Finist, o falcão, dormia pesado, sem saber de nada.

Ela ficou chorando por muito tempo, tentando acordá-lo; de repente, uma lágrima caiu do rosto da bela dama no rosto de Finist, e ele acordou imediatamente.

– Ai, alguma coisa me queimou!

– Finist, o falcão! – respondeu a mocinha. – Eu vim aqui atrás de você, quebrei três cajados de aço, gastei três pares de sapatos de ferro, comi três prósforas de pedra, sempre à sua procura! Esta é a terceira noite que fico em cima de você, e você fica dormindo, sem acordar nem responder às minhas palavras!

Foi só então que Finist, o falcão, se deu conta do que estava acontecendo e ficou tão feliz que não seria possível descrever. Eles conversaram e foram embora dali. De manhã, a filha do cozinheiro foi buscar o marido, mas ele não estava lá, nem a trabalhadora! Ela foi se queixar à mãe; a cozinheira mandou atrelar o cavalo e pegou a estrada. Cavalgou e cavalgou e acabou chegando às três velhas, mas não alcançou Finist, o falcão. Até seus rastros já tinham sumido havia muito tempo!

Finist, o falcão, e sua pretendente estavam perto da casa dos pais dela. Assim, ele bateu na terra úmida e se transformou em pluma. A bela dama pegou a pluma, escondeu-a no colo e foi ter com o pai.

– Ah, minha filha querida! Eu pensei que você tinha partido deste mundo. Onde esteve por tanto tempo?

– Fui rezar para Deus.

Tudo aquilo havia acontecido justamente na época da Semana Santa. Então, o pai e as filhas mais velhas se preparavam para a missa matinal.

– Então, querida filha, arrume-se e venha conosco, que hoje é um dia de alegria.

– Mas, papai, eu não tenho o que vestir.

– Você pode usar as nossas – disseram as irmãs mais velhas.

– Ah, irmãzinhas, as roupas de vocês não cabem em mim! É melhor eu ficar em casa.

Então, o pai foi à missa da manhã com as duas irmãs. Nessa hora, a bela dama tirou a pluminha do colo. Ela tocou no chão e se transformou em um lindo tsarévitch. O tsarévitch assoviou pela janela e imediatamente vieram um vestido, um chapéu e uma carruagem de ouro. Eles se ajeitaram, sentaram-se na carruagem e partiram. Eles entraram na igreja e ficaram diante de todos; as pessoas ficaram impressionadas. Quem seria esse tsarévitch com sua tsarevna que tinha vindo visitar a comunidade? Na saída da missa da manhã, eles saíram antes de todos e foram para casa; a carruagem sumiu: era como se as roupas e acessórios nunca tivessem existido, e o tsarévitch se transformou em pluminha. O pai e as irmãs voltaram.

— Ah, irmãzinha, se você tivesse ido conosco! Um lindo tsarévitch e sua amada tsarevna estiveram na igreja.

— Não tem problema, irmãzinhas! Contem tudo, que será como se eu tivesse ido eu mesma.

No dia seguinte, foi a mesma coisa; no terceiro, assim que o tsarévitch e a bela dama se sentaram na carruagem, o pai saiu da igreja e viu com seus próprios olhos que a carruagem se aproximou da casa dele e sumiu. O pai voltou e começou a questionar a filhinha mais nova. E ela disse:

— Não tem mais jeito, tenho de confessar!

Assim, tirou do colo a pluminha, que tocou no chão e se transformou no tsarévitch. Eles se casaram e o casamento foi muito abundante! Eu estive nesse casamento, bebi vinho, que escorreu pelo bigode, mas não caiu na boca. Me enfiaram um chapeuzinho, me empurraram uma toca e me botaram um cesto nas costas: "Você aí, grandalhudo, não fica enrolando, sai logo daqui do jardim".

✳✳✳

Era uma vez um velho e uma velha. Eles tinham três filhas. A mais nova era tão bela que não dá para contar em um conto, nem escrever com uma pena. Certa vez, o velhinho se preparava para ir à feira e disse:

— Minhas queridas filhas! Podem pedir o que quiserem, que eu compro o que for na feira.

Aleksandr N. Afanásiev

— Compra para mim, papai, um vestido novo — pediu a mais velha.

— Compra para mim, papai, um lencinho para usar de xale — disse a do meio.

— Compra para mim uma florzinha escarlate, papai — falou a mais nova.

O velhinho riu da mais nova.

— Mas para que você quer uma florzinha escarlate, bobinha? Muito útil ela! Eu vou comprar roupas melhores para você.

Seria melhor ele nem ter falado, porque não conseguiu convencê-la de jeito nenhum:

— Compre a florzinha escarlate para mim e pronto.

O velhinho foi ao mercado, comprou o vestido para a filha mais velha; o lenço para o xale da irmã do meio, mas não achou a florzinha escarlate em lugar nenhum da cidade. Quando já estava indo embora, encontrou um velhinho desconhecido no meio do caminho. Ele tinha uma florzinha escarlate nas mãos.

— Velhote, vende essa sua florzinha para mim!

— Ela não está à venda, porque me é muito cara. Só se a sua filha mais nova se casar com o meu filho Finist, o falcão, que eu dou a florzinha de presente para você.

O pai ficou em dúvida: se não pegasse a florzinha, a filha ficaria triste; se pegasse, ela teria de se casar, e só Deus sabia com quem. Pensou, pensou, e resolveu pegar a florzinha escarlate. "E qual é o problema?", pensou ele. "Depois que o rapaz se apresentar, se não for bom, ainda dá pra recusar!".

Chegando em casa, o velho deu à filha mais velha o vestido, à do meio, o xale e à caçula, a florzinha, dizendo:

— Eu não gostei dessa sua florzinha, filha querida, não gostei mesmo!

E sussurrou-lhe no ouvido bem baixinho:

— É que essa florzinha foi um presente, não foi comprada; eu ganhei de um velho desconhecido sob a condição de que você se casasse com o filho dele, Finist, o falcão.

— Não se preocupe, papai — respondeu a filha. — É que ele é um homem bom e carinhoso; o falcão voa pelos céus e, quando toca o chão, transforma-se em um belo rapaz!

— Mas será que você o conhece?

— Conheço, conheço, sim, papai! No domingo passado, ele esteve na missa, não tirou os olhos de mim; e eu falei com ele... é que ele me ama, papai!

O velho balançou a cabeça, olhou para a filha fixamente, fez o sinal da cruz sobre ela e disse:

— Vá para o seu quarto, minha filha querida! Já é hora de dormir, e a manhã é mais sábia que a noite. Depois nós decidiremos isso!

E a filha foi se fechar na torre. Colocou a florzinha escarlate na água, abriu a janelinha e ficou olhando para o horizonte azul.

De repente, surgiu diante dela Finist, o falcão de penas coloridas. Ele entrou voando pela janelinha, bateu no chão e se transformou em um belo rapaz. A mocinha tomou um susto. Depois, ele começou a conversar com ela, e a noiva começou a ficar com o coração feliz e tranquilo. Eles conversaram até o nascer do sol, eu não sei sobre o quê. Só sei que, quando começou a clarear, Finist, o falcão de penas coloridas, a beijou e disse:

— Todas as noites que você colocar a florzinha escarlate na janela, eu virei voando até você, minha querida! E aqui está uma pluma de minha asa. Se você precisar de qualquer coisa, saia na varandinha e balance-a para a direita, que na hora aparecerá tudo o que seu coração desejar!

Beijou-a outra vez, transformou-se em falcão e saiu voando em direção ao bosque escuro. A mocinha seguiu o pretendente com o olhar, fechou a janela e deitou-se para dormir. A partir de então, todas as noites, bastava ela colocar a florzinha escarlate na janelinha que Finist, o falcão, aquele bom rapaz, vinha voando para vê-la.

Então chegou o domingo. As irmãs mais velhas começaram a se arrumar para a missa.

— E o que você vai vestir? Você não tem roupas novas — disseram as duas à caçula.

— Não tem problema, eu rezo de casa mesmo!

As irmãs mais velhas foram para a missa, e a caçula ficou sentada ao pé da janela toda suja, olhando para as pessoas ortodoxas que iam à igreja de Deus. Ela esperou algum tempo, saiu à varanda, balançou a pluminha colorida para a direita, e do nada apareceu uma carruagem de cristal, alazões, roupas e todo tipo de acessório de pedras preciosas.

Em um minuto, a bela dama se vestiu, subiu na carruagem e foi para a igreja. Todo mundo ficou olhando para a beleza dela, impressionado.

– Parece que uma tsarevna apareceu por aqui! – comentavam as pessoas entre si.

Assim que começaram a cantar o "Dostoino",[2] a moça imediatamente saiu da igreja, subiu na carruagem e partiu para casa. A gente ortodoxa saiu para ver aonde ela iria, mas de que jeito? Até os rastros dela já tinham sumido havia muito. Assim que a nossa mocinha chegou à varandinha, imediatamente balançou a pluminha colorida para a esquerda, e em um instante a pena a ajudou a tirar as roupas, e a carruagem sumiu de vista. A moça voltou ao pé da janela, como se nada tivesse acontecido, e continuou olhando, pela janela, os ortodoxos saírem da igreja em direção às suas casas. As irmãs chegaram e disseram:

– Nossa, irmãzinha. Hoje uma mulher linda foi à missa! Simplesmente um deleite para os olhos. Não é possível nem contar no conto nem escrever com uma pena! Deve ter sido uma tsarevna de outras terras que veio visitar estas terras, de tão formosa e bem-vestida que ela era!

E assim veio outro e mais um domingo. A bela donzela continuava a enganar a gente ortodoxa, as irmãs, o pai e a mãe. Então, na última vez, ela estava se despindo, mas se esqueceu de tirar um alfinete de brilhantes que estava em sua trança. As irmãs mais velhas chegaram da igreja, contaram sobre a bela tsarevna e, assim que olham para a irmã caçula, o diamante brilhou na trança dela.

– Ah, irmãzinha! Mas o que é isso aí? – gritaram as moças. – Esse alfinete é igualzinho ao que estava na cabeça da tsarevna hoje. Onde você conseguiu isso?

A bela dama se engasgou e foi correndo para o quarto.

As perguntas, especulações e sussurros não tiveram fim, e a irmã mais nova não disse nada, só ria consigo mesmo bem baixinho.

Então, as irmãs mais velhas começaram a segui-la e prestar atenção nos barulhos vindos do quarto da mais nova na madrugada. Certa

---

[2] A canção "Dostoino iest" é cantada pela congregação para encerrar a missa (N. T.).

vez, ouviram uma conversa da irmã com Finist, o falcão, e de manhã o viram saindo da janela e voando para além do bosque escuro. Malvadas como eram, as duas concordaram em colocar facas de aço de Damasco na janela da torre da irmã na calada da noite, para que Finist, o falcão, tivesse as asas coloridas cortadas. Elas planejaram e assim fizeram, sem que a irmã caçula tivesse se dado conta disso. A moça colocou a florzinha escarlate na janela, deitou-se na cama e ferrou um sono pesado.

Finist, o falcão, veio voando janela adentro e cortou a perna esquerda, mas a bela dama não percebeu nada, porque dormia um sono muito gostoso, muito tranquilo. O falcão ficou irritado e disparou para os céus, para além do bosque escuro. A donzela acordou pela manhã e olhou para todos os lados; já estava claro, e o bom rapaz ainda não tinha aparecido! Foi olhar pela janela e viu que ela estava entrecruzada de facas de aço de Damasco, de onde pingavam gotas de sangue escarlate que caíam sobre a florzinha. A donzela caiu em prantos e chorou grossas lágrimas por muito tempo. Passando muitas noites insones ao pé da janela da torre, ela balançava a peninha colorida, mas em vão! Não surgia Finist, o falcão, nem os criados apareciam! Por fim, e com lágrimas nos olhos, ela foi pedir a bênção ao pai.

— Eu vou para onde as pernas me levarem!

Mandou forjar três pares de sapatos de ferro, três cajados de ferro, três chapéus de ferro e três prósforas de ferro. Botou um par de sapatos nos pés, o chapéu na cabeça, pegou o cajado e partiu na direção de onde Finist, o falcão, vinha quando a visitava.

Passou por um bosque denso, atravessou troncos caídos, até que os sapatos de ferro estavam gastos, o chapéu de ferro furado, o cajado quebrado e a prósfora comida. Ainda assim, a bela donzela continuava andando, andando, e o bosque ficando cada vez mais escuro, cada vez mais denso. De repente, ela viu diante de si um isbá de ferro com patas de galinha que giravam sem parar. A mocinha disse:

— Isbá, isbázinho! Fique de costas para o bosque e de frente pra mim.

O isbázinho ficou de frente para ela. A moça entrou no isbázinho e lá dentro estava deitada Baba-Iagá, ocupando os quatro cantos, com os lábios na cama e o nariz no teto.

— Pfu, pfu, pfu! Antes eu nunca tinha visto a cara, nem ouvido o barulho de uma alma russa, e agora elas andam livres por este mundo, surgindo diante dos meus próprios olhos, e esse cheiro subindo pelo nariz! Bela mocinha, para onde está indo? Está fugindo de algo ou buscando algo?

— Vovó, Finist, o falcão das plumas coloridas, vinha me ver, mas as minhas irmãs fizeram-lhe mal. Agora o estou buscando.

— E vai buscar por muito tempo, criança! É preciso passar mais trinta terras. Finist, o falcão das plumas coloridas, vive no quinquagésimo reino, no octogésimo país, e já arrumou uma tsarevna para si.

Baba-Iagá deu de comer e beber à mocinha enviada por Deus e a pôs na cama; de manhã, assim que a luz começou a despontar, ela acordou a garota e deu-lhe um presente caro: um martelinho de ouro e dez pregos de brilhantes. Avisou:

— Assim que chegar ao mar azul, a noiva de Finist, o falcão, irá dar um passeio na praia. Pegue o martelinho de ouro nas mãos e bata os pregos de brilhantes. Ela vai querer comprá-los de você, mas não aceite a troca por nada, só peça para ver Finist, o falcão. Agora vá com Deus visitar a minha irmã do meio!

A bela dama foi outra vez pelo bosque escuro, cada vez mais e mais fundo, e o bosque ficando mais e mais escuro e denso, as copas se contorcendo no céu. Mais um par de sapatos tinha sido gasto, outro chapéu furado, outro cajado de ferro quebrado e outra prósfora de ferro comida, quando, diante da donzela, surgiu um isbázinho de ferro com pernas de galinha que giravam sem parar.

— Isbá, isbázinho! Fique de costas para o bosque e de frente para mim.

O isbázinho virou de costas para o bosque e ficou de frente para a donzela, que entrou. No isbá, estava deitada Baba-Iagá, ocupando os quatro cantos, com os lábios na cama e o nariz no teto.

— Pfu, pfu, pfu! Antes eu nunca tinha visto a cara, nem ouvido o barulho de uma alma russa, e agora elas andam livres por este mundo, surgindo diante dos meus próprios olhos, e esse cheiro subindo pelo nariz! Bela mocinha, para onde está indo? Está fugindo de algo ou buscando algo?

— Vozinha, estou procurando Finist, o falcão.

— Ele já está querendo se casar. Já estão fazendo as despedidas de solteiro – disse a velha.

Baba-Iagá deu de comer e de beber à mocinha e colocou-a para dormir. Na manhã seguinte, bem cedinho, ela acordou a garota e deu-lhe uma tábua de ouro com bolinhas de diamante, junto de um aviso sério, muito sério:

— Assim que chegar à margem do mar azul e começar a brincar com as bolinhas de diamante na tabuinha de ouro, a noiva de Finist, o falcão, virá até você. Ela vai querer comprar a tabuinha e as bolinhas, mas você não aceite nada, só peça para ver Finist, o falcão das plumas coloridas. Agora vá com Deus visitar minha irmã mais velha!

E lá se foi outra vez a bela dama pelo bosque escuro, cada vez mais e mais fundo, e o bosque ficando mais e mais escuro e denso. Então, o terceiro par de sapatos se gastou, o terceiro chapéu furou, o último cajado se quebrou e a última prósfora foi comida: lá estava o isbázinho de ferro sobre as pernas de galinha que ficavam girando.

— Isbá, isbázinho! Fique de costas para o bosque e de frente para mim, que eu vou entrar em você para comer um pãozinho.

O isbázinho se virou. No isbá, outra vez estava deitada Baba-Iagá, ocupando os quatro cantos, com os lábios na cama e o nariz no teto.

— Pfu, pfu, pfu! Antes eu nunca tinha visto a cara, nem ouvido o barulho de uma alma russa, e agora elas andam livres por este mundo, surgindo diante dos meus próprios olhos, esse cheiro subindo pelo nariz! Bela mocinha, para onde está indo? Está fugindo de algo ou buscando algo?

— Vozinha, estou procurando Finist, o falcão.

— Ah, bela mocinha, ele já se casou com uma tsarevna! Aqui, pegue meu cavalo ligeiro, monte nele e vá com Deus!

A mocinha montou no cavalo e disparou adiante, e o bosque foi ficando cada vez menos e menos denso.

Eis que o mar azul – largo e amplo – se espraiava diante dela, e lá ao longe estavam as cúpulas douradas nos tetos das torres de pedras brancas. "Isso significa que é o reino de Finist, o falcão!", pensou a dama, sentando-se na areia fina e começando a bater os pregos de brilhantes com o martelinho de ouro. De repente, veio pela praia uma tsarevna com as damas de companhia, amas e criados fiéis; ela se deteve e foi comprar os pregos de brilhante e o martelinho de ouro.

— Tsarevna, só permita que eu veja Finist, o falcão, e eu lhe dou esses objetos como presente — respondeu a moça.

— Mas Finist, o falcão, está dormindo agora e mandou não deixar ninguém ir vê-lo. Bom, mas me dê os seus lindos pregos e o martelinho, que eu o mostrarei para você mesmo assim.

Ela pegou o martelinho e os pregos, foi correndo para o palácio, colocou um alfinete mágico na roupa de Finist, o falcão, para que ele dormisse um sono profundo e não acordasse mais; depois, mandou a dama de companhia trazer a bela dama ao palácio para ver o marido, o falcão, e foi passear. A moça ficou muito tempo olhando, chorando sobre seu querido, sem conseguir acordá-lo de jeito nenhum... Depois de passear para muito longe, a tsarevna voltou para casa, mandou a moça embora e tirou o alfinete. Finist, o falcão, acordou.

— Nossa, eu dormi demais! Alguém esteve aqui e ficou chorando e se lamentando em cima de mim, só que eu não pude abrir os olhos de jeito nenhum. Como foi difícil!

— Isso foi um sonho — respondeu a tsarevna. — Ninguém esteve aqui.

No dia seguinte, a bela dama novamente estava sentada na praia e brincava com a bolinha de brilhante no pratinho de ouro. A tsarevna foi passear, viu e pediu:

— Venda isso para mim!

— Só me permita ir ver Finist, o falcão que eu lhe dou de presente!

A tsarevna concordou e de novo colocou o alfinete na roupa de Finist, o falcão. Outra vez a bela dama chorou amargamente em cima dele, sem conseguir acordá-lo.

No terceiro dia, estava sentada às margens do mar azul, muito triste e melancólica, alimentando seu cavalo com carvão em brasa. Quando a tsarevna viu o que o cavalo estava comendo, começou a negociá-lo:

— Só me deixe ir ver Finist, o falcão, que eu o dou de presente para você!

A tsarevna concordou, foi correndo para o palácio e disse:

— Finist, o falcão! Permita que eu faça cafuné em você.

Ela foi fazer cafuné e colocou o alfinete no meio dos cabelos dele, e ele imediatamente caiu em um sono profundo. Depois disso, ela mandou as damas de companhia trazerem a bela moça.

A moça chegou, tentou acordar seu querido, abraçou-o, beijou-o e por fim caiu em um choro muito, muito amargo; e ele não acordou por nada! Então, ela começou a fazer carinho na cabeça dele e sem querer derrubou o alfinete mágico. Finist, o falcão das plumas coloridas, imediatamente acordou, viu a bela dama e ficou muito feliz! A moça lhe contou como tudo tinha acontecido, que as irmãs malvadas tinham ficado com inveja, que ela mesma havia vagado e negociado com a tsarevna. Ele a amou mais do que antes, beijou-lhe os lábios doces e mandou chamar, sem demora, boiardos, príncipes e pessoas de todos os níveis sociais. Começou a perguntar:

— O que vocês acham: com qual mulher devo viver minha vida? Com esta que me vendeu ou com esta que me comprou?

Todos os boiardos, príncipes e pessoas de todos os níveis sociais responderam em uníssono: deve viver com a que comprou você, e a que o vendeu deve ser pendurada no portão e fuzilada. E foi assim que Finist, o falcão das plumas coloridas, fez!

✷

*irmãzinha
Alenuchka,
irmãozinho
Ivanuchka*

contos de fadas russos

✳

Era uma vez
um tsar e uma tsaritsa que
tinham um filho e uma filha. O filho se
chamava Ivanuchka, e a filha Alenuchka. Então o
tsar e a tsaritsa morreram e deixaram os filhos órfãos. As
crianças foram passear pelo velho mundo. Andaram, andaram, andaram... chegaram a um lago, e perto do lago pastava um rebanho de vacas.

— Estou com sede — disse Ivanuchka.

— Não beba, irmãozinho, ou você vai virar um bezerro — disse Alenuchka.

Ele deu ouvidos à irmã, e eles seguiram adiante; seguiram, seguiram e viram um rio, e perto dele passava uma manada de cavalos.

— Ah, irmãzinha, se você soubesse a sede que eu tenho.

— Não beba, irmãozinho; se beber, vai virar um potrinho.

Ivanuchka deu ouvidos àquilo, e eles seguiram adiante. Foram, foram e chegaram em um lago, e perto do lago havia um rebanho de ovelhas.

— Ah, irmãzinha, eu estou com uma sede horrível.

— Não beba, irmãozinho, se beber vai virar um cordeirinho.

Ivanuchka deu ouvidos àquilo e seguiu adiante; foram, foram e viram uma nascente, e perto dela havia uma porcada.

— Ah, irmãzinha, eu vou beber, estou com uma sede horrenda.

— Não beba, irmãozinho; se beber, vai virar um leitãozinho.

Ivanuchka novamente deu ouvidos à irmã, e eles seguiram adiante. Seguiram, seguiram, seguiram e viram um rebanho de cabras pastando perto da água.

— Ah, irmãzinha, eu vou beber.

— Não beba, irmãozinho; se beber, vai virar um cabritinho.

Aleksandr N. Afanásiev

Ele não aguentou e não deu mais ouvidos à irmã. Bebeu da água e acabou virando um cabritinho, que pulou na frente de Alenuchka, gritando: "Bééé! Bééé!".

Alenuchka prendeu o pescoço com o cinto e o levou consigo, chorando, chorando de soluçar... O cabritinho correu e correu até chegar ao jardim de um tsar. As pessoas viram e imediatamente informaram o rei.

— Vossa majestade, apareceu no jardim um cabritinho, e uma mocinha linda o leva com um cinto.

O tsar mandou perguntar quem era ela. Então, as pessoas foram lá perguntar de onde ela vinha, quem era ela.

— Assim e assado — disse Alenuchka. — Tinha um tsar e a tsaritsa, e eles morreram; ficamos só nós, os filhos: eu sou a tsarevna, e este é meu irmão, o tsarévitch; ele não conseguiu se segurar e bebeu da água, transformando-se em cabritinho.

As pessoas explicaram tudo isso ao tsar. Ele mandou chamar Alenuchka e perguntou tudo; ela gostou dele, e o tsar resolveu se casar com ela. Logo fizeram o casamento e começaram a viver juntos. O cabritinho também morava ali, passeava sozinho pelo jardim, bebia e comia com o tsar e a tsaritsa.

Então, o tsar foi caçar. Nessa hora, veio uma bruxa e fez um mal à tsaritsa. Alenuchka ficou doente, magra e pálida. No palácio do tsar, todos ficaram tristes; as flores murcharam, as árvores secaram, a grama morreu. O tsar voltou e perguntou à tsaritsa:

— Será que você está com alguma doença?

— Sim, estou — disse a tsaritsa.

No dia seguinte, o tsar foi caçar novamente. Alenuchka ficou deitada, doente, e uma bruxa veio e disse:

— Você quer que eu te cure? Vá até aquele mar e beba daquela água no nascer do sol.

A tsaritsa ouviu e partiu no crepúsculo em direção ao mar, mas a bruxa estava esperando por ela, pegou-a, amarrou uma pedra em seu pescoço e jogou-a no mar. Alenuchka afundou e o cabritinho saiu correndo, chorando amargamente. A bruxa se transformou na tsaritsa e voltou para o palácio.

O tsar chegou e ficou feliz de ver que a tsaritsa estava saudável de novo. Puseram a mesa, e eles foram almoçar.

– E cadê o cabritinho? – perguntou o tsar.

– Não precisamos dele – disse a bruxa. – Eu não mandei trazê-lo, ele fede a cabra!

No dia seguinte, assim que o tsar saiu para caçar, a bruxa pegou o cabritinho e bateu e bateu nele. Espancou-o, espancou-o, ameaçando-o, por fim:

– Assim que o tsar voltar, eu vou pedir que para matarem você.

O tsar chegou, e a bruxa foi até ele:

– Manda que manda matar o cabritinho, eu já me enchi dele, não aguento mais!

O tsar ficou com pena do cabritinho, mas não tinha o que fazer, pois ela importunava tanto, insistia tanto que o tsar por fim acabou concordando e mandou matá-lo.

O cabritinho, ao perceber que já estavam afiando as facas de aço de Damasco, começou a chorar e foi correndo ao tsar, pedindo:

– Tsar! Deixa eu ir para o mar beber água, para lavar as tripas.

O tsar permitiu. O cabritinho foi correndo ao mar, parou na praia e começou a gritar com pesar.

>Alenuchka, minha irmãzinha!
>Suba, suba para a prainha.
>As chamas estão queimando
>Os caldeirões estão borbulhando
>E as facas de Damasco estão a afiar
>Querem me matar!

Ela lhe respondeu:

>Ivanuchka, meu irmãozinho!
>Me leva para o fundo uma pedra pesada.
>Me sugou o coração uma cobra malvada!

O cabritinho começou a chorar e voltou para casa. No meio do dia, pediu ao tsar de novo.

– Tsar! Deixa eu ir para o mar beber água, para lavar as tripas.

> Alenuchka, minha irmãzinha!
> Suba, suba para a prainha.
> As chamas estão queimando
> Os caldeirões estão borbulhando
> E as facas de Damasco estão a afiar
> Querem me matar!

Ela lhe respondeu:

> Ivanuchka, meu irmãozinho!
> Me leva para o fundo uma pedra pesada.
> Me sugou o coração uma cobra malvada!

O cabritinho começou a chorar e voltou para casa. O tsar se perguntava: "o que significa isso de o cabritinho ficar indo para o mar?". Então, o cabritinho pediu uma terceira vez:

— Tsar! Deixa eu ir para o mar beber água, para lavar as tripas.

O tsar deixou, mas foi atrás dele. Ele chegou ao mar e ouviu o cabritinho chamando a irmãzinha.

> Alenuchka, minha irmãzinha!
> Suba, suba para a prainha.
> As chamas estão queimando
> Os caldeirões estão borbulhando
> E as facas de Damasco estão a afiar
> Querem me matar!

Ela lhe respondeu:

> Ivanuchka, meu irmãozinho!
> Me leva para o fundo uma pedra pesada.
> Me sugou o coração uma cobra malvada!

O cabritinho chamou outra vez a irmãzinha. A Alenuchka emergiu e se mostrou na água. O tsar a pegou, tirou a pedra de seu pescoço, arrastou Alenuchka para a praia e perguntou como aquilo tinha acontecido. Ela contou tudo. O tsar ficou feliz, o cabritinho também – ficou pulando.

No jardim, tudo ficou verde e floresceu. O tsar mandou punir a bruxa: levaram-na para o jardim, puseram-na em uma fogueira e a queimaram. Depois disso, o tsar, a tsaritsa e o cabritinho passaram a viver e fazer o bem, bebendo e comendo juntos, como antes.

✳ ✳ ✳

Os dois orfãozinhos, a irmãzinha Alenuchka e o irmãozinho Ivanuchka, estão andando por uma estrada longa, através dos campos amplos, mas o calor, aquele calor os fustiga. Ivanuchka ficou com sede:

— Irmãzinha Alenuchka, eu estou com sede!

— Calma, irmãozinho, nós vamos chegar a um poço.

Eles foram e foram, o sol estava forte e o poço estava longe; o calor fustigava e o suor pingava! Tinha um casco de cavalo cheinho de água.

— Irmãzinha Alenuchka, posso beber do casco de cavalo?

— Não beba, irmãozinho, ou você vai virar um potrinho.

Ivanuchka suspirou e seguiu adiante. O sol estava forte e o poço, longe; o calor fustigava e o suor pingava! Tinha um casco de carneiro cheinho de água. O irmão viu e, sem perguntar à Alenuchka, bebeu tudinho. Alenuchka chamou Ivanuchka, mas, no lugar do irmãozinho, apareceu correndo um carneirinho branco. Ela adivinhou o acontecido e começou a chorar; sentou-se em um montinho de feno e ficou chorando. O carneirinho deitou-se na grama perto dela. Um *bárin* passava por ali, parou e perguntou:

— O que houve, mocinha bonita, por que está chorando?

Ela contou a ele seu infortúnio.

— Case-se comigo — disse ele —, que eu cobrirei você de roupa e prata, e não abandonarei o cordeiro; aonde você for, ele irá atrás.

Alenuchka concordou, e eles se casaram. Viviam uma vida que fazia as pessoas boas olharem e ficarem felizes, e as ruins sentirem inveja.

Certa feita, o marido não estava em casa; Alenuchka estava sozinha. Uma bruxa amarrou uma pedra no pescoço da jovem e a jogou no mar, depois vestiu suas roupas e foi morar no palácio do *bárin*. Ninguém percebeu, e o próprio marido se equivocou. Só o carneirinho tinha percebido tudo, só ele ficou triste, cabisbaixo; não tocava na comida e passava as

Aleksandr N. Afanásiev

manhãs e as noites andando pelas margens do rio, berrando: "Bé, bé!". A bruxa ficou sabendo disso e ficou irritada com ele; mandou fazer uma fogueira bem alta, esquentar caldeirões de aço, afiar as facas de aço de Damasco e disse:

– Está na hora de matar o cordeiro!

Ela mandou um criado pegá-lo. O marido ficou impressionado: a esposa amava o carneiro e enchia as paciências por causa disso: era "cante para ele" para lá, "alimente-o" para cá, e agora ela manda matar! Mas o carneirinho sabia que não tinha muito tempo de vida, então se deitou na praia e começou a cantar:

> ALENUCHKA, MINHA IRMÃZINHA!
> ELES QUEREM ME MATAR;
> FIZERAM FOGUEIRAS ALTAS,
> BOTARAM CALDEIRÕES DE AÇO,
> AFIARAM AS FACAS DE DAMASCO!

Alenuchka respondeu-lhe:

> AH, MEU IRMÃOZINHO IVANUCHKA!
> É PESADA A PEDRA AMARRADA NO MEU PESCOÇO,
> MINHAS MÃOS ESTÃO AMARRADAS COM ALGAS SEDOSAS
> E MEU PEITO ESTÁ TOMADO PELA AREIA AMARELA!

O homem escuta e se pergunta: que milagre seria esse? E foi lá falar com o *bárin*. Os dois começaram a fazer guarda. O carneirinho veio e começou a chamar a Alenuchka, chorando sobre a água.

> ALENUCHKA, MINHA IRMÃZINHA!
> ELES QUEREM ME MATAR;
> FIZERAM FOGUEIRAS ALTAS,
> BOTARAM CALDEIRÕES DE AÇO,
> AFIARAM AS FACAS DE DAMASCO!

Alenuchka respondeu-lhe:

AH, MEU IRMÃOZINHO IVANUCHKA!
É PESADA A PEDRA AMARRADA NO MEU PESCOÇO,
MINHAS MÃOS ESTÃO AMARRADAS COM ALGAS SEDOSAS
E MEU PEITO ESTÁ TOMADO PELA AREIA AMARELA!

— Gente! Gente! — gritava o *bárin*. — Venham todos os criados do palácio, lancem as redes de pesca, joguem as redes de seda!

Os criados do palácio se juntaram, lançaram as redes de seda e pegaram Alenuchka. Eles a puxaram para a beira, soltaram a pedra, deram-lhe um banho, lavaram com água limpa, enrolaram em um pano branco. Ela ficou ainda mais bonita que antes e abraçou o marido. O carneirinho voltou a ser o irmãozinho Ivanuchka e todos passaram a viver bem como antes, só a bruxa se deu mal. Bom, ela que vá, dizem, lá para longe por aquele caminho, e ninguém se arrependeu disso!

✻

a tsarevna-rã

✳

Antigamente,
nos tempos de dantes,[1] um tsar tinha
três filhos, todos maiores de idade. Ele disse:
— Meus filhos! Façam para si mesmos um arco
e atirem. A mulher que trouxer a flecha será sua noiva. Se
ninguém trouxer, então não haverá casamento.

O filho mais velho atirou, e a filha de um príncipe trouxe a flecha; o do meio também disparou, e a filha de um general devolveu a flecha; já, no caso do caçula Ivan-tsarévitch, quem trouxe a flecha na boca foi uma rã vinda do brejo. Os irmãos ficaram felizes e alegres, mas Ivan-tsarévitch ficou pensativo e caiu no choro.

— Como eu vou viver com uma rã? Viver a vida não é fácil como cruzar um rio ou atravessar um campo!

Ficou chorando e chorando, mas não tinha o que fazer, então se casou com a rã. Foram casados conforme a tradição, levaram a rã em uma bandeja.

Então, eles foram vivendo. Certa feita, o tsar resolveu ver qual das noras tinha mais habilidade no artesanato. Emitiu uma ordem. Ivan-tsarévitch novamente ficou pensativo e começou a chorar:

— O que vai fazer a minha rã? Todos vão cair na gargalhada.

A rã ficou ali no chão, só coaxando. Assim que Ivan-tsarévitch dormiu, ela foi à rua, tirou a pele, virou uma moça linda e gritou:

— Amas, damas de companhia! Vamos, mãos à obra!

As damas de companhia imediatamente trouxeram uma camisa trabalhada com esmero. Ela a pegou, dobrou e colocou perto de

---

[1] Em tradução literal, seria algo como "no velho passado". Optou-se aqui por "tempos de dantes" seguindo a expressão apontada por Antonio Candido nas narrativas caipiras. (N. T.)

Ivan-tsarévitch, e voltou a virar rã, como se nada tivesse acontecido! Ivan--tsarévitch acordou, ficou feliz, pegou a camisa e levou ao tsar. O tsar pegou a peça e olhou:

– Mas isso que é camisa para se usar na Páscoa!

O irmão do meio trouxe uma camisa, e o tsar disse:

– Isso só serve para se usar numa sauna!

O irmão mais velho trouxe uma camisa, e o tsar disse:

– Dá pra visitar um isbá sujo!

Os filhos do tsar se separaram, e os mais velhos comentaram entre si:

– Não, está claro que nós rimos à toa da esposa do Ivan-tsarévitch, porque ela não é uma rã, mas algum tipo de feiticeira!

O tsar fez mais um decreto, mandando que as noras assassem pães e os trouxessem para ele julgar quem era a melhor cozinheira. A princípio, as noivas riram da rã, mas, depois que o tempo foi passando, mandaram uma criada ir ver como ela estava cozinhando. A rã adivinhou isso, pegou e sovou a massa, modelou, abriu o forno por cima, enfiou o pão por lá e virou de ponta-cabeça. A criada viu tudo, saiu correndo e contou às suas senhoras, as noivas reais, e elas fizeram a mesma coisa. Já a rã astuta, assim que elas se foram, imediatamente tirou a massa do forno, limpou tudo, passou óleo como se nada tivesse acontecido, e saiu para a varanda, tirou a pele e gritou:

– Amas, damas de companhia! Assem agora mesmo uns pães do jeito que o meu paizinho só comia nos domingos e feriados.

As amas e damas de companhia imediatamente trouxeram os pães. Ela os pegou, deixou ao lado de Ivan-tsarévitch e se transformou de novo em rã. Quando acordou, Ivan-tsarévitch pegou o pão e levou para o pai. Nessa hora, o pai recebeu os pães dos irmãos mais velhos também; as esposas deles assaram os pães do mesmo jeito que tinham visto a rã fazer, mas os delas ficaram molengas. O tsar experimentou o pão do filho mais velho, olhou e mandou para os criados da cozinha; depois foi o do irmão do meio, e também mandou para a cozinha. Chegou a vez do Ivan-tsarévitch; ele entregou o pão. O pai recebeu, olhou e disse:

– Isso que é pão para se comer na Páscoa! Não ficou cru como o dos seus irmãos mais velhos!

Depois disso, o tsar inventou de fazer um baile para ver qual das noras dançava melhor. Juntaram todos os convidados e as noras, menos Ivan-tsarévitch. Ele ficou pensando: "Aonde eu vou com uma rã?". E o nosso Ivan-tsarévitch começou a chorar de soluçar. A rã disse-lhe:

— Não chore, Ivan-tsarévitch! Vá pro baile. Eu vou dentro de uma hora.

Ivan-tsarévitch ficou um pouco mais feliz quando ouviu que a sapa iria dançar e foi embora; e a rã também foi; depois de tirar aquela pele, vestiu-se de um jeito maravilhoso! Chegou ao baile, e Ivan-tsarévitch ficou feliz, e todas as mãos aplaudiram aquela linda moça! Começaram a comer, e a tsarevna comeu uma coxa, enfiou o osso em uma manga, bebeu algo e pôs o resto na outra manga. As noras viram o que ela fez e também enfiaram ossos nas mangas, beberam e derramaram na outra. Chegou a hora de dançar, e o tsar mandou as noras maiores, e elas chamaram a rã, que imediatamente pegou Ivan-tsarévitch e foi dançar; ela dançou e dançou, girou e girou e todos ficaram impressionados! Fez um gesto com a mão direita e surgiram bosques e lagos, fez outro com a mão esquerda e saíram voando vários pássaros. Todos ficaram maravilhados. Quando terminou de dançar, não ficou nada. As outras noras foram dançar e quiseram imitar: uma balançou a mão direita e saíram voando os ossos, que acertaram as pessoas; da mão esquerda, saiu voando água e molhou o povo. O tsar ficou irritado e gritou:

— Chega, chega!

As duas outras noras pararam.

O baile parou. Ivan-tsarévitch foi na frente, achou a pele de sua esposa em algum canto, pegou e pôs fogo. Ela chegou, foi buscar a pele, mas cadê? Ele tinha queimado. Ela foi se deitar com Ivan-tsarévitch e, de manhã, disse-lhe:

— Bom, Ivan-tsarévitch, por pouco você passou no teste; eu teria sido sua, mas agora só Deus sabe. Adeus! Vá me procurar na trigésima terra, no trigésimo reino.

E, assim, deixou de ser tsarevna dele.

Então, um ano se passou, e Ivan-tsarévitch sentia falta da esposa; no ano seguinte, preparou-se, pediu a bênção do pai e da mãe e partiu. Andou por muito tempo até que de repente chegou a um isbázinho de frente para o bosque e de costas para ele. Ele então disse:

— Isbá, isbázinho! Fique do jeito antigo, como a mãe pôs: de costas para o bosque e de frente para mim.

O isbázinho se virou. Ele entrou, e lá dentro estava uma velha, que disse:

— Pfu, pfu! Nunca tinha ouvido o barulho de um osso russo, nem tinha visto de longe, e agora um saco cheio deles aparece no meu jardim! Aonde você vai, Ivan-tsarévitch?

— Primeiro, velha, me dê de beber e comer, depois faça suas perguntas.

A velha trouxe algo para ele beber e comer e pôs em cima da cama. Ivan-tsarévitch disse-lhe:

— Vozinha! Eu vim buscar a minha esposa, Elena, a bela.

— Ah, filhinho, como você demorou para vir! Nos primeiros anos, ela pensava muito em você, mas agora já se esqueceu, e faz muito tempo que não vem mais aqui. Vá ver a minha irmã do meio, ela sabe mais.

Pela manhã, Ivan-tsarévitch se arrumou, foi até o outro isbázinho e disse:

— Isbá, isbázinho! Fique do jeito antigo, como a mãe pôs: de costas para o bosque e de frente para mim.

O isbázinho se virou. Ele entrou, e lá dentro estava uma velha, que disse:

— Pfu, pfu! Nunca tinha ouvido o barulho de um osso russo, nem tinha visto de longe, e agora um saco cheio deles aparece no meu jardim! Aonde você vai, Ivan-tsarévitch?

— Então, vozinha, vim buscar a minha esposa, Elena, a bela.

— Ah, Ivan-tsarévitch, como você demorou! Ela já começou a esquecer você e vai se casar com outro. O casamento está chegando! Ela vive agora com a minha irmã mais velha; vá lá e veja por si mesmo. Quando você estiver chegando, elas vão ficar sabendo; a Elena se transformará em um fuso, mas sua saia será dourada. Minha irmã vai começar a fiar o ouro até encher o fuso e colocará em um baú, e trancará o baú. Encontre a chave, abra o baú e quebre o fuso: a ponta você joga para trás e o eixo para frente, e ela vai aparecer diante de você.

E lá se foi Ivan-tsarévitch. Chegou à terceira velhinha, entrou no isbá. Ela estava fiando o ouro. Tirou do fuso e colocou em um baú, trancou e guardou a chave em algum lugar. Ele pegou a chave, abriu o baú, tirou o fuso e quebrou como a outra tinha dito a ele, como estava escrito: jogou a ponta para trás e o eixo para frente.

De repente, surgiu Elena, a bela, que começou a cumprimentar.

— Ah, e por que você demorou tanto, Ivan-tsarévitch? Por pouco eu não me caso com outro.

E esse noivo estava para chegar. Elena, a bela, pegou o tapete voador da velhinha, sentou-se nele, e eles saíram voando como um passarinho. O noivo dela chegou de repente e descobriu que eles tinham ido embora, mas ele também era esperto! Foi atrás dos dois e perseguiu e perseguiu o casal, só por uns vinte metros não os alcança. Eles foram até a Rus[2] no tapete, mas o ex-noivo não conseguiu chegar lá por algum motivo, então voltou; assim, Ivan e Elena voaram de volta para casa, e todos ficaram felizes e conquistaram riqueza, para a glória de toda a gente.

✱✱✱

Um tsar tinha três filhos. Ele entregou uma flecha a cada um e mandou que a atirassem. Cada um buscaria a esposa onde a flecha acertasse. Então, o mais velho lançou a sua, que caiu no palácio de um general, e a filha do general pegou. Ele foi e começou a pedir:

— Mocinha, mocinha! Devolva a minha flecha.

— Case-se comigo! — disse ela.

O outro atirou, e sua flecha caiu no palácio de um comerciante, e a filha dele pegou. O rapaz foi até lá pedir:

— Mocinha, mocinha! Devolva a minha flecha.

— Case-se comigo! — disse ela.

O terceiro filho atirou, e sua flecha caiu em um brejo, e uma rã pegou. O jovem foi lá pedir:

— Rã, rã! Devolva a minha flecha!

— Case-se comigo! — disse ela.

Então, eles foram até o pai e disseram quem tinha flechado onde. Quando o caçula disse que sua flecha tinha caído em um brejo perto de

---

2 Rus era o termo utilizado para referir aos povos e regiões do Grão-Canato de Rus e da Rússia de Kiev, regiões essas que mais tarde formariam parte da Rússia e da Ucrânia (N. T.).

uma rã, o pai respondeu:

— Bom, isso significa que esse é o seu destino.

Então, casou todos os filhos com suas respectivas esposas e fez um banquete. Nessa comemoração, os jovens noivos começaram a dançar. A mais velha dançava e dançava, e acabou fazendo um gesto com a mão, batendo sem querer no sogro. A outra ficou dançando e dançando, e acabou fazendo um gesto com a mão, batendo na sogra. A terceira, a rã, começou a dançar, e, quando fez um gesto com a mão, surgiram pradarias e jardins, e todos ficaram maravilhados!

Então, foram todos dormir. A rã tirou a pele anfíbia e se transformou em uma pessoa. O marido dela pegou essa pele e jogou no forno. A pele queimou. A rã percebeu, pegou de volta, ficou brava com o marido e disse:

— Bom, Ivan-tsarévitch, vá me procurar no sétimo reino. Calce sapatos de ferro e coma três prósforas de ferro!

E saiu voando.

Não havia mais o que fazer a não ser procurá-la; pegou, para isso, os sapatos e as três prósforas de ferro. Foi andando e andando, gastando os sapatos e comendo as três prósforas de ferro. Ficou com fome de novo e encontrou uma perca. Disse a ela:

— Eu estou com fome e vou comer você!

— Não, não me coma, eu vou lhe ser útil.

Ele seguiu adiante e encontrou um urso. Ivan-tsarévitch disse:

— Eu estou com fome e vou comer você!

— Não, não me coma, eu vou lhe ser útil.

Ivan-tsarévitch seguiu com fome, quando passou voando uma águia. Ele disse:

— Eu estou com fome e vou comer você!

— Não, não me coma, eu vou lhe ser útil.

E seguiu adiante de novo. Acabou encontrando um caranguejo.

— Eu estou com fome e vou comer você!

— Não, não me coma, eu vou lhe ser útil.

Ivan-tsarévitch seguiu novamente. Encontrou um isbázinho, onde entrou. Lá dentro, estava uma velha, que perguntou:

— E então, Ivan-tsarévitch, está indo atrás de algo ou fugindo de algo?

— Estou procurando a rã, minha esposa — respondeu ele.

— Ah, meu caro, ela quer dar uma canseira em você. Eu sou a mãe dela. Vá para lá do mar, onde há uma pedra; nessa pedra, está um pato, nesse pato há um ovinho. Pegue esse ovinho e traga para mim.

Então lá foi ele, para lá do mar. Chegando lá, disse:

— Cadê a minha perca? Ela poderia servir de uma ponte de peixes.

De repente, aparece a perca e faz essa ponte. Ele atravessou por ela até a pedra e ficou batendo e batendo, mas não conseguiu quebrar, então disse:

— Cadê o meu urso? Ele poderia quebrar isso.

Veio o urso e, com uma patada, quebrou a pedra. O pato saiu voando de lá de dentro para longe. Ivan-tsarévitch, então, disse:

— Cadê a minha águia? Ela poderia pegar esse pato e trazer para mim.

Quando viu, lá estava a águia trazendo o pato. O rapaz pegou o animal, cortou-o ao meio, pegou o ovinho, e quando começou a lavá-lo, derrubou-o dentro da água.

— Cadê o meu caranguejo? — disse Ivan-tsarévitch. — Ele me traria esse ovinho!

Quando se deu conta, o caranguejo havia trazido o ovinho. Assim, o jovem voltou até a velha do isbázinho e entregou-lhe o ovinho. Ela misturou e fez uma torta com ele; mandou que Ivan-tsarévitch se sentasse em um banco-baú perto da porta e disse:

— Então logo chegará voando sua rã, você deve ficar quieto e levantar quando eu mandar.

Assim, ele se sentou no banco-baú. A rã veio voando, batendo com seu abeto de ferro e dizendo:

— Pfu! Que cheiro de russo fedorento, se for o Ivan-tsarévitch, eu arrebento!

A mãe velhinha disse:

— Mas é que você voou pela Rússia, acabou pegando o cheiro de russo. Venha cá e coma um pedaço dessa torta.

A rã comeu a torta e só ficou um pedacinho. Em seguida, disse:

— Cadê o meu Ivan-tsarévitch? Eu estou com saudades dele. Eu dividiria esse pedacinho com ele.

A mãe mandou Ivan-tsarévitch sair, e ele fez isso. A rã o pegou em suas asinhas e saiu voando com ele para viver no sétimo reino.

✳ ✳ ✳

Era uma vez certo reino de um país onde vivia um tsar e a tsaritsa. Ele tinha três filhos, todos jovens, solteiros e tão heroicos que não se poderia contar em um conto nem escrever com a pena. O mais novo se chamava Ivan-tsarévitch. O tsar lhes disse o seguinte:

— Meus filhos queridos, peguem suas flechas, preparem o arco e atirem em diferentes direções. No palácio que suas flechas acertarem, vocês vão buscar suas noivas.

O irmão mais velho lançou e acertou o palácio de um boiardo, bem em frente à torre de uma donzela. O irmão do meio atirou a flecha e acertou o palácio de um comerciante, perto de uma varanda vermelha, em que estava uma linda donzela, filha do comerciante. O irmão mais novo, por fim, ao fazer a mesma coisa, acabou acertando um brejo sujo, e uma rã coaxante trouxe a flecha.

— Como eu vou casar com essa coisa coaxante? – disse Ivan-tsarévitch. – A rã não é igual a mim!

— Mas você vai se casar do mesmo jeito, sim! – respondeu-lhe o tsar. – Isso significa que esse é o seu destino.

Então se casaram os tsarévitches. O mais velho, com a filha do boiardo, o do meio, com a do comerciante, e Ivan-tsarévitch, com a rã coaxante. Um belo dia, o tsar os chamou e ordenou a eles:

— Que suas esposas assem um pão branco e macio para mim até amanhã.

Ivan-tsarévitch voltou para o palácio cabisbaixo, com a cabeça pendendo abaixo dos ombros.

— Croac, croac, Ivan Tsarévitch! Por que está tão triste? – perguntou a rã. – Será que seu pai lhe deu más notícias?

— E como eu não ficaria triste? O senhor meu pai mandou que você assasse um pão branco e macio até amanhã.

— Não se preocupe, tsarévitch! Vá se deitar e dormir, que a manhã é mais sábia que a noite!

Ela pôs o tsarévitch na cama, tirou a pele de sapo e se transformou na linda donzela Vassilissa, a sábia. Depois, saiu na varanda e gritou a plenos pulmões:

— Amas, damas de companhia! Venham e se preparem. Assem um pão branco e macio, do tipo que eu comia na casa do meu paizinho.

Pela manhã, Ivan-tsarévitch acordou, e a rã tinha um pão pronto havia muito tempo, e era um pão tão bonito que não é possível nem imaginar, nem adivinhar, só dá para contar em um conto! O pão estava enfeitado com vários adornos sutis; dos lados, por exemplo, viam-se a cidade do tsar e os portões. O tsar abençoou e agradeceu Ivan-tsarévitch por aquele pão e ali mesmo passou outro decreto aos três filhos:

— Que as suas esposas teçam um tapete de seda em uma noite.

Ivan-tsarévitch voltou para o palácio cabisbaixo mais uma vez, com a cabeça pendendo abaixo dos ombros.

— Croac, croac, Ivan-tsarévitch! Por que está tão triste? – perguntou a rã. – Será que seu pai lhe deu más notícias?

— E como eu não ficaria triste? O senhor meu pai mandou que você tecesse um tapete de seda em uma noite.

— Não se preocupe, tsarévitch! Vá se deitar e dormir, que a manhã é mais sábia que a noite!

Ela pôs o tsarévitch na cama, tirou a pele de sapo e se transformou na linda donzela Vassilissa, a sábia. Depois saiu na varanda e gritou a plenos pulmões:

— Amas, damas de companhia! Venham e se preparem. Teçam um tapete de seda igual àquele em que eu me sentava na casa do meu paizinho.

Dito e feito. De manhã, Ivan-tsarévitch acordou e a rã tinha preparado havia muito tempo o tapete, e um pão tão maravilhoso que não é possível nem imaginar, nem adivinhar, só contar em um conto! O tapete era enfeitado de ouro e prata com detalhes sutis. O tsar agradeceu a Ivan-tsarévitch pelo tapete e ali mesmo deu uma nova ordem: que seus três filhos fossem visitá-lo com as esposas. Outra vez, Ivan-tsarévitch voltou para o palácio cabisbaixo, com a cabeça pendendo abaixo dos ombros.

— Croac, croac, Ivan-tsarévitch! Por que está tão triste? – perguntou a rã. – Será que seu pai lhe deu más notícias?

— E como eu não ficaria triste? O senhor meu pai mandou que você fosse comigo visitá-lo, mas como eu vou mostrar você para as pessoas?

— Não se preocupe, tsarévitch! Vá visitá-lo sozinho, que eu vou depois. Quando ouvir um estampido, diga: esta é a minha sapinha, que está chegando em uma caixinha.

Então os irmãos mais velhos levaram até o rei as esposas vestidas e arrumadas. Eles ficaram ali rindo de Ivan-tsarévitch:

— E então, irmãozinho, veio sem a esposa? Devia tê-la trazido com um lencinho! E onde é que arrumou uma beleza dessa? Vai ver buscou no brejo todo.

De repente, ouviu-se um estampido e um trovão, e todo o palácio tremeu; os convidados tomaram um baita susto e saíram correndo dos seus lugares, sem saber o que fazer.

— Não se preocupem, senhores! — disse Ivan-tsarévitch. — Esta é a minha sapinha, que está chegando em uma caixinha.

Uma carruagem de ouro com seis cavalos veio voando e pousou ao pé do pórtico do palácio. De dentro dela saiu Vassilissa, a sábia, tão bela que não é possível nem imaginar, nem adivinhar, só contar em um conto! Ela pegou a mão de Ivan-tsarévitch e o levou para sentar-se à mesa de carvalho coberta por uma toalha cheia de desenhos.

Os convivas começaram a comer e a beber, ficaram alegres. Vassilissa, a sábia, deu um gole em uma taça e derramou o resto dentro da manga esquerda; depois comeu um cisne e colocou os ossinhos na manga direita. As esposas dos tsares mais velhos perceberam o seu truque e foram fazer o mesmo. Depois, quando Vassilissa, a sábia, foi dançar com Ivan-tsarévitch, ela fez um gesto com a mão esquerda e surgiu um lago; fez um gesto com a direita e cisnes brancos surgiram e ficaram deslizando pela superfície da água. O tsar e os convidados ficaram impressionados! Quando as noivas dos filhos mais velhos foram dançar, fizeram um gesto com a mão esquerda e derramaram água em toda parte; gesticularam com a direita e um osso acertou bem no olho do tsar! O imperador ficou irritado e as mandou embora, pela desonestidade.

Enquanto isso, Ivan-tsarévitch achou uma abertura e foi correndo para casa. Encontrou lá a pele de sapo e a queimou em fogo alto. Chegou a Vassilissa, a sábia, e foi pegar a pele, mas cadê? Ela ficou triste e cabisbaixa, e disse ao marido:

— Ah, Ivan-tsarévitch! O que você foi fazer? Se tivesse esperado um pouco, eu teria sido sua para sempre, mas agora adeus! Vá me procurar na trigésima terra, no trigésimo reino, na casa de Koschiei, o imortal.

Ela se transformou em um cisne branco e saiu voando pela janela.

Ivan-tsarévitch começou a chorar amargamente, rezando por toda parte e indo pra onde as pernas o levavam. Ele não foi longe, nem perto, nem andou muito nem pouco, e por fim que encontrou um velho bem velhinho.

— Saudações, meu bom jovem! — disse o senhor. — O que está procurando, para onde está indo?

O tsarévitch lhe contou sua infelicidade.

— É, Ivan-tsarévitch! Por que você foi queimar a pele de sapo? Não era você quem a usava, não devia ter sido você a pessoa que a jogaria fora! A Vassilissa, a sábia, saiu mais esperta, mais sábia do que o próprio pai, e essa foi a razão pela qual ele se zangou com ela e mandou que ela fosse uma rã por três anos. Aí está uma bolinha, pegue, jogue e vá seguindo corajosamente.

Ivan-tsarévitch agradeceu o velho e foi atrás da bolinha. Ele foi pelo campo aberto, até chegar a um urso.

— Bom, vou matar essa fera!

Mas o urso disse:

— Não me mate, Ivan-tsarévitch! Eu vou ser útil para você alguma hora.

E ele seguiu adiante até ver um faisão. O tsarévitch engatilhou o rifle, querendo atirar no pássaro, quando de repente o animal disse com uma voz de gente:

— Não me mate, Ivan-tsarévitch! Eu vou ser útil para você alguma hora.

Ele ficou com pena e seguiu adiante. Passou correndo uma lebre orelhuda; o tsarévitch novamente engatilhou o rifle e começou a mirar, mas a lebre disse-lhe, com uma voz de gente:

— Não me mate, Ivan-tsarévitch! Eu vou ser útil para você alguma hora.

Ivan-tsarévitch ficou com pena e seguiu adiante até que chegou ao mar azul; lá ele viu um lúcio encalhado na praia.

— Ei, Ivan-tsarévitch — disse o peixe. — Tenha pena de mim e me devolva para o mar.

Ele jogou o animal no mar e seguiu pela praia.

Não demorou nem muito nem pouco até que a bolinha chegou rolando a um isbázinho, que ficava sobre duas pernas de galinha e girava.

— Isbá, isbázinho! — disse Ivan-tsarévitch. — Fique como antes, do jeito que sua mãe colocou, de frente para mim e de costas para o mar.

O isbázinho assim se virou, com as costas para o mar e de frente para ele. O tsarévitch entrou e lá dentro viu: sobre o forno, em cima do nono tijolo vazado, estava Baba-Iagá, da perna de osso, com o nariz no teto, o ranho pendendo sobre a porta, os seios caídos em um gancho, rangendo os dentes.

— Deus o abençoe, bom jovem! Por que veio me visitar? — perguntou Baba-Iagá a Ivan-tsarévitch.

— Ah, o que é isso, sua bruxa velha! Você deveria ter dado de comer e beber a um bom jovem como eu, esquentado um banho, e então vindo com suas perguntas.

Baba-Iagá deu de comer e de beber ao rapaz e, em seguida, esquentou o banho; assim, o tsarévitch contou-lhe que buscava a esposa, Vassilissa, a sábia.

— Ah, eu conheço! — disse Baba-Iagá. — Agora ela está com Koschiei, o imortal. Vai ser difícil chegar até ela, porque não é fácil lidar com o Koschiei. A morte dele está na ponta de uma agulha, que está dentro de um ovo, que está em um pato, que está em uma lebre, que está dentro de um baú, que fica sobre um carvalho alto, e Koschiei cuida dessa árvore como se fosse um olho seu.

Baba-Iagá indicou onde ficava esse carvalho. Ivan-tsarévitch foi lá sem saber o que fazer nem como chegar ao baú. De repente, surgiu o urso e arrancou a árvore com raiz e tudo. O baú caiu e despedaçou, a lebre saiu de dentro do baú e partindo como quem diz: "pernas, para que te quero?"; quando percebeu a outra lebre, saiu atrás dela, alcançou-a, pegou-a e fez picadinho dela. O pato saiu voando de dentro da lebre e foi subindo para alto, muito alto, quando de repente veio o faisão e se lançou contra o pato. Assim que foi agarrado, o pato botou o ovo, que

contos de fadas russos

caiu no mar. Vendo a tragédia inevitável, Ivan-tsarévitch começou a chorar. Eis que, de repente, surge na praia o lúcio, com o ovo na boca. Ivan-tsarévitch pegou o ovo, quebrou-o, pegou a agulha de dentro dele e quebrou a pontinha. Não importava o quanto Koschiei se debatesse, o quanto ele se jogasse para todos os lados, era chegada a hora de sua morte! Ivan-tsarévitch foi pra casa de Koschiei, pegou Vassilissa, a sábia, e voltou para casa. Depois disso, eles viveram juntos e felizes por muito tempo.

✱

o rei cobra

✷

Um cossaco cavalgava por uma estrada e chegou a um bosque denso; nesse bosque, um palheiro estava em uma clareirazinha. O cossaco parou para descansar um pouco, deitou-se perto do palheiro e acendeu o cachimbo. Ele ficou fumando, fumando e não viu que uma brasa tinha caído no palheiro. Depois do seu descanso, montou no cavalo e seguiu o caminho; não conseguia dar nem dez passos quando o fogo começou e todo o bosque ardeu em chamas. O cossaco se virou para olhar e viu que o palheiro estava pegando fogo, e no meio do fogo estava uma linda moça, que disse em alto e bom tom:

— Cossaco, meu bom homem! Me salva dessa morte.

— Como eu posso salvá-la? Você está cercada de chamas, não tenho como chegar até você.

— Ponha sua lança no fogo, que eu saio por ela.

O cossaco enfiou a lança no fogo, mas logo se afastou por causa do calor imenso.

Imediatamente a bela dama se transformou em uma cobra, passou pela lança, travou o pescoço do cossaco, enrolou-se três vezes no corpo dele e segurou o próprio rabo com os dentes. O cossaco tomou um susto sem imaginar o que poderia fazer ou o que aconteceria com ele. A cobra disse com voz de gente:

— Não se preocupe, bom jovem! Carregue-me no seu pescoço por sete anos e procure o reino de latão. Quando chegar a esse reino, pare por ali e fique mais sete anos sem sair de lá. Faça esse serviço e será feliz!

E o cossaco foi procurar o reino de latão. Passou muito tempo, muita água correu sob a ponte, até que, ao final do sétimo ano, ele chegou a uma montanha íngreme, em que havia um castelo de latão;

ao redor do castelo, havia uma muralha de pedras brancas. Ele subiu pela montanha até chegar à muralha, que se abriu diante dele; entrou e foi até o amplo jardim. Nesse momento, a cobra se soltou do seu pescoço, bateu-se contra o chão úmido, transformou-se em uma linda donzela e sumiu da vista, como se nunca tivesse existido. O cossaco deixou o cavalo no estábulo, entrou no palácio e foi ver os quartos. Eram espelhos por toda parte, prata e veludo, mas não se via uma viva alma em lugar algum.

– Epa – pensou o cossaco –, onde é que eu fui parar? Quem vai me dar de comer e beber? Pelo jeito, chegou minha vez de morrer de fome!

Foi só pensar isso que, quando viu, diante de si estava uma mesa posta com todo tipo de coisa para comer e beber à vontade. Ele comeu e bebeu, recuperou as forças e pensou em ir ver o cavalo. Chegou ao estábulo, e o cavalo estava na baia comendo aveia.

– Olha, esse negócio é bom, dá para viver sem passar necessidade.

O cossaco viveu muito, muito tempo no castelo de latão até ser tomado por um tédio imenso. Não era brincadeira viver tão sozinho e isolado o tempo todo! Não havia ninguém para trocar uma palavrinha. Ele afogou as mágoas na bebida e resolveu sair dali e ir para o mundão, só que não tinha por onde sair, as altas paredes cercavam tudo, não havia entrada nem saída. De tão irritado, o bom homem pegou um pau, entrou no palácio e começou a arrebentar os espelhos e vidros, rasgar o veludo, quebrar as cadeiras, jogar fora a prata.

– Quem sabe assim o dono não vem e me deixa ir embora!

Ninguém apareceu. O cossaco se deitou para dormir, acordou na manhã seguinte, foi passear e ficou andando, até que resolveu comer. Olhou para lá, olhou para cá, não tinha nada! "Epa", pensou ele, "quem com ferro fere, com ferro é ferido! Ontem eu fui ingrato e agora passo fome!". Assim que reconheceu o erro, surgiu de repente comida e bebida, tudo prontinho!

Passaram-se três dias. Quando acordou de manhã, o cossaco olhou pela janela e viu que o cavalo estava atrelado. O que isso significaria? Tomou banho, pôs a roupa, rezou, pegou a lança e foi para o amplo jardim. De repente, surgiu a bela dama.

— Saudações, meu bom jovem! Os sete anos terminaram, você me salvou da morte definitiva. Agora saiba que eu sou a filha do rei. Koschiei, o imortal, se apaixonou por mim, levou-me para longe do meu pai, da minha mãe, queria se casar comigo, mas eu ri dele, então ele se irritou e me transformou em uma cobra horrível. Eu o agradeço pelo longo serviço! Agora vamos ter com o meu pai, ele vai recompensar você com moedas de ouro e pedras preciosas, mas não pegue nada, só peça um barrilzinho que fica na adega.

— E de que vale isso?

— Quando balançar o barril para a direita, surgirá um palácio. Quando balançar para esquerda, o palácio sumirá.

— Está bem – disse o cossaco.

Ele montou no cavalo e pôs a linda princesa junto de si. A alta muralha do castelo abriu-se diante deles, e eles pegaram a estrada.

Não demorou muito nem pouco até que eles chegassem a esse reino. O rei viu a filha, se alegrou, começou a agradecer e deu ao cossaco sacos cheios de ouro e pérolas. O bom homem respondeu:

— Não preciso de ouro nem de pérolas. Dê para mim apenas aquele barrilzinho que está na adega como lembrança.

— Mas aí você está querendo demais, meu irmão! Mas qual alternativa há para isso? A minha filha vale mais do que tudo! Por ela, o barrilzinho não me faz falta, pegue e vá com Deus.

O cossaco pegou o presente real e saiu para viajar mundo afora.

Ele cavalgou e cavalgou até que encontrou um velho bem velhinho. O velho pediu:

— Dê-me algo para comer, meu bom jovem!

O cossaco desceu do cavalo, pegou o barrilzinho, balançou para a direita e de repente surgiu um maravilhoso palácio. Os dois entraram no castelo decorado e se sentaram à mesa posta.

— Ei, meus fiéis criados! — gritou o cossaco. — Tragam algo para o meu convidado comer e beber.

Ele nem conseguiu terminar essa frase e os servos já haviam levado um boi inteiro e três barris de cerveja até eles. O velho começou a se deliciar e a contar vantagem; comeu o boi todo, bebeu os três barris de cerveja, resmungou e disse:

— É pouco, mas não tem o que fazer! Obrigado pela hospitalidade.

Eles saíram do palácio, então o cossaco balançou o barrilzinho para a esquerda, e o castelo sumiu, como se nunca tivesse estado ali.

— Vamos fazer uma troca — disse o velho ao cossaco. — Eu te dou uma espada, e você me dá o barrilzinho.

— E o que tem de mais na espada?

— É que é uma espada encantada que corta sozinha; basta fazer um gesto que ela mata qualquer um, não importa o quanto esse sujeito seja poderoso! Ali, ó, está vendo o bosque, quer que eu mostre?

Então o velho sacou a espada, fez um gesto e disse:

— Vai, espada encantada, e derrube o bosque denso!

A espada saiu voando, foi derrubando as árvores e empilhando-as em um monte; depois de cortar todas, voltou para o dono. O cossaco não pensou duas vezes e entregou o barrilzinho ao velhote, pegando a espada encantada que corta sozinha. Fez um gesto com a espada e matou o velho, bem morto. Depois, amarrou o barrilzinho no alforje, montou no cavalo e resolveu voltar para falar com o rei. Acontece que, na capital daquele rei, tinha chegado um poderoso inimigo. O cossaco viu aquele exército de poder incomensurável, fez um gesto com a espada em direção a ele e proferiu as palavras:

— Espada encantada que corta sozinha! Preste-me um préstimo e mate o inimigo exército.

As cabeças voavam, o sangue corria. Não deu nem uma hora antes que o chão estivesse coberto de corpos.

O rei foi ao encontro do cossaco, deu-lhe um abraço e um beijo e ali mesmo decidiu dar a mão de sua filha, a linda princesa. O casamento foi grandioso; eu estive lá e bebi o hidromel, que escorreu pelo bigode, mas não caiu na boca.

✳

*o menino
que veio
do dedo*

Aleksandr N. Afanásiev

✳

Era uma vez
um velho e uma velha. Certa
feita, a velha picava um repolho para fazer
uma torta e sem querer colocou a mão e cortou fora
o dedo mindinho, jogando-o atrás do forno. De repente, a
velha ouviu uma voz de gente vindo de lá como se fosse alguém
falando.

– Mamãe! Me tira daqui.

Ela ficou impressionada, fez o sinal da cruz e perguntou:

– Quem é você?

– Eu sou o seu filhinho, nasci do seu mindinho.

A velhinha pegou, olhou e era um menino pequeninho, minúsculo, que mal se via no chão! E ela o chamou de Mindinho.

– E cadê o meu papai? – perguntou o Mindinho.

– Ele foi à roça.

– Eu vou lá com ele, vou ajudar.

– Vai, filhinho.

Ele foi à roça.

– Com a graça do Senhor, papai!

O velho olhou ao redor e disse:

– Mas que coisa! Ouço uma voz humana, mas não vejo ninguém. Quem está falando comigo?

– Sou eu, o seu filhinho.

– Mas como, se eu nunca tive filhos?

– Eu acabei de vir à luz, a mamãe cortava um repolho para fazer um assado, cortou o dedo mindinho e jogou atrás do forno, então eu nasci, o Mindinho! Eu vim ajudar o senhor a arar o campo. Sente-se, papai, coma o que Deus lhe deu e descanse um pouco.

contos de fadas russos

O velho ficou feliz e sentou-se para almoçar; o Mindinho entrou na orelha do cavalo e começou a arar a terra, ordenando ao pai:

— Se alguém vier me comprar, venda sem medo. Não se preocupe se eu vou sumir, porque eu volto para casa.

Então, apareceu um *bárin*, que olhou e ficou impressionado, porque o cavalo levava o arado sem ninguém!

— Isso aí eu ainda não tinha visto nem ouvido falar, um cavalo que ara a terra sozinho!

— O que é isso? Está cego! — respondeu-lhe o velho. — O meu filho está arando a terra.

— Venda-o pra mim!

— Não, não vendo. Ele é a nossa única felicidade, é só o que temos para nos alegrar!

— Venda, vovô! — insistiu o *bárin*.

— Bom, então me dê mil rublos, e ele é seu!

— Por que tão caro assim?

— Você mesmo viu: o menino é pequeno, mas é trabalhador, tem as pernas rápidas e não faz corpo mole!

O *bárin* pagou os mil rublos, pegou o garoto, pôs no bolso e foi para casa. O Mindinho enganou-o, fez um buraco no bolso do homem e fugiu.

O menino andou e andou, até que caiu a noite. Ele se escondeu sob uma folha de grama ao pé da estrada, ficou deitado e se preparou para dormir. Três ladrões passavam por ali:

— Saudações, bons jovens! — disse o Mindinho.

— Saudações!

— Aonde estão indo?

— À casa do sacerdote.

— Para quê?

— Para roubar bois.

— Levem-me com vocês!

— Como você vai ajudar? Nós precisamos de um rapaz que dá uma só e o espírito, puf!

— Eu serei útil, passo por baixo da porta e abro os portões.

— Trato feito! Venha conosco.

Então, a quadrilha chegou à casa de um rico sacerdote. O mindinho passou por baixo da porta, abriu o portão e disse:

— Irmãos, fiquem aqui, que eu vou no celeiro escolher os melhores bois para trazer para vocês.

— Beleza!

Ele foi até o celeiro e gritou a plenos pulmões:

— Qual boi eu pego, o malhado ou o preto?

— Não faça barulho – disseram-lhe os ladrões. – Pegue o que estiver mais à mão.

O Mindinho levou-lhes um boi que não era dos melhores. Os ladrões levaram o boi para o bosque, mataram, tiraram a pele e começaram a dividir a carne.

— Bom, irmãos – disse Mindinho –, eu vou pegar os miúdos, essa é minha parte.

Ele pegou os intestinos, entrou ali para dormir e passou a noite. Os ladrões pegaram a carne e foram para casa.

Veio um lobo faminto e comeu o intestino e o garotinho junto. Mindinho ficou ali na barriga do lobo, mas não foi muito sofrimento para ele! Pior foi para o lobo, que viu um rebanho de ovelhas pastando. O pastor estava dormindo e, assim que o lobo se aproximou para roubar uma ovelha, o Mindinho gritou a plenos pulmões:

— Pastor, pastor, da alma de cordeiro! Você está aí dormindo, e o lobo vai levar o rebanho inteiro!

O pastor acordou, jogou-se contra o lobo com um porrete e soltou os cachorros também. Os cães fizeram picadinho do animal, foi pedaço voando para todo lado e por muito pouco o nosso querido escapou! O lobo ficou imprestável e acabou passando fome.

— Vá embora! – pediu o lobo.

— Leve-me para a casa de meu pai, de minha mãe, que eu saio – disse o Mindinho.

O lobo saiu correndo para a aldeia e pulou bem na frente do isbá do velho. O Mindinho imediatamente saiu da barriga do lobo por trás e, pegando o lobo pelo rabo, disse:

— Peguem o lobo, peguem o lobo!

contos de fadas russos

O velho pegou um porrete, a velha pegou outro e foram dar no lobo; bateram até matar, tiraram a pele e fizeram um casaco para o filho. E eles voltaram a viver a vida até o fim dos seus dias.

✶

Verlioka

✳

Era uma vez
um vovô e uma vovó. Eles tinham
dois netinhos órfãos, que eram tão bonzinhos
e dóceis que os avozinhos não podiam ficar mais felizes com eles. Certa feita, o vovô resolveu plantar ervilha. Plantou, cresceu e floresceu. Ele olhou para ela e pensou: "Agora eu vou comer torta com ervilha o inverno inteiro". Porém, para infelicidade do vovô, uns pardais vieram comer as ervilhas. O vovô viu que a coisa estava ruim e mandou a netinha mais nova espantar os pardais. Ela se sentou perto da ervilha e ficou balançando um bastão para afugentar os pássaros.

— Xô, xô, pardais! Não venham comer a ervilha do vovô!

Só dava para ouvir que lá no bosque farfalhava e crepitava conforme andava Verlioka, de porte alto, com um olho só, nariz recurvo, um tufo de barba, um palmo de bigode, piaçava na cabeça, usava um sapato de madeira em um pé, manquitolando com a ajuda de uma muleta enquanto sorria de um jeito assustador. Verlioka tinha a seguinte natureza: odiava gente, mesmo as dóceis, e não aguentava que demonstrassem amizade sem quebrar as costelas da pessoa. Ninguém devia chegar perto dele, nem os velhos, nem os jovens, nem os tranquilos, nem os ousados. Verlioka viu a netinha do vovô, tão bonitinha, e como não iria lá tocar nela? Mas parece que ela não gostou muito da brincadeira dele; vai ver até o xingou, não sei. Só sei que Verlioka de repente a matou com a muleta. O vovô ficou esperando, esperando, e a netinha não voltava, então mandou o mais velho ir atrás dela.

Verlioka pegou esse também. O vovô ficou esperando e esperando, mas o menino também não voltava, então disse à esposa:

— Mas por que eles estão demorando tanto? Vai ver resolveram brincar com alguma criança fazendo barulho por toda parte, e enquanto isso os pardais levam a ervilha. Vai lá você, minha velha, e traga-os de volta pela orelha.

A velhinha desceu da plataforma aquecida sobre a *piétchka*, pegou um bastão em um canto, tropeçou na soleira e não voltou para casa. É claro que ela descobriu tudo quando viu a netinha e depois Verlioka; condoída, agarrou-o pelos cabelos. E o nosso brutamontes aproveitou...

O vovô ficou esperando os netinhos e a velha até não aguentou mais. Eles não voltavam de jeito nenhum! Então, o vovô pensou com os seus botões:

— Mas que malandragem! Será que a minha esposa não se engraçou com outro homem por aí? É como se diz: da nossa costela não sai coisa boa, uma mulher continua sendo uma mulher, mesmo quando vira coroa!

Foi assim que ele pensou e, tão sabiamente, levantou-se de trás da mesa, pôs o casaco de peles, fumou um cachimbo, rezou e pegou o caminho. Ele foi até a ervilha, olhou e viu os amados netinhos deitados, como se estivessem dormindo. Só um estava ensanguentado, com uma fita escarlate, um fio se via na testa; já o outro tinha cinco dedos marcados em azul no pescoço branco. A velha, por sua vez, estava tão mutilada que não dava nem para reconhecê-la. O vovô chorou, beijou-os, acariciou-os e praguejou contra quem tinha feito isso, entre lágrimas.

Ele teria chorado por muito tempo ainda, mas ouviu que um farfalhar e um crepitar vindos do bosque conforme andava Verlioka, de porte alto, com um olho só, nariz recurvo, um tufo de barba, um palmo de bigode, piaçava na cabeça, usava um sapato de madeira em um pé, manquitolando com a ajuda de uma muleta enquanto sorria de um jeito assustador. Ele pegou o vovô e tome porrada! Com muito esforço, o pobre homem conseguiu se soltar e fugiu para casa. Chegou lá correndo, sentou-se no banco, respirou fundo e disse:

— Eita, olha o que está acontecendo conosco! Espere, irmão, nós temos mãos... pode ficar falando, mas não fique de mãos abanando. Eu também já tenho bigode! Trabalhe com os braços, mas pague com a cabeça. Está claro que você, Verlioka, quando era pequeno, não aprendeu o provérbio: "Faça o bem sem dizer a quem, mas, se fizer o mal, o troco pode esperar! Se pegou uma linha, vai devolver uma corda!".

O vovô ficou muito tempo pensando e, por fim, depois de resmungar até falar chega, pegou um cajado de ferro e foi bater em Verlioka.

Ele andou e andou, até que viu um lago, e no lago havia um pato sem rabo. Quando viu o vovô, o pato gritou:

— Tá, tá, tá! Eu sabia que devia esperar você aqui. Saudações, vovô, que você viva muito!

— Saudações, pato! Por que está me esperando aqui?

— Eu sabia que você viria atrás de Verlioka para dar o troco pela sua velha e pelos netinhos.

— E quem foi que lhe disse disso?

— A comadre.

— E como é que a comadre sabe?

— A comadre sabe de tudo que acontece no mundo; e, da outra vez, a coisa não tinha se resolvido ainda, mas uma comadre sussurrou para a outra, e o que sussurram duas comadres todo o mundo sabe.

— Olha só, que maravilha! – disse o vovô.

— Não é uma maravilha, mas a verdade! E essa verdade não acontece só com os nossos irmãos, mas também entre os mais velhos.

— É isso! – disse o vovô boquiaberto. Depois, ele se recompôs, pegou o chapéu, fez uma reverência ao pato sem rabo e continuou: – E o senhor, meu bom homem, conhece o Verlioka?

— Quá, quá, claro que sim! Conheço, sim, aquele caolho.

O pato virou a cabeça para o lado (eles veem melhor de lado), apertou os olhos, olhou bem para o vovô e disse:

— Ah! Com quem não ocorrem infortúnios? Só vivendo e aprendendo, para morrer feito um tonto. Quá, quá, quá!

Ele ajeitou as asas, virou-se de costas e começou a ensinar o vovô:

— Escuta bem, vovô, e aprenda a viver neste mundo! Certa vez, foi aqui na praia que o Verlioka começou a bater em um pobre coitado. Naquela época, eu falava um ditado a cada palavra: quá, quá, quá! Verlioka ficava rindo enquanto eu estava ali na água gritando, quá, quá, quá!... Então, depois de dar um jeito no pobre coitado, ele veio correndo na minha direção e, sem dizer nem meia palavra, me pegou pela cauda! Sem saber com quem estava lidando, ele ficou só com a cauda nas mãos. Ainda que fosse um rabinho pequeno, eu sinto falta dele... Quem não preza os próprios bens, afinal? É como dizem: "todo pássaro mantém o rabo perto do corpo". Verlioka foi para casa, dizendo pelo caminho: "Pare aí! Eu vou ensinar você a cuidar da vida dos outros!". Desde então eu meti na cabeça que, não importava o que fizessem, eu não gritaria mais "quá, quá, quá!" e só concordo dizendo: "tá, tá, tá"! E daí? A vida ficou mais fácil, e tenho mais respeito dos demais. Todos dizem: "Olha, mesmo não tendo rabo, esse pato é um sábio!".

— E o senhor, meu bom homem, não poderia me mostrar onde mora Verlioka?

— Tá, tá, tá!

O pato saiu da água e, rebolando para lá e para cá, igual a uma mercadora, foi seguindo a praia, com o vovô atrás dele.

Eles foram seguindo e seguindo até que na estrada encontraram uma cordinha, que disse:

— Saudações, vovô, sujeito sabido!

— Saudações, cordinha!

— Como vai a vida? Aonde está indo?

— A vida está mais ou menos; e eu estou indo dar o troco ao Verlioka. Ele estrangulou a minha velha, matou meus dois netinhos. Eles eram tão bonzinhos, uma bênção!

— Eu conhecia os seus netinhos e gostava da sua velha; me leva com você para ajudar!

O vovô pensou: "Vai que eu preciso amarrar o Verlioka", então respondeu:

— Vamos, se souber o caminho.

E a corda foi se arrastando atrás deles como uma cobra.

Eles andaram e andaram até verem um martelinho caído na estrada, que disse:

— Saudações, vovô, sujeito sabido!

— Saudações, martelinho!

— Como está a vida? Aonde está indo?

— A vida está mais ou menos, e eu estou indo dar o troco ao Verlioka. Imagina só, ele sufocou a velha, matou meus dois netinhos, e eles eram uma bênção!

— Me leve com você para ajudar!

— Vamos, se souber o caminho.

E pensou consigo mesmo: "Um martelinho com certeza vai ajudar". O martelinho se levantou, bateu a cabeça no chão e girou no ar.

E seguiram adiante. Andaram, andaram, andaram, e na estrada estava uma bolota, que disse, fininho:

— Saudações, vovô das pernas compridas!

— Saudações, bolota de carvalho!

— Aonde está indo com esses passos?

— Vou dar uma surra no Verlioka, se é que você o conhece.

— E como não conheceria? Já está na hora de dar o troco nele, me leve com você para eu ajudar.

— E como é que você vai me ajudar?

— Não diga que dessa água não beberá, vovô, porque você pode ter de beber. Nos menores frascos, estão os melhores perfumes e os piores venenos. E também dizem que uma moeda de ouro é pequena, mas vale muito; já Fiódor é gigante, mas é um tonto!

O vovô pensou: "Ah, deixa ele! Quanto mais gente, melhor", e disse:

— Fique mais atrás!

Que atrás que nada! A bolota saiu rolando na frente de todo mundo.

Então, chegaram todos a um bosque deserto e denso, e ali havia um isbázinho. Olharam lá dentro, mas não tinha ninguém. O fogo tinha se apagado havia muito tempo, e no forno estava um mingau de trigo. A bolota não pensou duas vezes e pulou no forno; a cordinha se esticou na soleira; o vovô colocou o martelinho em uma estante; o pato subiu na *piétchka*, e o vovô se escondeu atrás da porta. Naquele momento, chegou Verlioka, jogando lenha no chão e começando a enfiá-la no forno. Lá de dentro, a bolota começou a cantar:

— Pi... pi... pi! Vieram dar uma surra no Verlioka!

— Fique quieto, mingau! Senão, eu jogo você no lixo! – gritou Verlioka.

Mas a bolota não lhe deu ouvidos e seguiu cantando com seus guinchinhos. Verlioka se irritou, pegou a panela e vum!, atirou o mingau no lixo. A bolota pulou para fora do balde e pá!, acertou direto no olho de Verlioka, arrancando-o. Verlioka fez que ia sair correndo, mas não deu certo, porque a cordinha o amarrou, e ele caiu. O martelinho pulou da estante, o vovô saiu de trás da porta e foi dar um jeito nele; já o pato ficou atrás do forno dizendo: "tá, tá, tá!". Verlioka não pôde contar nem com a própria força nem com a própria coragem.

Eis que eu lhe contei uma história, então agora você me dá um conto em troca.

✷

Likho, o mal de um olho só

Um ferreiro vivia sozinho.
– Bom, eu nunca vi uma tragédia.
Dizem que a Likho[1] existe neste mundo, então eu vou achar um para mim.
Depois de beber bastante, pegou e foi procurar a Likho. Encontrou um alfaiate.
– Saudação!
– Saudação!
– Aonde está indo?
– Bom, irmão, é que dizem que a Likho existe neste mundo, mas eu nunca vi, então vou procurar.
– Vamos juntos. Eu também vivo bem e nunca vi a Likho, então vamos procurar.
Foram os dois andando, andando, andando, até que chegaram a um bosque, vazio e escuro, onde encontraram uma trilha pequena. Seguiram por ela, pela trilha apertada. Foram seguindo e seguindo por essa trilhazinha até avistarem um isbá grande. Era noite e não tinham para onde ir.
– Aqui, vamos entrar nesse isbá.
Entraram. Não tinha ninguém ali, estava vazio, o que não era bom. Entraram e se acomodaram. Eis que de repente chega uma mulher alta, magra, curvada e caolha.
– Ah! – disse ela. – Eu tenho visitas. Saudações.
– Saudações, vovó! Nós viemos passar a noite aqui.
– Bom, está bem, eu vou ter o que jantar!

---

[1] Em russo, a palavra "likho" pode significar "mal," então há um jogo de palavras com o nome do personagem (N. T.).

Eles tomaram um susto. Ela foi embora e voltou com um grande fardo de madeira. Pegou o fardo, colocou no forno, acendeu. Foi até os homens, pegou um deles, o alfaiate, cortou, meteu no fogo e o comeu.

O ferreiro ficou ali pensando: "o que fazer, como vai ser?". Ela pegou e jantou o outro. O ferreiro olhou para dentro do forno e disse:

— Vovó, eu sou ferreiro.

— E o que você sabe forjar?

— Ah, eu sei fazer de tudo.

— Faça um olho para mim.

— Está bem – disse ele. – Você teria uma corda? É preciso amarrar você para não se mexer, aí eu consigo forjar um olho.

Ela pegou duas cordas, uma mais fina e outra mais grossa, e ele a amarrou com a mais fina.

— Bom, vovó, agora vire de lado!

Ela se virou e arrebentou a corda.

— Olha, assim não dá, vovó! Essa não serve.

Ele pegou a corda mais grossa e amarrou bem apertado.

— Agora vira de lado, vovó!

Ela se virou, mas não arrebentou. Então, ele pegou um espeto, esquentou no fogo, enfiou no olho dela com força, pegou um machado e bateu no espeto com o lado sem fio. Assim que se virou e arrebentou a corda, ela se sentou na soleira.

— Ah, malvado, agora você não me escapa!

Ele viu que Likho estava de novo atrás dele, então se sentou, pensando no que fazer. As ovelhas voltaram do pasto, e a mulher tocou as ovelhas para dentro do isbá, para passarem a noite.

O ferreiro também passou a noite ali. De manhã, ela começou a conferir as ovelhas, e ele pegou um casaco de peles, penteou os pelos para ficarem em pé, vestiu-se com ele e ficou de quatro no chão, como se fosse uma ovelhinha. Ela foi examinando uma a uma; pegava pelas costas e jogava para fora. O ferreiro rastejava por ali, até que chegou a vez dele: ela o pegou pelas costas e jogou para fora. Quando ela fez isso, o senhor se levantou e disse:

— Adeus, Likho! Eu aguentei muitos males vindos de você, agora você não me pega.

Aleksandr N. Afanásiev

– Pare aí, você vai aguentar mais ainda. Você não fugiu!

E o ferreiro foi outra vez para o bosque, pela trilhazinha estreita. Quando olhou, viu um machado com o cabo de ouro e resolveu pegá-lo. Ao fazer isso, sua mão ficou grudada. O que ele podia fazer? Não conseguia se soltar.

Olhou pra trás, e a Likho estava vindo em sua direção, aos berros:

– Olha aí, seu malvado, você não fugiu!

O ferreiro tirou uma faquinha que tinha no bolso e cortou a mão fora, fugindo em seguida. Chegou à sua aldeia e começou a mostrar a mão, dizendo que agora, sim, tinha visto o mal chamado Likho.

– Então, vejam só como ele é: eu fiquei sem a mão, já o meu colega foi comido por inteiro.

E esse é o fim da história.

✷

Vassili Buslavitch

Aleksandr N. Afanásiev

✸

Era uma vez Buslav, de noventa anos, que acabou batendo as botas. Ficou por aqui sua amada e jovem esposa, Vanilfa Timofeievna, e seu filho pequeno, Vassili Buslaievitch. Esse filho ficava brincando com as crianças pequenas: de um, ele tirava a mão; do outro, arrancava a cabeça. Vanilfa Timofeievna entregou o filho amado ao velho Ugrumischa para que ele ensinasse o menino a escrever nas folhas, mas o senhor não fez nada disso, e sim ensinou a criança a voar como uma águia. Então, certa feita, o velho Ugrumischa deu um banquete com muita conversa, e não chamou o querido discípulo.

Vassili Buslavitch foi mesmo assim ao banquete, pegou os convidados do canto da frente, tirou-os dos banquinhos e levou-os para baixo de um ulmeiro. O velho Ugrumischa ficou irritado com ele, com o seu favorito, e disse-lhe:

— Você não é um javali, jovem rebelde! Não pode beber da água do rio Obi, não pode bater nas pessoas da cidade. Você vai e bebe do rio, bate na gente aqui da cidade, então toma, pega esses quinhentos rublos!

O nosso Vassili Buslavitch foi para a casa da mãe e disse a ela:

— Ah, mamãe querida! Eu esbanjei a minha juventude, e o velho Ugrumischa ficou bravo.

A mãe o pegou e o embebedou, metendo-o numa prisão escura.

Então, toda a gente começou a brigar com ele, e ele dormia e dormia na prisão, sem saber de nada. Uma mulher tinha ido buscar água com uma vara atravessada nos ombros e dois baldes nas extremidades e gritou-lhe pela janela:

— O que foi, Vassili Buslavitch? Você fica aí dormindo e não sabe de nada; eu estou indo buscar água e quanta gente não apanhou dessa vara!

Depois de ouvir aquelas palavras, Vassili Buslavitch arrebentou a parede de pedra da prisão e foi lá bater no povo. O velho Ugrumischa disse a ele:

— Olha só você, Vassili Buslavitch! Vá embora. O seu coração é fervilhante, solte seus ombros de *bogatyr*. Eu tinha prometido quinhentos, mas agora vou dar um milhar inteiro para você!

Então, Vassili Buslavitch se apiedou e foi até a mãe, dizendo:

— Ah, mamãe querida! Hoje eu derramei muito sangue, matei muita gente!

Aí a mãe ficou ainda mais brava com ele. Ela fez um barco, juntou as pessoas e mandou todo mundo para o mar; disse para ele ir para onde quisesse e fez um gesto com a mão em sua direção. Vassili Buslavitch foi navegando até chegar aos campos verdejantes. Ali havia um abismo profundo. O rapaz deu a volta, chutou-o com a bota, e o abismo disse:

— Vassili Buslavitch! Não me chute, ou você vai acabar aqui dentro.

Então, a tripulação gargalhou e começou a pular o abismo profundo. Todos conseguiram atravessá-lo, mas o rapaz tropeçou bem na beirada com o dedinho do pé direito, caiu e morreu ali mesmo.

✹

Lechi, o espírito da floresta

✳

Sem pedir ao pai nem à mãe, uma filha de sacerdotes foi passear na floresta e acabou sumindo. Passaram--se três anos. Na verdade, ali onde eles viviam, também morava um corajoso caçador, que ia todo santo dia andar com seu cachorro e seu rifle pelo bosque vazio. Certa vez, ele seguia pelo bosque, e de repente o cachorro começou a latir com o pelo todo ouriçado. O caçador olhou e viu um toco no caminho diante de si. Sentado ali, estava um homem, mexendo em um sapato de fibra; e gritava para a lua:

— Brilha, brilha, lua brilhante!

O caçador ficou impressionado e pensou: "Por que esse homem, tão jovem, tinha os cabelos brancos assim?". Só de pensar isso, foi como se o rapaz tivesse lhe adivinhado os pensamentos:

— É que eu sou o avô dos diabos!

Então, o caçador adivinhou que diante de si não estava um homem normal, mas o Lechi; engatilhou o rifle, mirou e pá!: acertou bem na barriga. O Lechi soltou um gemido, caiu do toco, mas imediatamente se levantou e foi para a mata. O cachorro saiu atrás dele, e o caçador foi atrás do cachorro.

Andaram, andaram e andaram até chegarem a uma montanha. Nessa montanha, havia uma caverna e nessa caverna havia um isbázinho. O caçador entrou no isbázinho e viu que Lechi estava deitado em um banco, já morto. Perto dele, estava uma moça, que chorava copiosamente.

— E agora? Quem vai me dar de beber e comer?!

— Saudação, bela moça — disse-lhe o caçador. — Diga-me de quem você é filha e de onde veio.

— Ah, bom jovem! Eu mesma não sei, é como se não tivesse visto o mundo velho e não conhecesse meu pai e minha mãe.

— Bom, então junte suas coisas! Eu vou levar você para a santa Rus.

Tirando-a do bosque, ele a levou consigo. Foi seguindo pelas árvores e deixando marcas nelas. Mas aquela moça tinha sido levada pelo Lechi, vivido com ele por três anos inteiros, e a roupa dela foi se desgastando e rasgando com o tempo. Ela estava quase completamente nua! Mas não estava com vergonha.

Eles chegaram à vila, e o caçador começou a perguntar quem tinha perdido uma moça. Chegou, enfim, ao sacerdote, que declarou:

— Essa é a minha filhinha!

A esposa do sacerdote veio correndo.

— Minha filhinha querida! Onde você esteve por tanto tempo? Já não esperava mais ver você!

E a filha ficou ali olhando, piscando os olhos, sem entender nada, mas foi voltando a si, aos pouquinhos... O sacerdote e a esposa deram a mão da moça ao caçador e o recompensaram com todo tipo de bens. Eles ainda tentaram encontrar o isbázinho onde ela tinha vivido com Lechi; andaram por muito tempo à procura, mas não encontraram.

✶

Ivanuchka, o tolo

※

Era uma vez um velho que vivia com uma velha. Eles tinham três filhos: dois eram inteligentes, e o terceiro era Ivanuchka, o tolo. Os inteligentes pastoreavam as ovelhas, e o tolo não fazia nada, só ficava sentado na *piétchka* caçando moscas. Enquanto isso, a velha assava bolinhos de centeio e disse ao tolo:

— Vem cá, leve esses bolinhos para os seus irmãos para que eles comam.

Ela encheu um pote inteiro de água e deu nas mãos dele; Ivanuchka foi ter com os irmãos. O dia estava ensolarado; bastou que Ivanuchka saísse dos arredores e visse a sombra atrás dele para pensar: "Mas que homem é esse me seguindo tão de perto que não está nem um passo atrás? Vai ver ele quer os bolinhos". E começou a jogar os bolinhos na própria sombra, até não sobrar mais nenhum. A sombra, porém, continuava ali atrás dele. "Eita, é um comilão insaciável!", pensou o tolo consigo mesmo e atirou o pote na sombra; os cacos voaram para tudo quanto era lado.

Então, o rapaz chegou com as mãos abanando até os irmãos, que lhe perguntaram:

— Para que você veio aqui, tonto?

— Para trazer o almoço.

— E cadê o almoço? Vamos, dê logo para nós.

— É, então, irmãos, um homem estranho estava me seguindo na estrada, e ele comeu tudo!

— E quem é esse homem?

— Olha ele ali! Até agora está aqui perto!

Os irmãos brigaram com ele, bateram, bateram muito e fizeram Ivanuchka ficar ali para cuidar das ovelhas enquanto eles iam almoçar na vila.

O tolo começou a cuidar do rebanho e viu que as ovelhas começaram a se espalhar pelo pasto, então lá foi ele pegar todas para lhes furar os olhos; conseguiu juntar todas e tirar os olhos delas, então reuniu o rebanho em um monte e se sentou, muito feliz consigo mesmo, como se tivesse feito um bom trabalho. Os irmãos almoçaram e voltaram para o pasto.

— O que você fez, tonto? Por que o rebanho está cego?

— Mas e para que elas precisam de olhos? Assim que vocês se foram, as ovelhas começaram a se espalhar, então pensei: vou pegar e amontar todas e furar os olhos delas. É que estava me cansando!

— Espera só, que você não vai ficar mais cansado!

Os irmãos disseram isso e começaram a bater nele de novo, e o tonto viu o que era bom para a tosse! Não passou nem muito nem pouco tempo até que mandaram Ivanuchka, o tolo, à cidade, para fazer as compras para o feriado. Ivanuchka comprou de tudo um pouco: uma mesa, colheres, canecas, um pouco de sal... encheu a carroça de todo tipo de coisa. Pegou o caminho de casa, mas o pangaré era daqueles magros, sabe, e ficou um puxa-não-puxa! "E agora?", pensou Ivanuchka com seus botões. "É que o cavalo tem quatro pernas, mas a mesa também tem, então ela pode ir sozinha." Pegou a mesa e a colocou à beira da estrada. Seguiu, seguiu e não foi nem muito longe nem muito perto, mas os corvos ficavam ali rondando e grasnando sobre eles. "Acho que os passarinhos devem estar com fome e querem comer, porque estão gritando tanto!", pensou o tolo, colocando o prato com a comida no chão e começando a cantar: "Passarinhos bonitinhos, venham comer até ficarem cheinhos!". E seguiu adiante.

Ivanuchka andou pelo bosquezinho e, no caminho, todos os tocos estavam queimados. "Eita", pensou ele, "a rapaziada está sem chapéu por aqui. Vocês vão ficar com frio, queridos!". Foi pegando potes e jarros para vesti-los. Então, chegou ao rio e foi com o cavalo para beber água, mas ele não estava com sede. "É que sem sal ele não gosta!", e toca para salgar a água. Jogou um saco inteiro de sal, e mesmo assim o cavalo não quis beber.

— Ah, mas por que você não bebe, seu saco de ossos? Está achando que eu joguei o sal de graça?

Pegou uma tora de madeira, deu direto na cabeça e matou o cavalo ali mesmo. Ivanuchka ficou só com um saco de colheres, que ele mesmo foi levando. Andava, e as colheres tilintavam atrás dele: tlim, tlim, tlim! Mas ele achou que estavam dizendo "Ivanuchka, o tolo!", então as jogou para trás e falou:

— Vejam só quem é Ivanuchka, o tolo! Vejam só quem é Ivanuchka, o tolo! Ainda resolveram me provocar, suas inúteis!

Ao voltar para casa, disse aos irmãos:

— Comprei tudo, irmãozinhos!

— Obrigado, tonto! E cadê o que você comprou?

— A mesa está vindo e, sabem, ficou para trás; os passarinhos estão comendo a comida; os potes e jarros, eu botei nas cabeças dos meninos no bosque; o sal, eu usei para salgar a água do cavalo, e as colheres estavam me provocando, então eu as deixei pelo caminho.

— Vai, seu tonto, vai logo juntar tudo o que você deixou na estrada.

Ivanuchka foi para o bosque, tirou os potes dos tocos queimados, furou o fundo e foi amarrando às dúzias no chicote, tanto os grandes quanto os pequenos. Levou para casa. Os irmãos lhe deram uma bela surra e foram eles mesmos fazer as compras na cidade, e o tonto só tinha de ficar em casa. O rapaz ficou ali parado, então, mas a cerveja estava ali chacoalhando na travessa, chacoalhando.

— Cerveja, não fique aí chacoalhando, não provoque um tonto! – disse.

Mas a cerveja não lhe deu ouvidos, então Ivanuchka jogou tudo fora, entrou na travessa e ficou dando voltas no isbá enquanto cantava. Os irmãos chegaram e ficaram muito bravos, então o pegaram, prenderam em um saco e levaram para o rio. Botaram o saco na beira e foram procurar um buraco no gelo. Naquele momento, estava passando por ali um *bárin* em uma troica[1] com cavalos marrons. Ivanuchka se pôs a gritar:

— Fizeram de mim juiz de província para julgar e manter a ordem, mas eu não posso julgar nem manter a ordem!

— Chega, tonto – disse o *bárin*. – Eu sou capaz de julgar e de manter a ordem, saia do saco!

Ivanuchka saiu do saco, meteu o *bárin* ali dentro, sentou-se na carruagem e sumiu de vista. Os irmãos voltaram, jogaram o saco no gelo e ficaram escutando, mas na água só se ouviam uns barulhos.

---

[1] Troika, ou troica, é um conjunto de três cavalos atrelados a um trenó ou a uma carruagem (N. T.).

— Quer dizer que é época de pegar tonto! – disseram os irmãos e foram para casa.

No meio do caminho, encontram, vinda do nada, a troica de Ivanuchka, que foi se gabando:

— Já peguei uns cem cavalinhos! E por lá ainda tem um tal de Sivko, que é uma maravilha!

Os irmãos ficaram com inveja e disseram ao tonto:

— Agora prenda a gente no saco e jogue o quanto antes no buraco do rio congelado! O Sivko não vai escapar da gente...

Ivanuchka, o tolo, jogou os irmãos no buraco e voltou para casa para beber a cerveja e lembrar-se dos irmãos. Ivanuchka tinha um poço, no poço tinha um lambari, e a história vai até aqui.

✻

histórias de mortos

✱

Em uma vila vivia uma garota, dorminhoca, preguiçosa, que detestava trabalhar e sempre estava batendo papo e fofocando! E ela resolveu juntar umas moças em casa, para uma festa. Mas nas vilas todos sabem que, quando os preguiçosos se juntam para uma festa, o que mais aparecem são os comilões. Então, de madrugada, ela começou a preparar a reunião; eles vieram, ela os alimentou e cuidou deles. Papo vai, papo vem, eles chegam à seguinte questão: quem é mais corajoso?

– Eu não tenho medo de nada! – disse a dorminhoca.

– Se não tem medo – disseram os convidados –, então vai lá nos túmulos da igreja, tire o ícone da porta e traga para cá.

– Está bem, eu trago, só que cada uma de vocês deve fiar um fuso para mim.

Ela tinha essa ideia de que ela mesma não precisava fazer nada porque os outros fariam por ela. Então, foi ao cemitério, pegou o ícone e o levou para a festa. Os convidados viram que realmente era o ícone da igreja. Agora, era preciso devolvê-lo, e já era quase meia-noite. Quem iria levar?

– Vocês fiquem aí fiando, que eu mesma levo, não tenho medo de nada! – disse a dorminhoca.

Ela foi mesmo e colocou o ícone no lugar. Só que, quando foi voltar, passou perto de um túmulo e viu um cadáver vestindo uma mortalha branca, sentado na lápide. Era noite de lua cheia, e tudo estava iluminado. Ela se aproximou do cadáver, tirou a mortalha dele; o corpo não disse nada, ficou em silêncio, isto é, ainda não era sua hora de falar qualquer coisa. Então, ela juntou a mortalha e foi para casa. Chegando lá, disse:

— Bom, eu levei o ícone, botei no lugar e ainda tirei essa mortalha de um cadáver!

Algumas moças se assustaram, outras não acreditaram e riram. Só jantaram e foram dormir, quando, de repente, o morto bateu à janela dizendo:

— Devolva a minha mortalha! Devolva a minha mortalha!

As moças tomaram um baita susto, quase morreram do coração; e a dorminhoca pegou a mortalha, foi à janela e disse:

— Tó, pode pegar!

— Não — respondeu o cadáver. — Vá devolver de onde pegou!

De repente, foi só os galos começarem a cantar que o morto sumiu.

Na noite seguinte, os convidados já tinham ido para casa; naquela mesma hora, o morto voltou outra vez, batendo na janela:

— Devolva a minha mortalha!

Então, o pai e a mãe da dorminhoca abriram a janela e entregaram o tecido para ele.

— Não, ela que vá devolver de onde pegou!

Bom, e como ela iria com um morto ao cemitério? Um assombro! Foi só os galos cantarem que o morto sumiu. No dia seguinte, o pai e a mãe mandaram chamar o clérigo, contaram-lhe tudo tintim por tintim e pediram que ele aliviasse o tormento deles.

— Será que não dava para rezar uma missa?

O clérigo pensou e disse:

— Bom, está bem! Mande a menina ir à missa amanhã.

No dia seguinte, a dorminhoca foi à missa. Começou o serviço, e muita gente tinha ido! Foi só começarem os cânticos que do nada aparece um redemoinho horrendo, todos caíram no chão! O redemoinho pegou a dorminhoca e entrou no chão. A moça tinha sumido, só sobrando uma trança no lugar.

❋❋❋

Um mujique cavalgava à noite com uns potes. Cavalgou e cavalgou, e o cavalo dele acabou se cansando e parando em frente a um cemitério. O mujique desatrelou o cavalo, deixou que pastasse, e ele mesmo se deitou em um túmulo; algo não lhe caía bem. Ele ficou ali deitado por algum tempo, quando, de repente, a cova começou a se abrir embaixo dele. O homem sentiu aquilo e se levantou em um pulo. Então, o túmulo se abriu e de dentro saiu um morto com a tampa do caixão nas mãos e vestindo uma mortalha branca; foi correndo para a igreja, deixou a tampa na porta e foi para a vila. O mujique era um homem corajoso, então pegou a tampa do caixão, botou na carroça e ficou esperando para ver o que iria acontecer.

Pouco depois, voltou o morto-vivo. Foi pegar a tampa do caixão, mas cadê ela? Começou a seguir o rastro até que chegou ao mujique e disse:

– Devolva a tampa do meu caixão, ou eu faço picadinho de você!

– E você acha que esse machado aqui é para quê? – respondeu o mujique. – Eu é quem te pico em pedacinhos!

– Devolva, meu bom homem! – pediu o morto.

– Eu devolvo se você me disser onde estava e o que foi fazer.

– Eu estive na vila, matei dois rapazes lá.

– Agora me diga: como é que se pode revivê-los?

O morto respondeu a contragosto.

– Rasgue a metade esquerda da minha mortalha e a leve consigo. Quando chegar à casa em que os rapazes foram mortos, coloque carvões em brasa dentro de um pote, ponha junto um pedaço da mortalha e feche a porta. A fumaça vai fazer com que eles levantem na hora.

O mujique cortou a metade da esquerda da mortalha e entregou a tampa do caixão. O morto foi para o túmulo que tinha se aberto e começou a se ajeitar; de repente, os galos começaram a cantar, mas o homem morto não conseguiu se cobrir como deveria, um cantinho da tampa do caixão ficou de fora.

O mujique viu tudo aquilo e entendeu tudo. Logo começou a clarear, então ele atrelou o cavalo e foi para a vila. Ouviu choros e gritos vindos de uma casa, então foi para lá. Dois rapazes estavam caídos no chão, mortos.

– Não chorem! Eu posso reanimá-los.

– Reanime, meu irmão, que lhe daremos metade dos nossos bens – disseram os pais.

O mujique fez tudo como tinha aprendido com o morto, e os rapazes se levantaram. Os pais ficaram felizes e de repente pegaram o mujique e o amarraram com umas cordas.

– Nada disso, espertinho! Nós agora somos seus senhores. Se você sabia como reviver os nossos filhos, quer dizer que foi você quem os matou!

— O que é isso, meus irmãos ortodoxos? Temam a Deus! — gritou o mujique e contou tudo o que tinha acontecido com ele na noite anterior.

Eles contaram o feito para a vila toda, e toda a gente se juntou e foi ao cemitério, procurando o túmulo de que tinha saído o cadáver. Cavaram a cova e espetaram seu coração com um espeto de álamo para que ele nunca mais levantasse do túmulo e matasse. Quanto ao mujique, deram uma recompensa significativa a ele e o deixaram ir para a casa com honra.

✳✳✳

Aconteceu uma vez de um artesão estar voltando para casa tarde da noite vindo de outra vila, onde acontecia a alegre festinha de um amigo. No meio do caminho, encontrou um velho conhecido, que tinha morrido uns dez anos atrás.

— Saúde!

— Saudações — disse o passeador, esquecendo-se de que o amigo tinha deixado este mundo havia muito, muito tempo.

— Venha comigo, vamos tomar mais um copo, ou dois.

— Vamos, podemos fazer um brinde à felicidade de nos encontrarmos!

Eles foram ao isbá, beberam e passearam.

— Bom, tchau! É hora de ir para casa!

— Deixa disso, aonde você vai a essa hora? Durma aqui.

— Não, irmão, nem me peça isso, não dá. Amanhã preciso fazer umas coisas, então preciso estar cedo em casa.

— Então tchau! E como é, você vai a pé para casa? É melhor pegar o meu cavalo, vai chegar mais rápido.

— Está certo, obrigado!

Montou no cavalo e saiu a galope, feito um turbilhão! De repente, o galo cantou!... Foi um horror: túmulos se abriram ao redor do cavaleiro, e debaixo dele surgiu uma lápide.

✳✳✳

Liberaram um soldado para voltar para casa nas férias. Então, ele foi e não demorou muito nem pouco para ele começar a se aproximar da própria vila. Não muito longe dali, vivia um molinheiro e uma molinheira. Nos velhos tempos, o soldado tinha uma amizade muito próxima com eles. Por que não visitar os amigos? Então ele foi. O molinheiro o recebeu calorosamente e logo trouxe um vinhozinho e os dois se puseram a bebericar e a conversar sobre a vida. A coisa seguiu até a noite e, quando o soldado estava saindo da casa do molinheiro, já estava totalmente escuro. O soldado se preparava para ir à vila, mas o dono da casa disse:

— Soldado, pernoite aqui em casa. Já está tarde, e é capaz de acontecer algo ruim!

— Como assim?

— É um castigo de Deus! Morreu aqui um feiticeiro horrível, que sai da tumba de madrugada, corre pela vila e faz o que dá medo nos mais corajosos!

— Não é nada! O soldado é um homem do povo, e não se pode afogar o povo nem queimar no fogo. Estou indo, tenho muita saudade dos meus familiares.

E foi. A estrada passava perto de um cemitério. Ele viu que uma chaminha brilhava sobre um túmulo. "O que é isso? Vou lá ver." Aproximou-se e, perto do fogo, estava um feiticeiro costurando um sapato.

— Saudações, irmão! – gritou-lhe o soldado.

O feiticeiro olhou para ele e perguntou:

— O que você veio fazer aqui?

— Eu vim ver o que você estava fazendo.

O feiticeiro largou o trabalho e convidou o soldado para um casamento.

— Vamos, irmão, vamos passear, hoje vai ter um casamento na vila!

— Vamos!

E foram ao casamento. Lá, começaram a beber e a comer todo tipo de coisa. O feiticeiro bebeu e bebeu, passeou e passeou e ficou irritado; expulsou todos os convidados do isbá, inclusive os familiares, fez os noivos dormirem, tirou dois frasquinhos e um furador, que ele usou para fazer um furo nas mãos do noivo e da noiva e recolher o sangue deles. Quando fez isso, disse ao soldado:

— Agora vamos embora.

E foram. No meio do caminho, o soldado perguntou:

– Diga lá, por que você pegou o sangue nesses frasquinhos?

– Para que os noivos morram. Amanhã, ninguém vai conseguir acordá-los! Só eu sei como revivê-los.

– E como se faz isso?

– É preciso cortar os calcanhares do noivo e da noiva e derramar de volta o sangue que recolhi nesses cortes, cada um no seu. No meu bolso direito, está o sangue do noivo e, no esquerdo, o da noiva.

O soldado só escutou, sem dizer uma palavra; e o feiticeiro continuou se gabando:

– Eu faço o que quero!

– E não tem como dar um jeito em você?

– E como não teria? Se alguém fizesse uma fogueira com cem carroças de lenha de álamo e me queimasse ali, então talvez eu estaria acabado! Mas não é qualquer um que consegue me queimar, porque, na hora que me colocarem no fogo, cobras, minhocas e todo tipo de vermes sairão da minha barriga; corvos, gralhas e pássaros sairão voando. Precisariam juntar todos e jogar na fogueira e, se ao menos um vermezinho escapasse, de nada adiantaria! Eu escaparia nesse vermezinho!

O soldado escutou e memorizou isso.

Eles conversaram e conversaram e por fim chegaram aos túmulos.

– Bom, irmão – disse o feiticeiro –, agora eu vou matar você, senão você vai contar tudo.

– O que deu em você? Seja racional! Como poderia me matar? Eu sirvo a Deus, Nosso Senhor.

O feiticeiro soltou um berro, guinchou e pulou no soldado, mas o guerreiro desembainhou o sabre e começou a golpeá-lo com destreza e coragem. Eles ficaram lutando e lutando, o soldado já quase sem forças: "Ah", pensou ele, "foi tudo em vão!". De repente, os galos começaram a cantar, e o feiticeiro caiu sem vida. O soldado tirou os frasquinhos com o sangue dos bolsos dele e foi para casa dos seus familiares.

Chegando lá, eles se cumprimentaram, e os familiares perguntaram:

– Soldado, você não teria visto alguma coisa errada?

– Não, não vi.

— Pois é! Mas está acontecendo alguma tragédia aqui na vila. Um feiticeiro está à solta.

Eles conversaram e foram dormir. Pela manhã, o soldado acordou e começou a perguntar:

— Dizem que teve um casamento aqui, onde que foi?

— Foi o casamento de um mujique rico — responderam os familiares —, só que o noivo e a noiva morreram nesta madrugada, ninguém sabe de quê.

— E onde vive esse mujique?

Eles mostraram a casa, e o soldado, sem dizer uma palavra, foi lá. Quando chegou, todos da família estavam aos prantos.

— Por que estão de luto?

— Porque sim, soldado!

— Eu posso reviver os seus jovens. O que me dariam em troca?

— Pode pegar até metade da minha propriedade!

O soldado fez o que o feiticeiro havia ensinado, e os jovens voltaram à vida. O choro deu lugar à felicidade e à alegria; fizeram uma festa para o soldado e o recompensaram. Ele, então, caminha para a esquerda, circundando de forma a se voltar para o administrador da vila, mandando que ele juntasse os camponeses e preparasse cem carroças cheias de lenha de álamo.

Levaram, então, a lenha para o cemitério, jogaram tudo em um monte, tiraram o feiticeiro do túmulo, colocaram na fogueira e atearam fogo. Ao redor dele, todo o povo estava a postos com vassouras, pás e espetos. A fogueira acendeu e começou a queimar o feiticeiro, cujo ventre se abriu, de onde saíram cobras, minhocas e todo tipo de vermes; dali também saíram voando corvos, gralhas e pássaros. Os mujiques os juntavam e jogavam no fogo, e não deixaram escapar nem um vermezinho sequer. Então, o feiticeiro foi queimado por completo! O soldado imediatamente juntou as cinzas e as espalhou pelo vento. Desde então, a vila passou a ser tranquila, e os camponeses agradeceram ao soldado por toda aquela paz. Ele viveu na sua terra natal, passeou até se cansar e voltou para servir o tsar por dinheiro.

Aquele homem vivera o quinhão de vida que lhe cabia e, ao se transformar em uma pessoa melhor, passou a cultivar o bem e a se esquecer dos males.

✴

*contos
de bruxas*

※

Tarde da noite,
um cossaco chegou a uma vila,
parou no isbá mais distante e foi pedir:
– Ô, de casa, me deixe pernoitar aqui!
– Entre, se não tiver medo da morte.
"Mas que história é essa?", pensou o cossaco. Deixando o cavalo no estábulo, deu-lhe de comer e entrou no isbá. Lá dentro, viu um mujique, uma senhora e umas criancinhas pequenas, todos em prantos e rezando. Após rezarem, foram trocar as camisas.
– Por que estão chorando? – perguntou o cossaco.
– É que, na nossa vila, a morte caminha pela noite e escolhe um isbá – respondeu o dono da casa. – Por isso, pela manhã, pode colocar todos os moradores em caixões e levar para o cemitério. Esta noite foi a nossa vez.
– Ah, meu senhor, não tenha medo. O que Deus dá, ninguém tira.
Os moradores foram dormir, mas o cossaco ficou atento, sem fechar os olhos.
Quando o relógio bateu meia-noite, a janela se abriu e uma bruxa apareceu, toda vestida de branco. Pegou um incensário, enfiou a mão no isbá e quis borrifar lá dentro, mas o cossaco brandiu a espada e cortou fora o braço dela, na altura do ombro. A bruxa soltou um berro, gritou, ganiu feito um cão e saiu correndo dali. O cossaco pegou o braço cortado, escondeu no casaco, limpou o sangue e foi dormir. Pela manhã, os moradores da casa viram que todos estavam sãos e salvos e ficaram sem palavras para expressar sua felicidade.
– Querem que eu mostre a vocês a morte? – disse o cossaco. – Juntem rápido todos os comandantes e sargentos e vamos buscá-la na vila.
Juntaram todos imediatamente e foram de casa em casa. Aqui não era, ali também não, mas, por fim, chegaram ao isbá do sacristão.

— Será que sua família toda está aí pessoalmente? — perguntou o cossaco.

— Não, meus irmãos! Minha filhinha está doente, não sai da cama sobre a *piétchka*.

O cossaco olhou para a *piétchka* e viu que a mocinha estava sem um braço, então ele explicou a todos o acontecido, mostrando o braço cortado. Todos recompensaram o cossaco com dinheiro, e a bruxa foi julgada e condenada ao afogamento.

※※※

Era uma vez um rei de certo reino; ele tinha uma filha feiticeira. Perto do palácio desse rei, vivia um sacerdote cujo filho tinha dez anos e frequentava a casa de uma velhinha todo dia, para aprender a ler e a escrever. Certa feita, aconteceu de ele chegar tarde da noite dos estudos e, enquanto passava perto do palácio, olhar por uma janelinha. Nela estava a princesa, que tomava banho: ela tirou a cabeça, lavou com sabão, jogou água limpa, penteou e escovou os cabelos, refez a trança e pôs de volta. O garoto ficou surpreso: "Olha como ela é esperta! É uma bruxa de verdade!". Voltou para casa e foi contar para todos que ele tinha visto a princesa sem cabeça.

Ao mesmo tempo, a filha do rei ficou muito, muito doente, e, mandando chamar o pai, passou a fazer recomendações constantes a ele:

— Se eu morrer, deixe o filho do sacerdote três noites na minha tumba, lendo o saltério.[1]

A princesa morreu. Colocaram-na no caixão e levaram-no para a igreja. O rei chamou o sacerdote.

— Você tem um filho?

— Tenho, sim, vossa majestade.

— Então que ele leia o saltério sobre a tumba de minha filha por três noites seguidas.

O sacerdote voltou para casa e mandou o filho se preparar.

Pela manhã, o menino foi ter aulas e ficou lendo aquele livro chato.

— Por que está triste? — perguntou-lhe a velhinha.

---

[1] Corresponde hinário de Israel, aos 150 salmos da Bíblia, segundo os tradutores do Velho Testamento (N. T.).

— Por isso e por isso, vovó! Eu tenho de ficar lendo na tumba da princesa, e ela é uma feiticeira!

— Eu já sabia disso antes de você! Mas não precisa ficar com medo, pegue esta faquinha. Quando chegar à igreja, faça um círculo ao redor, leia o saltério e não olhe para trás. Não importa o que aconteça, não importa quanto medo sinta, continue lendo e lendo, sem se preocupar! Se você olhar para trás, estará perdido!

A noite chegou e o garoto foi à igreja, fez o círculo ao seu redor com a faquinha e começou a ler o saltério. O relógio bateu meia-noite, a tampa do caixão se levantou, a princesa se ergueu, saiu correndo e gritou:

— Ah, agora você vai aprender a espiar pela minha janela e sair contando para as pessoas!

Ela começou a se jogar contra o filho do sacerdote, mas não conseguia atravessar o círculo de jeito nenhum, então começou a fazer vários tipos de horrores; não importava o que ela fizesse, porém, e o garoto continuava lendo, lendo e lendo, não olhava para lado nenhum. Assim que começou a clarear, a princesa se jogou dentro do caixão e caiu ali dentro com toda a força!

Na noite seguinte, aconteceu o mesmo. O filho do sacerdote não se assustou com nada e leu sem parar até amanhecer o dia; pela manhã, foi à casa da velhinha.

— E então, viu os horrores? – perguntou ela.

— Vi, vovó!

— Hoje vai acontecer algo ainda pior! Aqui estão um martelo e quatro pregos. Bata os pregos nos quatro cantos do caixão e, quando começar a ler, ponha o martelo na sua frente.

À noite, o filho do sacerdote foi à igreja e fez tudo como a velhinha lhe tinha ensinado. O relógio bateu meia-noite, a tampa do caixão caiu no chão, a princesa se levantou e começou a voar por todos os lados, ameaçando o menino; antes, ela fazia coisas horríveis, mas agora era pior. Ele ficou com a impressão de que a igreja ia pegar fogo e todas as paredes ia ser tomadas de fogo por completo, mas continuou lendo sem olhar para trás. Quando começou a clarear, a princesa voltou para o caixão, e imediatamente o incêndio se apagou como se nunca tivesse acontecido. A ilusão tinha terminado! Pela manhã, o rei foi à igreja, viu que o caixão estava aberto, e a princesa estava deitada de bruços.

— O que é isso? — perguntou ao garoto.

Ele lhe contou tudo como tinha acontecido. O rei mandou matar a filha com uma estaca de álamo no peito e enterrá-la, e o filho do sacerdote foi recompensado com dinheiro e várias terras.

✳✳✳

Era uma vez um soldado que serviu a Deus e ao império por quinze anos sem ver os parentes nem uma vez. Nessa época, o tsar emitiu um decreto mandando liberar os soldados para visitar os parentes em grupos de vinte e cinco por companhia, então, no meio desses, foi o nosso soldado, que voltou para casa na região de Kiev. Não demorou muito nem pouco até que ele chegasse em Kiev. Passou no monastério, rezou, reverenciou as relíquias sagradas e foi para casa, que ficava em uma cidade próxima. Andou, andou e de repente uma bela moça veio ao seu encontro. Ela era da mesma cidade que ele e filha de um comerciante, nobre e bela. A história é velha: se um soldado vê uma moça bonita, a coisa nunca é simples, alguma coisa acaba acontecendo. Com esse soldado foi assim, ele gostou dela e disse-lhe de brincadeira:

— Ei, moça bonita, não vá desviar o caminho!

E ela respondeu:

— Só Deus sabe, soldado, quem vai se desviar de quem, se você de mim ou se eu de você!

Ela riu e seguiu caminho.

Então, o soldado chegou em casa, cumprimentou os familiares e ficou muito feliz por todos estarem bem de saúde. Ele tinha um velho avô, de cabelo branco como a neve, que já tinha vivido mais de cem anos. O soldado começou a lhe contar:

— Eu estava vindo para casa, vovô, quando encontrei uma moça nobre. Eu, pecador que sou, brinquei com ela assim e assado, e ela me disse: "só Deus sabe, soldado, quem vai se desviar de quem, se você de mim ou se eu de você!".

— Ah, meu filho! O que você foi fazer? A filha do nosso comerciante é uma bruxa assustadora. Não foi um jovem só que ela levou deste velho mundo.

— Bom, eu não sou nenhuma vara verde! Não vai ser fácil me fazer tremer, ainda vamos ver o que Deus nos reserva.

— Não, meu neto. Se você não começar a me ouvir agora, amanhã você não vai estar vivo.

— Isso seria uma pena!

— Pena maior é que você não tenha se empenhado tanto no serviço...

— E o que devo fazer, vovô?

— O seguinte: prepare o arreio, pegue uma tora de álamo e sente-se no isbá. Não vá a lugar nenhum. De madrugada, ela virá correndo para cá e, se conseguir, vai dizer diante de você: "pare! Meu cavalo!". Nessa hora você vai virar um alazão. Ela montará em você e cavalgará até você morrer de cansaço. Mas, se você conseguir dizer primeiro: "Ôa! Para, minha égua!", então ela mesma vai virar uma égua, e aí você a atrela e monta nela. Ela vai levá-lo por montanhas e vales, mas fique firme, bata na cabeça dela com a tora de álamo e não pare até matar!

O soldado não estava esperando que teria todo aquele trabalho, mas não havia o que fazer, então deu ouvidos ao avô. Preparou o arreio e a tora de álamo, sentou-se no canto e ficou esperando para ver o que aconteceria. Quando o relógio deu a última badalada do dia, a porta da varanda se abriu e ouviram-se passos. Era a bruxa vindo. Assim que ela abriu a porta do isbá, ele imediatamente disse: "Ôa! Para, minha égua!", e a bruxa virou uma égua e o soldado colocou o arreio nela e montou. A égua saiu a galope com ele e atravessou montanhas, vales, ravinas, sempre tentando derrubá-lo das costas. Mas não! O soldado montava com firmeza e, de vez em quando, batia na cabeça dela com a tora de álamo até acertá-la em cheio; ela cambaleou e caiu. Já ele foi até a égua deitada, bateu mais cinco vezes e a matou.

— Então, amigo, como foi a coisa? — perguntou o velho.

— Graças a Deus, vovô, consegui matá-la.

— Ótimo! Agora vá dormir.

O soldado foi se deitar e caiu em um sono pesado. À noite, o velho o acordou.

— Levante-se, meu netinho!

O rapaz se levantou.

— Mas o que foi agora?

— A filha do comerciante morreu, então o pai dela está vindo atrás de você. Ele vai te chamar para ler o saltério em cima do caixão.

— E então, vovô. Vou ou não?

— Se for, não ficará vivo; se não for, também não ficará! No entanto, é melhor que vá...

— E se algo acontecer, o que eu faço?

— Escute, meu netinho! Quando for à casa do comerciante, ele vai lhe dar vinho; não beba muito, só o quanto for conveniente. Depois disso, ele vai levar você ao quarto em que está o caixão da filha e o trancará lá dentro. Você vai ler o saltério até a meia-noite e, quando soar a última badalada, um vento forte vai soprar, o caixão vai tremer, a tampa vai cair... Assim que começar o horror, você corre para dentro do forno. Vai se espremer no canto e comece a rezar baixinho, que ela não o encontrará ali!

Passada meia hora, chegou o comerciante e pediu ao soldado:

— Ah, soldado! A minha filhinha morreu, venha ler o saltério para ela.

O soldado pegou o saltério e foi à casa do comerciante, que ficou muito feliz e logo o sentou à mesa e começou o beber vinho. O soldado bebeu o quanto achou suficiente e não aceitou mais. O comerciante o pegou pelo braço, então, e levou o rapaz para o quarto em que estava a morta.

— Bom, agora leia o saltério!

Ao sair, o comerciante trancou a porta atrás de si. Não havia alternativa, então o soldado pegou o saltério e ficou lendo e lendo. De repente, à meia-noite, bateu um vento, o caixão começou a tremer, a tampa saiu voando, e o soldado foi rápido para o forno, escondeu-se no canto, fez o sinal da cruz e passou a sussurrar as orações. A bruxa saiu do caixão e começou correr por toda parte, ora para lá, ora para cá! Uma infinidade de espíritos malignos veio em seu auxílio, o isbá ficou lotado!

— O que você está procurando?

— Um soldado, ele estava aqui lendo, mas desapareceu!

Os demônios começaram a busca, ficaram procurando, procurando, reviraram todos os cantos e começaram a olhar dentro do forno... para a sorte do soldado, nessa hora os galos cantaram, e no mesmo instante todos os demônios desapareceram, e a bruxa caiu no chão. O soldado saiu do forno, colocou-a no caixão, tampou como deveria e voltou para o saltério.

Quando o sol nasceu, o dono da casa apareceu, abriu a porta e disse:

— Saudações, soldado!

— Desejo-lhe saúde, senhor comerciante!

— Passou bem a noite?

— Graças a Deus!

— Aqui estão cinquenta rublos; amigo, volte amanhã à noite para ler mais!

— Está bem, eu virei!

O soldado voltou para casa, deitou-se no banco e dormiu até anoitecer; em seguida, acordou e disse:

— Vovô! O comerciante me mandou ir mais uma noite para ler o saltério. Vou ou não vou?

— Se for, não ficará vivo; se não for, dará na mesma! No entanto, é melhor que vá. Não beba muito, só o quanto for conveniente e, assim que o vento bater, o caixão vai tremer. Nesse instante, entre no forno! Ninguém o encontrará lá!

O soldado se preparou e foi à casa do comerciante. Chegando lá, o comerciante o levou à mesa e começar a tomar vinho. Depois o levou à morta e trancou a porta. O soldado ficou lendo, lendo, lendo até chegar meia-noite. Um vento bateu, o caixão tremeu, a tampa do caixão caiu; e o soldado foi correndo pra dentro do forno... A bruxa saiu do caixão e começou a correr por toda parte; uma infinidade de espíritos malignos veio em seu auxílio, o isbá ficou lotado!

— O que você está procurando?

— Ele estava aqui lendo, mas desapareceu! Não consigo encontrar...

Os espíritos malignos correram para o forno.

— É aqui – disseram. – É neste lugar que ele estava ontem!

— Para lá ele não tá!

E, assim, ficaram indo para lá e para cá. De repente, os galos cantaram, os espíritos sumiram, a bruxa caiu dura no chão. O soldado descansou um pouco, saiu do forno, colocou a filha do comerciante no caixão e voltou a ler o saltério. Quando foi ver, já estava clareando e o dono da casa entrou.

— Saudações, soldado!

— Desejo saúde, senhor comerciante!

— Passou bem a noite?

— Graças a Deus!

— Bom, então vamos!

Ele o levou para fora daquele quarto, deu cem rublos ao rapaz e disse:

— Por favor, volte para ler uma terceira noite, se não for pedir demais.

— Está bem, eu volto!

O soldado voltou para casa.

— E então, netinho, o que Deus lhe trouxe?

— Nada, vovô! O comerciante mandou voltar mais uma vez. Vou ou não?

— Se for, não ficará vivo; se não for, também não ficará! Mas é melhor que vá.

— E se algo acontecer, como vou me esconder?

— É o seguinte, meu netinho: vá comprar uma frigideira e guarde de um jeito que o comerciante não a veja; assim que chegar à casa dele, ele vai tentar dar muito vinho a você. Tome cuidado para não beber demais. Beba, mas só o que conseguir aguentar. À meia-noite, assim que o vento rugir e o caixão tremer, você imediatamente entre no forno e se cubra com a frigideira; assim ninguém vai encontrá-lo!

O soldado dormiu, comprou uma frigideira, colocou-a sob o casaco e à noite foi à casa do comerciante. O dono da casa o sentou à mesa e começar a encher-lhe de vinho e a tomar também, falando para ele beber mais de todo jeito.

— Não — disse o soldado —, já está bom, já bebi muito, não vou beber mais.

— Bom, se não quer mais beber, então vá ler o saltério.

O comerciante o levou à filha morta, deixou-o sozinho e trancou a porta. O soldado ficou lendo, lendo, lendo, lendo até chegar meia-noite, quando bateu um vento, o caixão tremeu, a tampa caiu no chão. O soldado entrou na chaminé, cobriu-se com a frigideira, fez o sinal da cruz e ficou esperando para ver o que aconteceria. A bruxa se levantou, começou a procurá-lo por toda parte; veio a infinidade de espíritos malignos e encheu o isbá! Eles começaram a procurar o soldado e olharam dentro do forno.

— É aqui onde ele estava ontem! — disseram.

— Olhamos tudo, mas ele não está lá!

Olharam aqui e ali, mas não viram ninguém! Eis que chega o mais velho demônio:

— O que estão procurando?

— O soldado, ele estava lendo até agora, mas sumiu!

— Ah, mas vocês são cegos! E quem é que está ali na chaminé?

O peito do soldado se apertou com tanta força que o coração quase saiu pela boca!

— Então é ele! — gritaram os demônios. — Mas como que vamos pegá-lo? Não dá para alcançar!

— Como não dá? Vai buscar a vela que foi acesa sem ser abençoada.

Os demônios imediatamente trouxeram a vela e a acenderam; a chama ficou grande, e a chapa começou a esquentar para o lado do soldado, que se apoiava ora com um pé, ora com o outro na frigideira. "Então", pensou ele, "é assim que eu vou morrer!". De repente, para sua sorte, os galos cantaram, os demônios sumiram, a bruxa caiu no chão, o soldado saiu da chaminé e começou a apagar a chama.

Depois de tê-la apagado, o rapaz ajeitou tudo como deveria estar, pôs a filha do comerciante no caixão, tampou e voltou a ler o saltério. Quando amanheceu, o dono da casa voltou e pôs o ouvido na porta, para ouvir se o soldado estava vivo ou não. Ouviu a voz dele, então abriu a porta e disse:

— Saudações, soldado!

— Desejo saúde, senhor comerciante!

— Passou bem a noite?

— Graças a Deus não vi nada de mau!

O comerciante lhe deu cento e cinquenta rublos e disse:

— Você me serviu muito bem, soldado! Faça mais um trabalho para mim: venha hoje à noite e leve a minha filha ao cemitério.

— Está bem, eu venho! — disse o soldado e se apressou para ir para casa.

— E então, meu amigo, o que Deus lhe trouxe?

— Graças a Deus, vovô, estou inteiro! O comerciante me pediu para ir à casa dele esta noite e levar a filha dele ao cemitério. Vou ou não vou?

— Se for, não ficará vivo; se não for, também não ficará! No entanto, é melhor que vá.

— E o que eu faço? Me ensina.

— É o seguinte: quando chegar à casa do comerciante, tudo estará pronto por lá. Às dez horas, os familiares vão se despedir da morta, depois vão prender os aros de ferro para segurar o caixão e vão colocá-lo na carroça. Às onze, mandarão você levar o caixão. Pegue-o, mas olho vivo! Quando um anel estourar, não tenha medo, fique sentado; quando o segundo estourar, continue sentado; mas, quando estourar o terceiro, pule por cima do cavalo, passe por dentro do arco no pescoço dele e saia correndo de costas. Se fizer isso, nada acontecerá a você.

O soldado foi se deitar, dormiu até anoitecer e foi à casa do comerciante. Às dez horas, os familiares se despediram mesmo da morta e depois começaram a colocar os aros de ferro; quando terminaram, puseram o caixão na carroça.

— Agora vá, soldado, e vá com Deus!

O soldado montou na carroça e foi; a princípio, tocou os cavalos devagar, mas, quando saiu da vista, foi a galope. Ele ia balançando, mas sempre de olho no caixão. Estourou um anel, depois outro, e a bruxa rangia os dentes.

— Pare! — gritou ele. — Não saia daí! Eu vou comer você agora mesmo!

— Não, minha queridinha! Soldados são funcionários públicos, e não é permitido comê-los.

Então, estourou o último aro, o soldado pulou por cima do cavalo e através do arco em seu pescoço, e saiu correndo de costas. A bruxa saiu do caixão e começou a procurar; ela seguiu o rastro do soldado e voltou ao cavalo. Correu ali em volta, viu que o soldado não estava por ali e voltou a procurar. Correu, correu, chegou no rastro do soldado, seguiu e voltou para o cavalo... ficou confusa e voltou para o mesmo lugar umas dez vezes. De repente, os galos cantaram, e a bruxa caiu dura na estrada! O soldado a pegou, pôs no caixão, fechou com a tampa e levou para o cemitério. Ao chegar à tumba, pôs o caixão lá dentro, jogou um pouco de terra e voltou para a casa do comerciante.

— Pronto – disse o rapaz. – Fiz tudo o que me pediu, pegue o seu cavalo de volta.

O comerciante olhou para o soldado e arregalou os olhos.

— Bom, soldado, eu sei de muita coisa, e não tenho muito que dizer da minha filha, era terrivelmente astuta. E é capaz de você saber mais que nós dois!

— Deixe disso, senhor comerciante, e pague pelo meu trabalho.

O comerciante lhe deu duzentos rublos. O soldado pegou, agradeceu-lhe e foi comemorar com a família. Eu estive nessa comemoração. Eles me deram uma concha de bebida, e aqui minha história termina.

✳

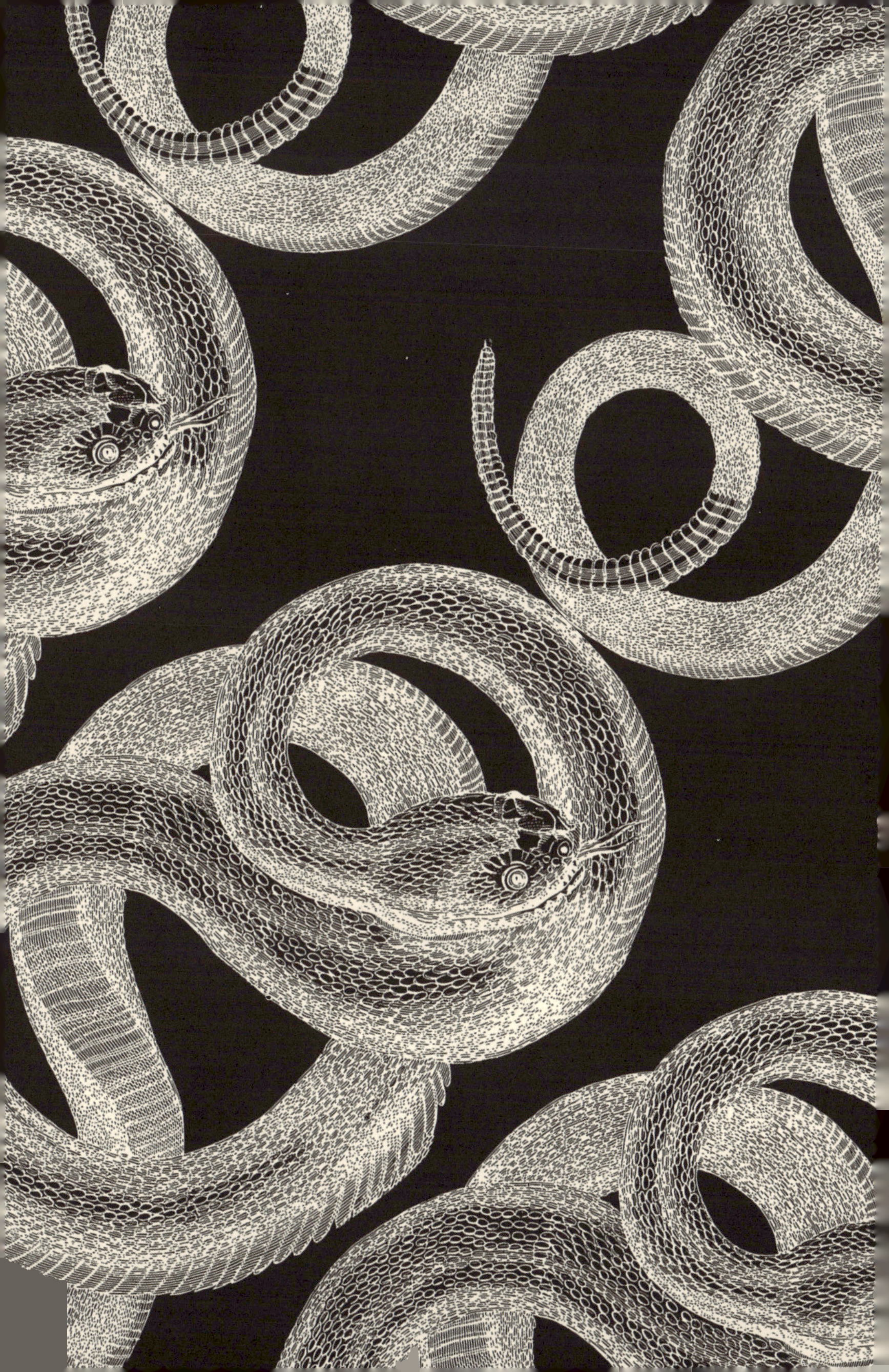

sumário

a raposa, a lebre e o galo

[6]

a ovelha, a raposa e o lobo

[10]

a raposa e o grou

[13]

Kolobok, o pãozinho

[15]

o gato, o galo e a raposa

[19]

o lobo e a cabra

[23]

a garça e o grou

[27]

Morozko

[30]

a pequena Khavrochétchka

[37]

a vaquinha

[41]

Baba-Iagá
[46]

Vassilissa, a bela
[50]

os cisnes
[60]

a verdade e a mentira
[63]

Arrebol, Noturno e Meia-noite
[73]

o barco voador
[80]

Nikita Kojemiaka, o coureiro
[87]

Koschiei, o imortal
[90]

Maria Moriévna
[98]

a montanha de cristal
[110]

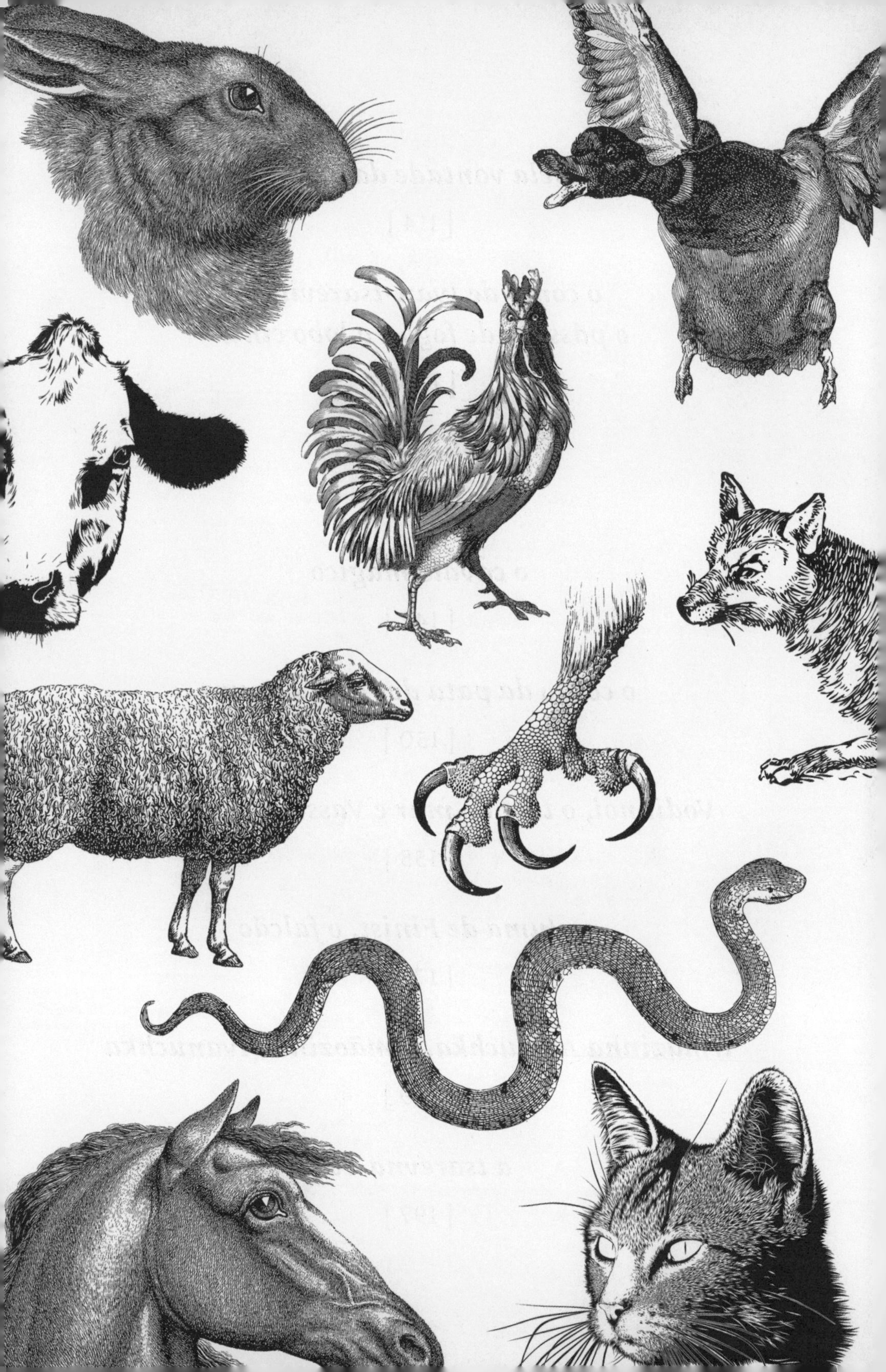

pela vontade da perca

[114]

*o conto de Ivan-tsarévitch,
o pássaro de fogo e o lobo cinza*

[120]

Sivko-Burko

[133]

o cavalo mágico

[142]

o conto da pata dos ovos de ouro

[150]

Vodianoi, o tsar do mar e Vassilissa, a sábia

[155]

a pluma de Finist, o falcão

[172]

irmãzinha Alenuchka, irmãozinho Ivanuchka

[189]

a tsarevna-rã

[197]

o rei cobra

[211]

o menino que veio do dedo

[216]

Verlioka

[221]

Likho, o mal de um olho só

[228]

Vassili Buslavitch

[232]

Lechi, o espírito da floresta

[235]

Ivanuchka, o tolo

[238]

histórias de mortos

[243]

contos de bruxas

[251]

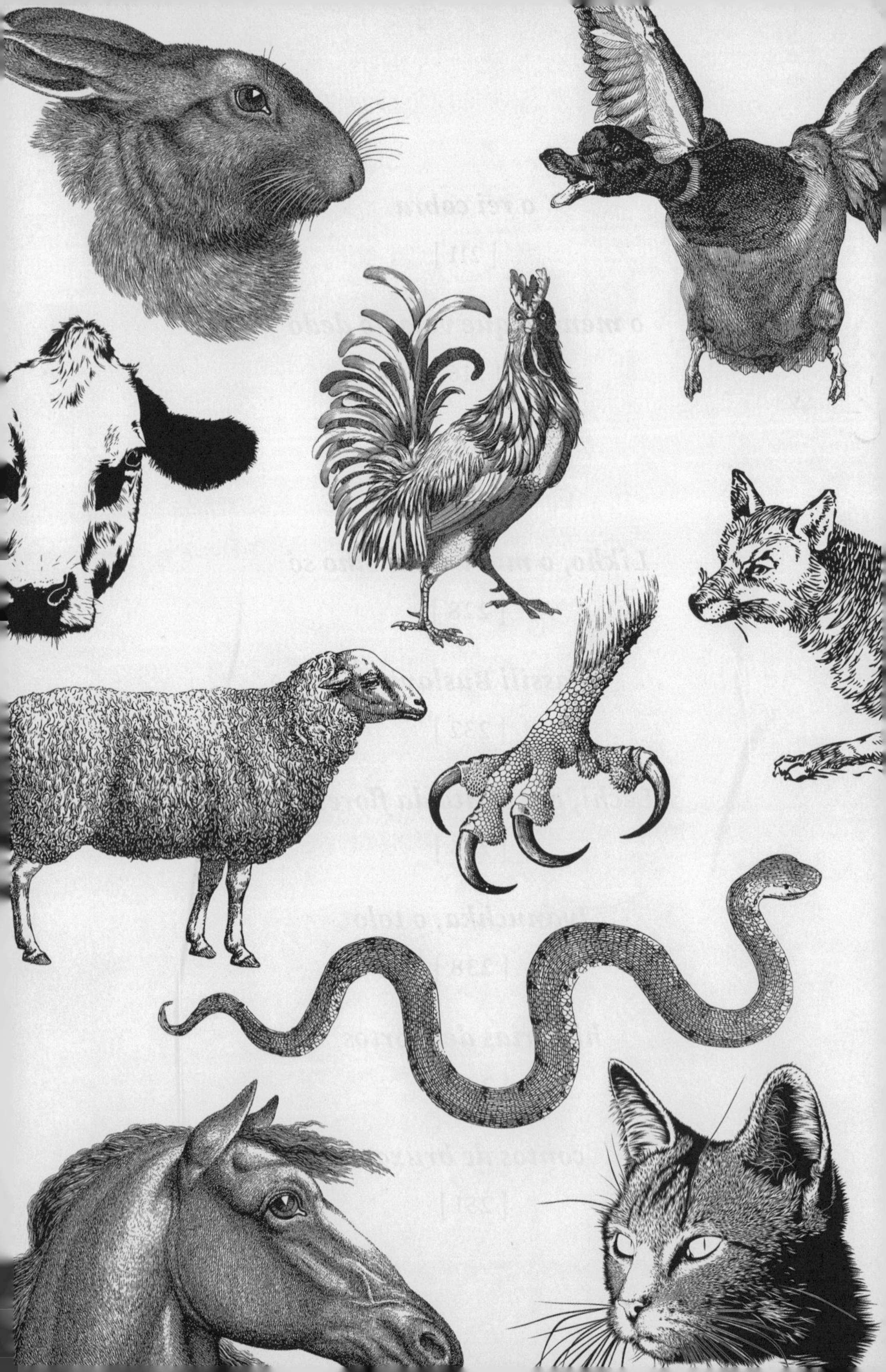

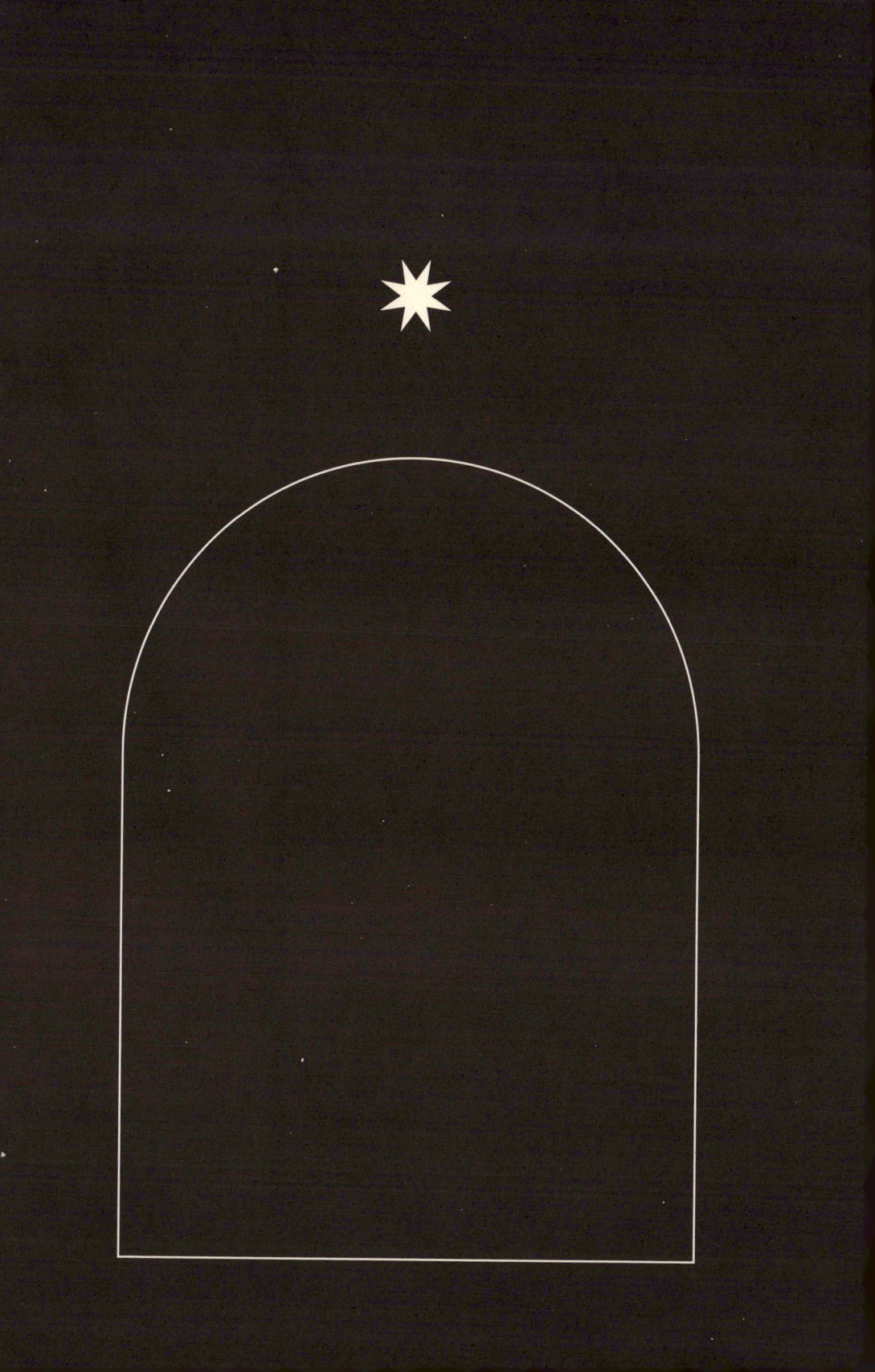

grupo
novo
século

Compartilhando propósitos e conectando pessoas

Visite nosso site e fique por dentro dos nossos lançamentos:
www.gruponovoseculo.com.br

ns

facebook/novoseculoeditora
@novoseculoeditora
@NovoSeculo
novo século editora

gruponovoseculo
.com.br

Edição: 1
Fonte: Crimson Pro Regular